書下ろし

五分《ごぶ》の魂

風の市兵衛⑧

辻堂 魁

祥伝社文庫

目次

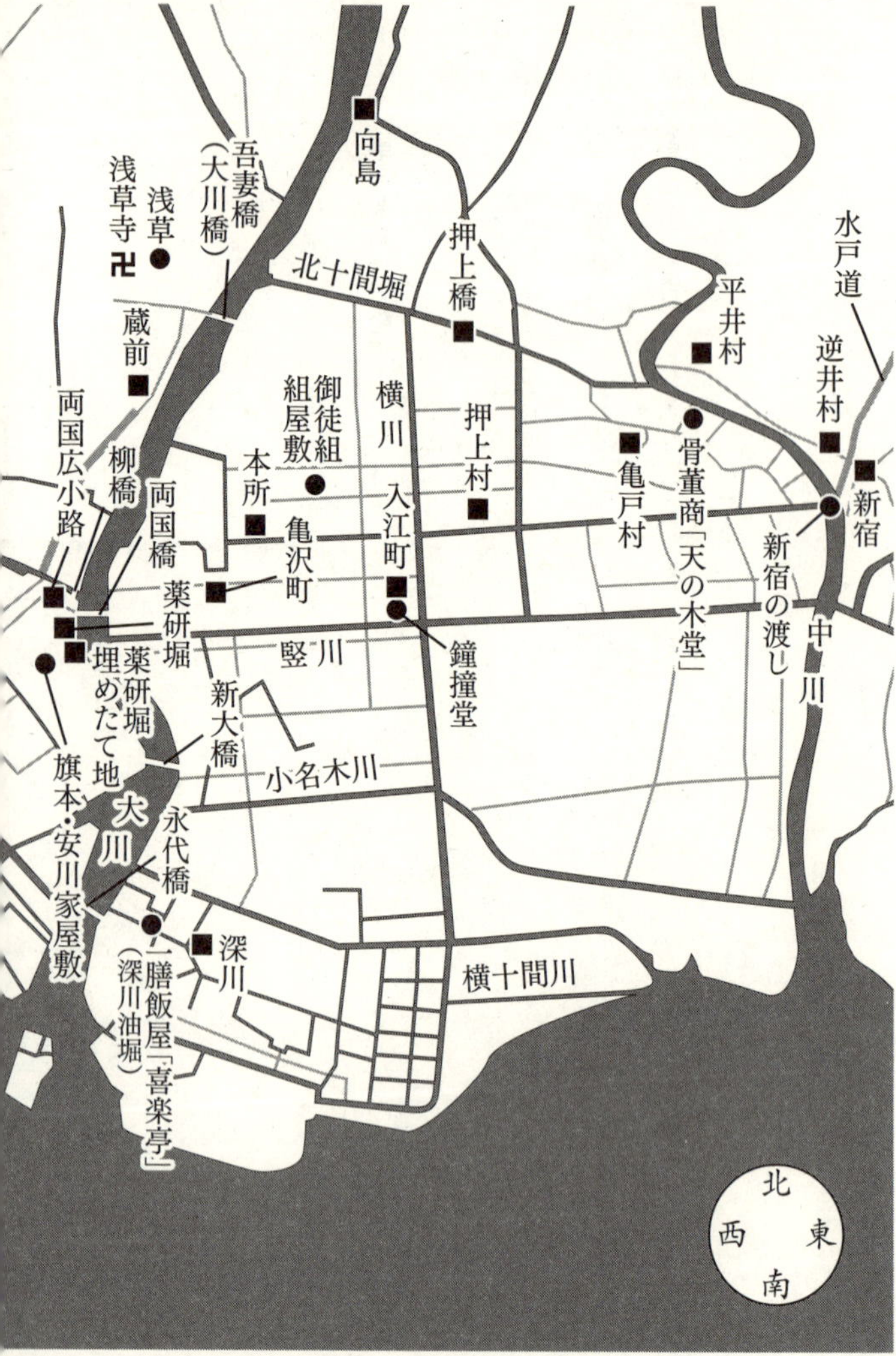

向島
吾妻橋（大川橋）
浅草寺
浅草
北十間堀
押上橋
平井村
水戸道
逆井村
蔵前
御徒組組屋敷
横川
押上村
骨董商「天の木堂」
亀戸村
新宿
両国広小路
柳橋
両国橋
本所
亀沢町
入江町
新宿の渡し
中川
薬研堀
鐘撞堂
竪川
薬研堀埋めたて地
新大橋
小名木川
旗本・安川家屋敷
大川
永代橋
深川
一膳飯屋「喜楽亭」（深川油堀）
横十間川
北
西
東
南

『五分の魂』の舞台

不忍池
市兵衛の長屋（雉子町）
小料理屋「薄墨」（鎌倉河岸）
筋違橋御門
口入れ屋「宰領屋」（三河町）
小石川御門
神田川
牛込御門
飯田町
市ヶ谷御門
小伝馬町
日本橋川
片岡家屋敷（諏訪坂）
江戸城
一ツ橋御門
神田橋御門
常盤橋御門
日本橋
北町奉行所
南町奉行所
半蔵御門
柳井宗秀の診療所（柳町）

序章　うたかた

一

「やはり……」

若松町《わかまつ》への小路を曲がったとき、溜息《ためいき》と一緒に声が出た。

茶縞《ちゃじま》の留袖《とめそで》に黒の細帯を文庫結《ぶんこむす》びにして、天神髷《てんじんまげ》に笄《こうがい》をいなせに挿《さ》した女が、白粉顔《おしろいがお》に真っ赤な唇を歪《ゆが》ませ、しなしなと充広《みつひろ》の前へ駆け寄ってきた。

女は鉄漿《かね》を薄気味悪く光らせ愛想《あいそ》笑いを浮かべているが、獲物を見つけた目は笑ってはいなかった。

日本橋米沢町《にほんばしよねざわ》三丁目の南境《ざかい》に薬研《やげん》堀がある。堀の大川《おおかわ》口に俗に元柳《もとやなぎ》橋と呼ばれる難波《なにわ》橋が架《か》かっていて、橋ぎわの河岸場《かしば》を元柳河岸と言った。

その薬研堀を入った堀留《ほりどめ》の北側が、薬研堀埋めたて地である。その一角を占める薬研堀不動前は、浜町《はまちょう》堀の橘《たちばな》町とともに柳橋《やなぎばし》芸者で評判の花町だった。

饅頭《まんじゅう》屋、菓子所、両替の銭屋《ぜにや》、伽羅油《きゃらあぶら》・ろうそく問屋、即席料理屋、貸座敷などの表店《おもてだな》が賑《にぎ》やかな通りをひとつ隔《へだ》て、武家地がひっそりと土塀《どべい》をつらねている。

その埋めたて地の通りを、若松町への小路へ折れたところだった。

小路の両側には武家屋敷が長屋門をつらね、武家屋敷の中に公儀番方《ばんかた》小十人衆《こじゅうにんしゅう》旗本・安川剛之進《やすかわごうのしん》の屋敷があった。

小十人衆は百俵二人扶持《ぴょうぶち》から十人扶持の、番方ではもっとも下禄《かろく》の旗本である。

通常、旗本は二百石《こく》どり御目見《おめみえ》以上と言うが、小十人衆は御目見の旗本であっても百俵どりである。

百俵と言えばおよそ百石どりと同じである。一石は四斗俵《とだわら》で二俵半。これを四公六民すると武家のとり分は一俵。つまり一石の武家の禄高は一俵なので百石百俵になる。

百俵六人泣き暮らし、と俗に貧乏旗本と言えば小十人衆を指した。

家族が六人もいれば暮らしがなりたたなくなるからだ。

しかし、槍一筋《やりひとすじ》は百石どりを言った。

小十人衆も百俵の旗本だから槍をたてなければならなかった。槍をたてる槍持《やりもち》、槍持がいれば草履《ぞうり》とりもいなければ体裁《ていさい》が保てない。

というわけで、小十人衆旗本・安川家は安川夫婦、十六歳の倅《せがれ》に十四歳の娘、隠居の身の剛之進の両親、と家族六人の台所もご多分にもれずまことに苦しかった。

その倅・安川充広の前に駆け寄ってきた女は、六十近い年ごろに見えた。

「安川さま、お待ちいたしておりやした。昨日は姑息《こそく》な手にしてやられやした。あっしらもね、ああいうことはしたくねえんでやすよ。けど仕事でやすから。今日こそはいただかにゃあなりやせん。期限の三月《みつき》はすぎておりやす。待てと言われてもこれが我慢の限界。金がない、はい、そうですか、とはいかねえんでやす」

女は充広に並びかけて、歩調をそろえた。

武家地ではあっても、薬研堀と若松町を結ぶ小路は通りがかりが少なくなかった。充広とやけにけばけばしい女のとり合わせは目をひいた。

「借りた金を耳をそろえてかえせせなんて、無理難題をふっかける気はありやせん。かえす金がねえなら、せめて利息だけでも払っていただけりゃあ、もう三月、お貸しいたすんでごぜいやすから」

充広は黙して顔を伏せ、恥ずかしそうに顔を赤らめた。

女の声は大きく、しつこくからんで充広から離れなかった。

こうやって充広が通う私塾の戻りを待ちかまえるのは、今日で五日目だった。

冷や汗が充広のこめかみを伝った。

「ご自分で楽しんでいい思いをしたお金でございやしょう。人のお金でさんざん遊んで、遊んだあとは知らねえ、ってんじゃあ、あんまりじゃあねえんでやすか。元服《げんぷく》もなさってもう立派なお旗本だ。腰の二本が泣いてるんじゃありやせんか、安川さまあ」

女は殊《こと》さら声高《こわだか》に、安川の家名を小路へ響かせた。

充広には、楽しんでいい思いをした気はなかった。けれども女にそう言われれば、かえす言葉と金がなかった。

女は俗に車婆《くるまば》々《ば》などと呼ばれる金貸しだった。

だが、烏金《からすがね》、車貸《くるまかし》、日済《ひなし》と言った小額の金貸しではなく、三月しばりで一割五分《ぶ》の公定利息をとる金貸しであり、腕のいいとりたて屋でもあった。

昨日は屋敷の裏木戸から屋敷へ戻って、待ちかまえている女の催促を逃れたつもりが、夜更《よふ》けまで屋敷の表門前で「金かえせ」と叫ばれ続けた。

女は昨日も、それを姑息な手と言って門前でさんざん嘲《あざけ》った。

勤めから帰ってきた父親の剛之進が激怒し、「どういうことだ」と充広を質《ただ》した。

「充広、応《こた》えなさい。お金を借りて何に使ったのですか」

と、母親の石《いし》に泣きそうな顔で問いつめられた。

十六歳の充広には、応える言葉がなかった。対処の方法を思いつくはずがなかったし、ただ父母の前で肩をすぼめ、

「少々いり用が……」

とだけ言って、身を硬くしているばかりだった。

「で、幾《いく》ら借りたのだ。借金の額は幾らだ」

痺《しび》れをきらした剛之進が怒鳴った。

「幾らかえさなければいけないの、充広、お願い、言って」

石が泣き始めていた。

長い黙考のときをおき、充広はうな垂《だ》れて応えた。

「利息を含め、ざっと、よよ、四十五両ほどになるかと……」

充広は、ごくり、と生唾《なまつば》を飲みこんだ。

四十五両と聞いて剛之進と石は呆然《ぼうぜん》となった。

十六歳の若者の、数両ほどの、限度を超えた遊ぶ金ではなかった。

禄高の百俵は、金に換算すれば三十両余である。それをはるかに超える借金を、三月しばり一割五分の利息、さらに、利息のほかに名目金《みようもくきん》がかかって返済する。

いずれとりたて屋は表門に泊まりこんで「金かえせ」と、今、表門前で叫んでいるように催促するだろう。

物乞《ものご》いが門前にずらりと並ぶ。旗をたて、札を貼る。

享保《きようほう》のころ、借金のとりたて屋が武家の門前へ旗をたてたり札を貼ったりすることを禁ずる法令が出たが、実際には守られてはいなかった。そうはしなくても勤めの登城がけ退出がけに物乞いがぞろぞろつきまとう。ときには声高に催促する。

物乞いに借金返済を催促され、なんとみっともない。

しかもそんな恥辱を受ける間にも、借金は膨張し続けるのである。

旗本の一門の体裁《ていさい》を保ち、家族六人が暮らしていくのが難しいという段階ではなかった。一家の破綻《はたん》、崩壊が見えている。

夜逃げをする武家の話は珍しくはなかった。

家は途絶え、やがて武家自らが物乞いに身を落とす。妻や娘は女郎に身を売る。生き地獄を味わって、挙句《あげく》の果てに自ら命を絶つ。

ひとつ間違えばそうなる。みな知っていることだ。

それがわが家に迫っている。これまで気をつけて、油断なく、分度《ぶんど》生活を心がけつましく暮らしてきたのに、そのわが家になぜだ。何が起こっているのだ。

父親の剛之進は言葉を失い、母親の石は泣き崩れた。

「上役に、相談してみる……石、おまえの実家にも、あたってみてくれぬか」

剛之進がようやく言った。

昨夜はそこまでだった。

充広は温かな寝床で眠り、朝起きて顔を洗い、朝飯を食い、歯を磨《みが》き、私塾へ出かけた。表向きはこれまでと変わらぬ一日だった。

しかし表向きの変わりのなさが、充広の心の決壊の兆《きざ》しにほかならなかった。

「だけれどもね、安川さま……」

とりたて屋の女が、急に声をひそめて言った。

「ひとつまだ、手が残っているんじゃございませんか」

手が残っている、と誘いに乗せられて、垂れた頭をぴくりと震わせるところが未熟な十六歳だった。

「安川さまのお知り合いの九郎平《くろべい》の親方が、仰《おつしや》っていやすよ。いい算段があるのに、惜《お》しいよなって」

「算段とはなんだっ」

つい、心底では藁《わら》をもつかむあがきがそう言いかえさせた。

「お忘れ？　ほら、お妹さまのことですよ、あなたの。綺麗なお嬢さまなんですってね。確か十四歳、お名前は瑠璃《るり》さまと、うかがいやしたけど……」

女はほくそ笑んで、充広の顔色の変化に気づかなかった。

気づいたとしても、それで怯《ひる》んでいてはとりたて屋は務まらない。

「なんとまあ、お名前をうかがっただけで美しさが目に浮かぶようでやすねえ。九郎平の親方が仰いやすのには、瑠璃さまを口説《くど》いていただけりゃあ、借金が帳消しになるどころか、相応の支度金《したくきん》までご用意できるそうですよ。安川家のためにも、そういう算段を考えるころ合いじゃあ、ござんせんか。ふふ……」

「お、おまえ」

充広が蒼白になっていた。

「そんな怖い顔をなさったって、借金が消えるわけじゃござんせんよ。もう大人なんですから、あるがままの世間を見なきゃあ。そうでござんしょう」

だが女には、あるがままの充広が見えていなかった。

この程度の若造は女の掌《たなごころ》の中だった。これまではそうだった。刀を抜いて「斬るぞ」と侍に突きつけられたことは何度かあった。そういうとき、「斬りやがれ」と胸を反《そ》らせば侍の方から逃げ出した。

女は充広へ、二本差しが怖けりゃ田楽《でんがく》は食えねえのさ、と内心はまだ高をくった嘲笑《ちょうしょう》を投げかけていた。そして、

「だからね、安川さま。そろそろ……」

と言いかけた途端、「慮外者っ」とひと声、抜き打ちにされた。

小路の通りがかりが、ぎょっとして足をとめた。

女は悲鳴を上げてくるくる廻《まわ》り、武家屋敷の白壁の土塀へ凭《もた》れかかった。

土塀が噴《ふ》き出る血で赤く汚れた。

「ひい、人殺しぃぃぃ」

女は土塀を伝って逃げながら、叫んだ。

背後から、袈裟懸《けさがけ》に斬られた。

女は「ふああ」と短い吐息をもらし、土塀ぎわに滑《すべ》り落ちていった。

女は最期《さいご》の喘《あえ》ぎの中に身をよじらせた。

しかし、充広の怒りはまだ収まっていなかった。

身をよじらせる女の背中に、とどめのひと突きを深々と突き入れた。

女は四肢《しし》を痙攣《けいれん》させ、絶命した。

翌々日の昼すぎ、安川剛之進は月代《さかやき》を剃《そ》り産毛《うぶげ》のような髭《ひげ》も剃った倅の充広をともなって、玄関より門前へ向かった。

玄関と表門の間の前庭に、母親の石、妹の瑠璃、隠居の祖父母、奉公人の下男下女と中間《ちゅうげん》が居並んでいた。

みな言葉をかけられなかった。

門前には北町奉行所の黒羽織の同心が、六尺棒を携《たずさ》えた捕り方四名、紺《こん》の半着《はんぎ》に鉢《はち》巻十手《まきじって》の捕《と》り方装束《かたしょうぞく》に拵《こしら》えた番方の若い同心ひとり、それと背のひょろりと高い手先を従え、安川充広が出てくるのを待っていた。

同心は八の字眉《まゆ》の下の、疑《うたぐ》り深そうに形がちぐはぐになった目を陰鬱《いんうつ》に表門へ投げていた。

年は四十そこそこ、尖《とが》った顎《あご》に厚めの唇が赤いへの字を結んでいる。

浅草《あさくさ》や本所《ほんじょ》、深川《ふかがわ》あたりの顔利《かおき》きや地廻《じまわ》りの間で、誰が言い出したか知れないがいつの間にか広まった、あの不景気面《づら》が市中見廻りに現れれば闇夜の鬼さえ渋い面をする、と言うので《鬼《おに》しぶ》という綽名《あだな》がついた北町奉行所定町廻《じょうまちまわ》り方《かた》だった。

背のひょろ高い手先が、安川家の門前に集まった見物人を、「いった、いった」と追っていた。

追われた見物人らは小路の両側で遠巻きにし、薬研堀ぎわにある組合辻番の番人が町方や通りがかりの邪魔にならないように整理をした。

そこへ表門脇の小門《こもん》がごとりと開き、剛之進に続いて充広がくぐりでてきた。

剛之進は背筋を伸ばした中背の壮漢だった。旗本らしい威厳が備わっており、渋面の同心と似た年ごろに思われた。

充広はその後ろで顔を伏せ、父親より背は高いものの、瘦《や》せてまだ童子の面影《おもかげ》を残した顔だちだった。

むろん、無腰である。

ちぇ、子供じゃねえか――と、同心はぶつぶつと唇を歪ませた。

十六の小倅と聞いてはいたが、元服もすませたれっきとした士《さむらい》ではあるし、それがとりたて屋の婆《ばば》を怒りに任せて斬ったのだから、さぞかし小生意気な不良と思っていたのが大違いだった。

充広は色白の、不安と心細さに目をしばたたかせている、むしろ顔だちの整った若侍である。

「ご苦労さまにござる。安川充広をつれてまいりました」

剛之進が同心へ一礼して言った。そうして倅へひと頷《うなず》きし、背の高い痩せた背中を同心の方へ押した。

「北町奉行所定町廻り方・渋井鬼三次《しぶいきさじ》でございます。畏《おそ》れ入ります。では」

渋井鬼三次は充広から捕り方へ顔を廻し、目配せを送った。

番方の同心が十手を腰に差し、捕縛《ほばく》の縄をとり出して進み出た。

「ああ、縄は、いいんじゃねえか」

渋井はうな垂れている充広を見て、つい、言った。

同心は渋井に言われて、少し戸惑《とまど》いを見せた。けれどもすぐに、

「安川充広、本所入江町次郎兵衛店《いりえじろべえだな》・熊殺害のかどによりご用である。きりきり歩め」

と、声高に言った。

六尺棒の四人の捕り方が充広の四方を固めた。

小路の両側に寄った野次馬の間から、小さなどよめきが上がった。

同心が朱房のついた十手を、さっ、とふり、捕り方たちを率《ひき》いて歩み始めた。

渋井と手先の助弥《すけや》は一行の後ろについた。

充広の丸めた背中が、痩せて寒々と見えた。

門前へふりかえると、剛之進は渋井へ深々と礼を寄こした。それから小門の中へひっそりと消えた。

二

本所入江町次郎兵衛店の金貸しのお熊が、十六歳の安川充広に斬られた十月十八日の夜のことだった。

菅笠《すげがさ》をかぶった大人二人と小さな子供ひとりの三つの人影が、北十間堀《きたじっけんぼり》堤《づつみ》の慈光《じこう》院《いん》橋をすぎ、中川《なかがわ》堤へ出た。

中川は、対岸の平井《ひらい》村より西へ流れて此岸《しがん》の亀戸《かめいど》村の土手に遮《さえぎ》られ、東へ蛇行しながら亀戸村と逆井《さかさい》村の間をゆるやかにくだっている。

はるか天上に弦月は架かっているものの、河原には不気味なほど静かな暗闇が横たわり、墨汁《ぼくじゅう》を流したような黒い蛇行が広大な冬の星空へつながっていた。

河原は冬枯れた蘆荻《ろてき》に覆《おお》われていた。

三人は亀戸村の土手を下り、河原を進んだ。

女らしき人影が子供の手をひいて、周りの蘆荻が乾《かわ》いた音をたてた。

蘆荻の傍《かたわ》らに白い月の欠片《かけら》が落ち、すぐ側《そば》がもう川面《かわも》であることがわかった。

子供は、菅笠と半合羽《はんがっぱ》の父親の大きな背中が蘆荻の間を右や左にくねっていくのを追っていた。くねるたびに肩にかついだ両掛け荷物が、小さくゆらめいていた。

このまま中川をくだれば佐倉《さくら》道の逆井の船渡しがあり、さかのぼれば行徳道《ぎょうとく》の平井の船渡しがあると、父親の八重木百助《やえぎももすけ》が母親の江《こう》に言っていた。

佐倉も行徳も下総《しもうさ》の国の土地らしいけれども、梅之助《うめのすけ》はそれがどこかは知らなかった。ただ母親からは、

「水戸《みと》という大きな町へいって、そちらで暮らすのですよ」

と聞かされていた。

梅之助の手をひく母親の手は心なしか汗ばみ、手のひき方も少し乱暴に思われた。

梅之助は手拭《てぬぐい》をかぶり顎の下でぎゅっと結んで、背中に小さな荷物をくくって、手《て》甲脚絆《っこうきゃはん》に草鞋《わらじ》履きだった。

肩や袴《はかま》の裾《すそ》に枯草がからみ、ひどく歩きづらかった。

「あれだ」

前をゆく父親の声が聞こえた。

草むらの向こうに船らしき影と人影が幾つか、提灯《ちょうちん》の灯がひとつ見えた。提灯の小さな明かりが、数名の侍や町民風体《ふうてい》を闇の中に浮かび上がらせていた。父親の歩みがさらに速くなった。

「八重木です。左金寺《さこんじ》さんの使いの方々ですな」

父親が船の周りの影へ小走りに駆けていきながら言った。

影は声をかえさず、船の周りに黙って立ちつくしていた。

それでも幾つもの目が、自分たちにそそがれていることが梅之助にはわかった。

川縁《かわべり》には渡し板もなかった。

船は水草の間から艫《とも》の櫓床《ろどこ》を突き出していて、河原に棹《さお》をついた船頭《せんどう》が櫓床に片足をかけ立っていた。

「梅之助、水辺ですから気をつけるのですよ」

母親が強く手を握りしめてささやいた。

「はい」

梅之助は、気が張って息苦しさを覚えていた。

「さあ、早く。これで新宿《にいじゅく》の渡し場までいくのだ」

父親がふりかえり、母親と梅之助を手招いた。

新宿は水戸道の渡し場である。

天を突くほど大きな人影が、父親の傍らに立っていた。

薄暗くて顔はわからないが、刀が大きな影の腰に帯びた小さな飾りに見えた。

大きな影が母親に、穴の中から出すような声を響かせた。

「子供はおれが乗せてやる。お内儀《ないぎ》が先だ」

太い腕一本が梅之助を肩の高さまでふわりと持ち上げた。

咄嗟《とっさ》のことに、「母上……」と呼ぼうとしたのに声が出なかった。

大男は不安そうに見上げた母親の肩を、「乗れ」と突いた。

船には船頭のほかにも人影があって、母親の両脇を支えて船に乗せた。

次に大男が梅之助を肩に担《かつ》いだまま、ひと跨《また》ぎで船縁《ふなべり》を越えた。

それから両掛け荷物の父親、さらに侍らしき数人が続いて乗りこんできた。

母親は前の人影に囲まれて舳《へさき》の方に坐《すわ》り、父親はやはり侍らとともに艫船梁《ふなばり》の側へ坐った。

大男は胴船梁にかけ、梅之助は肩の上だった。

船底が川縁をこすって、ゆらりと川中へ滑り出た。

同時に、船の舳につけた龕灯《がんどう》の灯が消された。

「見られるとまずい」

誰かが言った。

ぴち、と船縁を叩《たた》く水音がし、船が一方へ傾《かし》いだかと思うと今度は反対側へゆらめいた。

梅之助は黒い川面を見下ろして身体《からだ》が震え、「母上」と怯《おび》えた声になった。

「子供を下ろして、ください」

母親が大男に言った。

「いいよ。おれが担いでいってやる」

大男がぞんざいに応えた。

「あぶないですから、子供は床に坐らせてください」

父親が言ったが大男は、ふふん、と笑ったばかりで、

「ぼうず、大丈夫だな。怖くないだろう」

と、梅之助に生臭《なまぐさ》い息を吹きかけた。

船頭は棹を櫓《ろ》に持ち替え、櫓杭《ろぐい》を寂《さび》しげに鳴らし始めた。

堤の木々の影より高く居待《いま》ち月が見え、船が川を漕《こ》ぎのぼる速さが知れた。

船はかすかな月明かりのみを頼りに川筋をたどった。

冷たい風が頬《ほお》をなでるけれど、大男の身体は湿って熱かった。

母上、とまた声を上げようとしたとき、大男が言った。

「ぼうず、この川には仰山《ぎょうさん》の魚が泳いでおる。おまえみたいな子供の魚もおるぞ。知っておるか」

梅之助は応えなかった。ただ、早く下ろしてほしかった。

「どんな魚がおるか、見たくないか」

横腹をおさえる大男の掌が痛いほどだった。

梅之助は身体をよじった。

「見たいだろう」

大男はしつこく言った。

「なら見にいけ。面白《おもしろ》いぞ」

大男が胴船梁から、いきなり高々と立ち上がった。

そうして片方の掌が腋《わき》の下をつかんだ。

母親がふりかえった。

「母上、怖い」

叫んだ途端、身体は一旦後ろへふれ、それから前へふわりと放り出された。

母親の悲鳴と父親の叫び声が聞こえた。

だが梅之助は、呆気《あっけ》にとられて声が出なかった。

月がぐるりと廻って、暗い川堤や遠くの家の灯がちらと見えた。

手足を泳がしたが、何もつかめなかった。

次の瞬間、真っ逆さまに川へ突っこんだ。冷たいと感じる間がなかった。何が起こっているのか、わからなかった。

息苦しくなったとき、頭が水面《みなも》にかろうじて出た。

周りは水を叩く音しか聞こえなかった。

父親と母親を乗せた船が水面の向こうに見えた。

大男が父親へ拳《こぶし》を浴びせていた。

母親は何人かの男らに船縁へ押しつけられていた。

母親の白い手が宙に舞っていた。

「父上ぇぇ、母上ぇぇ」

叫び声を上げたとき、梅之助の身体はすでに水中に没していた。

第一章　とりたて屋

一

本町《ほん》一丁目から両国広小路《りょうごくひろこうじ》へいたる大通りは、日本橋通りとともに江戸一番の目抜き通りである。

鎌倉河岸《かまくらがし》から竜閑橋《りゅうかん》を渡って本町一丁目までお濠端《ほりばた》をきた二人の侍が、常盤橋《ときわばし》御門の手前でその目抜き通りへ曲がった。

大店《おおだな》、老舗《しにせ》がそうそうたる店がまえをつらねる賑《にぎ》やかな大通りを両国広小路方面へたどり、通油町《とおりあぶら》から浜町堀に架《か》かる緑橋《みどり》を越えて通塩町《とおりしお》、続く横山《よこやま》町一丁目と二丁目の境《さかい》の辻を南へ折れた。

横山町の辻から南へのびる横《よこ》町通りは、西側に横山同朋《よこやまどうぼう》町と東側に武家地に挟まれた直線道で、横山同朋町の次が若松町である。

二人の侍は若松町の通りのひとつ目の角を東側の武家地へとった。両側に武家の長屋門や土塀《どべい》がつらなる小路が続き、この小路は薬研堀の埋めたて地へ通じていた。

町地から武家地へ入ると、それまでの賑やかさがかき消え、あたりは冬晴れのうららかな静けさに包まれた。

人通りはあるものの、みな黙してそそとゆきすぎるし、屋敷の土塀から枝をのばす欅《けやき》や椎《しい》、桂、松、柿の樹木に飛び交《か》う小鳥の鳴き声が、あたりの静けさにのどかな気配を添えていた。

二人の侍はともに菅笠《すげがさ》を目深《まぶか》にかぶっていた。

ひとりは黒羽織に茶の綿袴《めんばかま》、今ひとりは紺《こん》羽織に小倉《こくら》の細縞《ほそじま》袴の、ともにごく人並みな扮装《いでたち》だったが、朝日の降る小路に二人の風貌《ふうぼう》は人目についた。

黒羽織は五尺（約百五十センチ）少々の岩塊を思わせる部厚い筋骨が隆々とした体《たい》軀《く》が着物の下にうかがえ、骨太の腰に帯びた黒鞘《くろざや》の大小は異様な長さと物々しさで周囲を威嚇《いかく》していた。

引きずりそうな茶袴の裾《すそ》をひるがえす黒足袋草履《くろたびぞうり》の歩みは、ひと足ごとに小路の石

ころ道をがつがつと踏みつぶさんばかりに力強かった。そして菅笠の縁をわずかに持ち上げ、隣《となり》の紺羽織に、

「よい朝なのだがのう……」

と、話しかけたその顔は年のころは四十前後。顎《あご》が瓦《かわら》のように張り、両頰《ほお》が裂けるほどの大きく厚い唇の間から、石をも嚙《か》みくだきそうな白い歯並みが光っている。

そうして、この世の魑魅魍魎《ちみもうりょう》にすら睨《にら》みを利《き》かせるかのように、ごつい頰骨の上に窪《くぼ》んだ眼窩《がんか》の底に、ぎらぎらした目を注意深く蠢《うごめ》かせている。

一方、話しかけられた紺羽織は、五尺七、八寸（約百七十四センチ）ほどの上背の瘦軀《そうく》を、物静かにそよがせているふうな軽々とした足の運びだった。

「ふむ。冷たいのが心地《ここち》いいな」

黒羽織に涼しく笑みをかえしてから朝空へ投げた相貌は、幾《いく》ぶん血の気の薄い頰が侍のいかめしさやたくましさを削《そ》いで、むしろ頼りなさげだった。

目尻のとがった奥二重《おくぶたえ》の眼差《まなざ》しの鋭さを下がり気味の眉がやわらげ、鼻梁《びりょう》のやや高い鼻筋に大きめのしゅっと閉じた唇の不釣合い加減が、少年のような瑞々《みずみず》しさをどことはなしに漂《ただよ》わせていた。

そんな顔だちに、後ろへ引きつめた艶《つや》やかな総髪と麻の元結《もとゆい》で束《たば》ねた一文字髷《いちもんじまげ》がと

てもよく似合っているけれど、それらは今、菅笠に隠れて見えなかった。

ただ、痩軀に羽織った古い紺羽織には丁寧《ていねい》に火熨斗《ひのし》をかけ、渋い光沢《こうたく》を放つ黒塗りの大小は細縞の小倉袴に凜《りん》と納まって、白足袋と麻裏つき草履などの拵《こしら》えが、私塾に通う貧しい学徒が精一杯に装《よそお》ったふうな純朴さにあふれていた。そのためか、

「もう、近いのだろう」

と、黒羽織に訊《たず》ねた侍の年のころは三十七、八と思われたが、風貌に兆《きざ》す老成した深みと若衆のような息吹《いぶき》が年をわからなくしていた。

「あそこの長屋門だ」

黒羽織が指差すと、ちょうどいき合った中間《ちゅうげん》を従えた奥女中が二人を見て、くすりと笑いを隠してゆきすぎていった。

「不思議だのう。おぬしがつれだと、女子供がおれを見て恐れずにむしろ笑いかけてくる。いつもはみな、恐れて目を伏せるか小走りになるのに」

黒羽織が愉快そうに言った。

「誰かれとなく睨むからだ。おぬしに睨まれるとわたしも怖くなる」

「そうかあ。あはは……」

顔に似合わぬ大らかな笑い声を響かせた。

「ここだ。ここから先は笑うのは禁物だぞ」

「笑わぬよ。おぬしこそ気をつけろ」

紺羽織が諭《さと》した。

黒羽織は「ふむ」と唇を両頰一杯に結び、長屋門と言っても小ぶりな両開きの門扉《もんぴ》をごつい拳《こぶし》で鳴らした。

「お頼み申《もお》す。お頼み申す」

張りのある声を門前に響かせ、門屋根の上にのびた楢《なら》の枝を震わせた。

二人は、古い床の間と違い棚のある八畳の客座敷に通された。

床の間を右に見て、土壁を背に二人は端座し、正面に竹林の絵と漢詩をあしらったこれも古びた襖《ふすま》が閉じられていた。

左手は縁《ふち》廊下にたてた腰障子《こししょうじ》が、廂《ひさし》の影と午前の光を映《うつ》していた。

庭であおじが、ちっ、ちっ、と鳴いている。

端座してすぐ、表門に自ら出迎えた主人の安川剛之進が羽織袴に着替えて現れた。

剛之進に続いて、内儀の石と清楚《せいそ》な顔だちが可愛《かわい》らしい童女の面影《おもかげ》を残した娘が茶《さ》菓《か》を運んできた。

娘の方は部屋をさがり、剛之進と石が襖を背に対座した。

「わざわざのお越し、お礼を申します。改めまして、安川剛之進でございます。これはわが妻の石です」

と、剛之進が先に頭を垂《た》れた。

「石でございます。このたびは、お世話になります」

畳に手をつき、石はか細い声で言った。

黒羽織も紺羽織も、畳に手をついていた。

旗本屋敷にきたのである。つけなければならない身分のけじめはある。

「ご丁寧に畏《おそ》れ入ります。この者が昨日お話しいたした……」

黒羽織の小人目付《こびとめつけ》・返弥陀ノ介《かえりみだのすけ》が、隣の紺羽織へ顔をわずかに傾《かし》げ、

「唐木市兵衛《からきいちべえ》、でござる」

と、言った。

「唐木市兵衛でございます。半季、あるいは一季の渡り奉公を生業《なりわい》にいたしております。お見知りおきを」

紺羽織の侍・唐木市兵衛は手をついたまま言い添えた。

「どうぞ、お手をお上げください」

言われて身体《からだ》を起こした市兵衛は、剛之進の顔が深い陰影に曇り、妻の石の様子が

ひどくやつれて見えた。

二人ともこの数日、満足に寝ていないのかもしれない。

それでも二人の疲れた眼差しには、この男で大丈夫なのだろうか、と懸命に市兵衛を探《さぐ》ろうとするあがきがこもっていた。

無理もない――市兵衛は思った。

「返さんより唐木さんのお噂《うわさ》、お仕事ぶり、お人柄をうかがいました。こうしてお目にかかり、失礼をお許しいただきたいのですが、返さんの言われたことがなるほどもっともなと、安堵《あんど》いたしました」

剛之進は一度目を伏せてから、血走った目を上げ続けた。

「わたしどもは今、公儀旗本・安川家始まって以来の苦境におちいっております。何とぞ、わが安川家の事情をお察しいただき、唐木さんのご助勢をお願いいたしたい」

剛之進がまた頭を下げ、石がそれに倣《なら》った。

「安川どの、市兵衛、いや唐木には大よその経緯を伝えておりますが、安川どののご自身より改めてご依頼の趣旨をお話しくだされ。それがしも、詳細を把握《はあく》して唐木に伝えているわけではありません」

弥陀ノ介が眼窩の奥の目を光らせた。

「さようですな。では、事の起こりからお話しいたします」

剛之進が膝《ひざ》に手をつき、幾ぶん前のめりになった。

「畏れ入りますが、お話しになる前に……」

市兵衛がさりげなく剛之進を止めた。

剛之進と石が、ん？　という顔つきをした。

弥陀ノ介がぎょろりと市兵衛に一瞥《いちべつ》を投げた。

「ただ今も申しました通り、わたしは渡り奉公を生業といたしており、ささやかなる才覚技量をなにがしかの給金に換えて暮らしをたてております。わたしの給金に換え得る才覚技量は、そろばん勘定《かんじょう》と家政の裁量、やりくり算段と心得ております」

「それも返さんよりうかがいました。若きころ上方《かみがた》で商家に寄寓《きぐう》なさり商《あきな》いを、農家や酒造業者の下《もと》で米作り、酒造りを学ばれたとか」

はい――と、市兵衛は応えた。

「わたしが上方で学びましたそろばん勘定、家政の裁量、やりくり算段とは、入るお金と使うお金の実情にもとづき家計に規律の縛《しば》りを設《もう》け、それに則《のっと》って収支を差配する、理屈はいたって単純なものです。すなわち、才覚技量を給金に換える渡りの仕事はその規律において、家計の実情、実態を包み隠さず白日《はくじつ》の下《もと》にさらすことになります。そうでなければ、わが才覚技量をふるうことができないからです」

「わかります」

「返弥陀ノ介はわが友であり、弥陀ノ介よりこの話を聞きましたとき、わたしはわが友の頼みを即座に、了、と決め、本日おうかがいいたしました」

「いたみ入ります」

「しかしながら仕事をお引き受けするうえで、安川さんにあらかじめ承知していただかねばならぬことが三つあります」

「どうぞ」

と、剛之進は落ち着いていた。

「まず、事の詳細の何もかもを、たとえ安川家の恥になり旗本の家の外聞をはばかる事情であれ経緯であっても、すべてお聞かせいただかねばなりません。むろん、お聞かせいただいた安川家の事情や経緯は、弥陀ノ介とわたしからもれることはいっさいないものと、お約束いたします」

「わが家はすでに大きな恥を世間にさらしております。今さら、旗本の外聞など」

剛之進は眉間《みけん》を歪《ゆが》ませた。

「今ひとつは、わたしの才覚技量はそろばん勘定と家政の裁量、やりくり算段です。

それとこのたびの仕事には隔《へだ》たりがあります。要するに仕事の中身が違うのです。しかしながらこのたびの仕事なら、そろばん勘定と家政の裁量、やりくり算段と同じ手だてによって果たし得るし、さほど困難ではないと考えました」

市兵衛は頭をわずかに落とした姿勢で、続けた。

「このたびの仕事はまず、家計の実情、実態を明らかにするのと同じ方法をとり、お聞かせいただく事情の奥にひそんでいるかもしれぬ別の事情を、根掘り葉掘り、あるいは重箱の隅《すみ》をつつくように調べることになります。おそらく、わたしのやり方は無礼なうえにまどろっこしく、それで間に合うのかと気をもまれるでしょうが、あくまでわたしのやり方に異論を挟まず、お任せいただきたいのです」

剛之進も石も、力なく、心得たふうにうな垂れた。

だがそこからが、市兵衛のどうしても言っておかなければならないことだった。

「そのうえで、確認させていただきます。ご子息・充広さんは刀を携《たずさ》える侍でありながら、どのような事情があったにせよ、得物を持たぬ女を斬殺した。この実事《じつじ》は動きません。どのような事情であれ、情け容赦《ようしゃ》なくひとりの女を斬り殺したのです」

市兵衛はまっすぐに言った。

「武士は武士であるがゆえに理屈をこえた倫理の下に、己《おのれ》のなした行いに自ら決裁を申し出、許しを得るというたて前をとります。ゆえに武士は自ら屠腹《とふく》をするのです。つまり、充広さんの行いは武士であるがゆえに、大いに考慮すべき事情が見つかったとしても切腹あるいは死罪はまぬがれぬであろう決着をご承知のうえで、このたびの仕事をお請けいたすということで、わたしはよろしいのですね」

うな垂れた石の肩が小刻みに震えるのがわかった。涙がぽろぽろと膝の上に落ちるのを、ぬぐいもしなかった。

「あれは、この春元服を果たし、侍になりました。侍が覚悟の上で腹をきるのなら……愚《おろ》かな倅《せがれ》ですが、何ゆえそんな愚かなふる舞いにおよんだのか、事情をぜんぶ知ったうえであれを見送ってやりたい。父親として」

せめて——と、剛之進は苦渋を全身ににじませて言った。

うう……っと石がくずれ、畳に手をついて身体を支えた。

二

充広が金貸しのお熊を斬殺した翌日の昼、お熊が住んでいた本所入江町の次郎兵衛店の女子供のまじった住人ら数十人が、安川家門前におしかけた。そして、

「遊ぶ金の借金を踏み倒したうえに、罪もないお熊さんを非道にも斬殺した安川充広を、打首獄門にしろ」

と、充広を《人殺し》《破落戸《ごろつき》の二本差し》《極悪人の大泥棒》と幟《のぼり》や旗をたて、門前で声高《こわだか》に気勢を上げた。

おしかけた住人らの怒りは収まらず、石礫《いしつぶて》が門扉《もんぴ》に投げつけられ、土塀や門屋根をこえて屋敷の屋根瓦にはずんでからんからんと音をたてた。

薬研堀ぎわの辻番の番人が住人を追い払おうと試みたが、気を昂《たかぶ》らせた住人のほかに野次馬も加わった勢いに番人らは逆に追いたてられ、収拾がつかなかった。

安川家は門を固く閉ざして、住人らの騒ぎが収まり引き上げるまで屋敷内に息を殺してときがすぎるのを待った。

一方、お熊を斬った充広の御下知《げち》はその日のうちに小十人頭《がしら》にあって、組頭から小十人衆・安川剛之進へ伝えられ、一件の翌々日、安川家門前で町方が充広の身柄を拘《こう》束《そく》した。

さらに入江町次郎兵衛店の住人の充広の厳罰を求める嘆願が町役人を通して町奉行所へ出され、また幾つかの読売《よみうり》が、

《旗本の倅が岡場所で遊ぶ金欲しさに金貸しから借金を拵《こしら》え、借金返済の催促をした

金貸しの婆《ばあ》さんを逆上して斬殺》

と、事の顚末《てんまつ》を誇大な風説種にはやして瓦版《かわらばん》を売り出し、たちまち江戸市中に一件が知れ渡り、お熊への世間の同情が集まったこともあってか、充広の評 定《ひょうじょう》は翌月十一月二日の式日《しきじつ》に急きょ決まったのだった。

評定所式日は、毎月、二日、十二日、二十二日である。

返弥陀ノ介が雉子《きじ》町の八郎店《はちろうだな》にある唐木市兵衛の住まいを訪ねてきたのは昨日、十月二十六日の夕刻だった。

弥陀ノ介は一升 徳利《いっしょうどっくり》と干したらの包みを肴《さかな》にさげていた。

市兵衛は夕飯のおかずに、ゆでだこ、豆腐《とうふ》と人参牛蒡《にんじんごぼう》などの煮炊きを拵えているところだった。

「おぬしと呑《の》みたくなってな」

弥陀ノ介が白い歯を見せて笑った。

「ありがたい。菜《さい》が一品ふえた」

市兵衛は干したらをこんがり焦《こ》げ目がつくほどに焼いて大根おろしを添え、ほかに胡瓜《きゅうり》の香の物、油あげの味噌汁《みそしる》に大葉《おおば》を刻んで、七味などの薬味に加えた。

湯飲みの冷酒にほくほくした焼き魚や煮炊き、ゆでだこの肴がよく合った。

のどごしが堪《たま》らぬ、この焼き具合は、煮具合は、辛《から》みはどうのこうの、美味《うま》い美味い……と酒と食い気が先に進み、腹が満たされ、箸《はし》の進みがようやく落ち着いてきたころ、

「話を、聞こう」

と、市兵衛は弥陀ノ介をやおら促《うなが》した。

市兵衛は、弥陀ノ介が腹の中に抱えている気がかりをその顔つきを見ただけで推量したし、弥陀ノ介は市兵衛がすでに心得ていることを察していた。

弥陀ノ介は徳利酒を市兵衛の湯飲みにつぎながら言った。

「仕事をひとつ、やってくれぬか。たぶん、あまり金にはならん。相手は百俵《ぴょう》どりの貧乏旗本でな」

弥陀ノ介は自分の湯飲みに徳利を傾けた。

「そろばん勘定も剣の腕前も、役にはたたぬと思うが……」

市兵衛は酒を口に含み、友と呑む酒を美味いと思っていた。

「ならば何が役にたつ仕事なのだ」

「ここだ」

と、弥陀ノ介は身の丈《たけ》にしては長すぎるほどの指で己の胸を差した。

「人の心の綾《あや》を慮《おもんぱか》り、人の抱える苦しみへの憐憫《れんびん》だ。人への慮りと憐憫を、働かせなければならぬ仕事だ」

弥陀ノ介はそう言って湯飲みをあおった。

「十六歳の若い侍が金貸しの女を斬った。その若い侍を、救うてやりたい」

読売が書きたて、今、世間の耳目を集めている金貸しのお熊殺しの一件だとすぐに知れた。

「父親は安川剛之進と言うて、おれの十一、二のころからの知り合いだ」

弥陀ノ介は大きな掌《てのひら》で骨張った顎をなでた。

「知り合いというても、向こうは小十人衆であってもれっきとした旗本。おれは下っ端の小人役《こびとやく》の倅、友とか仲間とかいう間柄ではない、まさに知り合い、でしかなかった。しかも、こんな風貌が同じ年ごろの子に蔑《さげす》まれ、おれ自身も自分の風貌が人と違《ちご》うておるのがわかり始めて、がきなりに疵《きず》ついておるころだった」

言いながら、懐《なつ》かしそうな笑みになった。

「そのころ、安川さんの屋敷は四谷《よつや》御門内にあって、四谷御門外の円通《えんつう》寺に近い、うちの組屋敷とそうは離れていなかった。ある日、親に用を言いつかって四谷御門内の堀端を歩いておったときだ。番《ばん》町の旗本の家のがきらとい《お》き合うた。おれよりひとつ二つ年上の、おれから見ると大きな図体《ずうたい》をしたのが五、六人だった。そいつらがおれを見つけ、おまえみたいな卑《いや》しい化物《ばけもの》は番町へくるな、見苦しいと囲まれた」

弥陀ノ介は笑ったまま続けた。

「がきらが通せんぼをするのをわかっていたが、おれは逃げなかった。親の使いということもあったし、十歳をすぎるそのころには、おれは同じ年ごろの子らに仲間はずれにされたり、罵声《ばせい》や嘲笑《ちょうしょう》を浴びせられるのにはすでに慣れておった。こういうときは知らぬ体《てい》でゆきすぎるに限る、という知恵をその年で身につけていた。子供は子供なりに身を守る方法を考える。そういうもんだ」

「己自身を守る知恵を身につけるのが、子供の仕事だ」

「だがその日のがきらは、おれが知らぬ体を装っても、けだもの、化物、と執拗《しつよう》に絡《から》んで喧嘩《けんか》をふっかけてきた。ふりかかった火の粉《こ》は払わねばならぬ。心ならずも乱闘になった。と言っても、おれの方が殴《なぐ》られる蹴《け》られるを、ただなす術《すべ》なく受けるだけだったがな。何しろ手足が短くて相手に届かんのだ。あははは……」

市兵衛は一緒に笑い、弥陀ノ介の湯飲みに酒を満たした。

「そこへ、安川さんが現れた。道ですれ違った覚えがある、というほどの知っている顔だった。その安川さんが、なぜかおれの助太刀《すけだち》に入ったのだ。がきらは突然の安川さんの乱入に驚いた。じつはおれも驚いた。おれに味方する者など、親以外にこの世にいないと思っていたからな」

弥陀ノ介は市兵衛との間にやわらかな眼差しを泳がせた。

「安川さんもおれと同じ年で、ちびで痩せっぽちだった。当然二人とも袖《そで》はちぎられるわ、袴は破られるわ、こぶやら痣《あざ》やらができるわでさんざんな目にあった。がきらが去ったあと、おれは根が丈夫にできているからすぐに起き上がれたが、安川さんは道に仰向《あおむ》けになったままだった。おれが助け起こそうとすると自分は起き上がれないのに、怪我はありませんか、と倒れた格好でおれを気遣《きづか》ってくれた」

路地のどぶ板を踏む足音が聞こえた。

「おれは涙が出るくらい嬉《うれ》しかった。と言うか、申しわけない気持ちになった」

どこかの店《たな》の表戸が、たん、と開けられ、「おう、今日の分をもらいにきたぜ」というくぐもった男の声が聞こえた。

弥陀ノ介は話を止めて、市兵衛に苦笑を向けた。

「たぶん、日済《ひなし》のとりたて屋だろう。ここのところ毎日きている」

「安川さんの倅も、金貸しのお熊に厳しく催促されていたそうだ」

そう言って、ごつい頭にぴたりと張りついた総髪の髷をたたきながら続けた。

「それがあってから、おれは道で安川さんといき合わせると、心より敬意をこめて礼をするようになった。すると、安川さんの方からおれに笑いかけたり話しかけたりしてくれてな。安川さんは、おれの風貌や身分の低い小人役の倅だとかをいっさい気にとめなかった。嬉しかったなあ。ずっと仲間はずれにされてきたおれにもようやく友ができたぞ、と親に自慢したいくらいにだ。わかるだろう」

「わかる。友は心の宝だからな」

路地のどこかの店で、住人が「すいません、すいません、子供が病気で……」と、とりたて屋に泣き言を並べていた。

「と言っても身分違いは子供心にもわかっていた。おれの方から安川さんに話しかけはできなかった。おれがひとり決めにしただけの友だったのかもしれぬがな。それからしばらくして安川家が屋敷替えになって、安川さんとは会わなくなった。おれはまた仲間はずれのひとりぼっちになった。ただ安川さんとはそれきりになっても、助太刀の恩はいつかかえすと、それもひとり決めにしていたのだ」

弥陀ノ介は湯飲みをあおり、昔を語る己《おのれ》が照れ臭げだった。

「次に安川さんに会ったのは、十数年後だ。おれは父親の番代わりで小人目付役に就《つ》いていて、安川さんもやはり小十人役だった。お城の中《なか》の口《くち》の近くでばったり出会った。向こうは裃《かみしも》、こっちは小人役の黒羽織。おれは、お久しゅうございます、と敬礼し、安川さんは、お役目ご苦労さまです、と微笑《ほほえ》まれ、それだけでいきすぎた」

口調がそこで、しんみりとした。

「ときはすぎて、お城の中で会ったひとり決めの友に、やあ息災で、などと気安く声はかけられなかった。何かが大きく変わったのではない。向こうは旗本、おれは小人役。身分の差が大人になってより明らかになっただけだ。それからのち、安川さんとはまれに城内で出会ったが、そんな具合でしかない。だから安川さんに恩をかえす機会はなく、さらに十数年がすぎて今もってそれは変わらぬままだ」

路地のどこかで、「冗談じゃねえぜ。こっちだって商売なんだ」と、とりたて屋が喚《わめ》いて、子供の泣き声がした。

「子供の泣き声が聞こえるぞ。大丈夫か」

「たぶん、大丈夫だろう。ひと通りやりとりを交わしたらとりたて屋は帰っていく。そうしなければとりたて屋も格好がつかないのだろう。だが無茶なことはしないと思う。初めは放っておいていいものか気をもんだが、近所の住人は、そのうち収まりますから、とあまり気にかけてもいなかった。だんだんそこら辺の息がわかってきた」

「息、か。市兵衛も大人になったな」

「おぬしが言うか。それより、仕事の話がまだ始まっておらぬぞ」

弥陀ノ介はたらの頭を丈夫そうな歯で嚙《か》みくだき、力強く咀嚼《そしゃく》した。

「今日の午後、安川さんが城内の小人目付部屋に訪ねてこられた。驚いたよ。元気でしたか、などと気安く言葉を交わすには身分の隔たりがあったし、何より安川さんの倅の一件はわれらの間に伝わっていたのでな。とても深刻な様子だった。倅の一件で思いあまってこられたのだろうとすぐに合点《がてん》した」

そう言って、湯飲みを勢いよくあおった。

「安川さんは言われた。十六歳の倅が人を斬った。それも岡場所で遊ぶ金欲しさに借金をし、返済を迫られ逆上したためにと。おれは、存じております、と応えた。安川さんは、親馬鹿で申すのではなく、倅・充広はそのような理不尽なふる舞いをする男では決してないと信じている、と言われた。倅がそんなふる舞いをしたのには、何かよほどのわけがあったはず。それを探《さぐ》り出したいとな」

「倅に問い質《ただ》せばわかるだろう」

「それが、倅は安川さん夫婦には何も言わぬらしい。妹がおって、その妹にはちらりと言ったそうだ。これは自分ひとりが負《お》うべき事柄で、これ以上家に迷惑をかけるわけにはいかぬとかなんとか」

「もう迷惑はかかっているのにか」

「ふむ。倅はまだ若いし頑《かたく》ななのだ。それで、倅がどんなわけがあってあのふる舞いに及んだのかを調べ、評定までに倅のふる舞いの申し開きができる事情を探り出してくれる人物を推薦して欲しいと、頼みにこられたのだ。安川さんは、おれが片岡《かたおか》のお頭の配下で働いている評判をまれに耳にし、気にかけておられたらしい」

片岡のお頭とは公儀十人目付《じゅうにんめつけ》筆頭・片岡信正《のぶまさ》、すなわち市兵衛の兄のことである。

小人目付は目付の支配下にあって、目付の指図で旗本御家人の監視、のみならず、事と次第によっては諸藩の大名や公儀の執政でさえ調べ上げる、隠密探索を主な役割にしている。

「倅の評定日は来月二日に決まった。あまり日がない。安川さんは手間賃は少々高くともなんとかすると言われた。とは言え、旗本ではあっても百俵の小十人衆だ。小人頭を務める八十俵のおれと大して変わらぬ。おれは気楽なひとり身の小人役だが、安川さんは旗本の体裁《ていさい》を保たねばならぬ。期待はできぬであろう。だがおれは、安川さんにあの助太刀の恩返しをできるときがようやくきたと思った」

市兵衛はたらの頭を嚙みくだいた。

「おれはなんとしても安川さんの倅を救いたい。救わねばならぬ。本来ならばおれがやるべきだが、仕事の片手間にということになる。安川さんの意図を汲《く》んで調べに専念できる者でなければならぬ。おれは蓄えをすべてはたいてもかまわぬ。市兵衛、おぬししかおらん」

どこかの店のとりたて屋の声はもう途絶え、子供の泣き声も止《や》んでいた。

「おぬしに頼みたい」

弥陀ノ介が繰《く》りかえした。

十六歳の侍を救えるか救えぬか、今はそれを思案することに意味はなかった。人を殺《あや》めた行いの罪深さを忖度《そんたく》するのも、かってな推測にすぎない。まず手を差しのべねば始まらぬことが市兵衛と弥陀ノ介にはわかっていた。だから市兵衛は微笑み、応えた。

「承知した」

市兵衛と弥陀ノ介の心意気が共鳴すれば、互いの意思は疎通《そつう》した。

弥陀ノ介は市兵衛を睨み、やがてゆるやかに「よし」と頷いた。

「市兵衛、呑もう。もっと呑もう」

弥陀ノ介は大声になった。

庭であおじが、ちっちっ、ちっちっ、と鳴いていた。

三

八畳の客座敷に、安川剛之進と妻・石、隠居の身の充広の祖父母が襖を背にして並んで着座し、十四歳になると聞いている妹の瑠璃が縁側の腰障子を背に坐っていた。

市兵衛と弥陀ノ介は安川夫婦らと向かい合う坐を占めている。

充広の祖父母、妹の瑠璃の話をうかがいたい、と市兵衛は申し入れた。

充広は旗本・安川家の跡取りである。

跡取りには、武門の一族をいずれは束ねる士《さむらい》の厳しさを求める反面、親は元より祖父母、兄弟も跡取りへ遠慮が何くれとなく働き、わがままに手前かってな気性《きしょう》に育つということがなきにしもあらずであった。

市兵衛は、六十代の半《なか》ばをすぎている白髪の祖父にいきなり訊ねた。

「ご無礼な問いをお許しください。あなたのお孫さんである充広さんは、素手の女に斬りつけ、とどめまで刺して死にいたらしめました。ひどい話です。お孫さんの非道なふる舞いについてどのようにお考えですか」

「まことに遺憾に思っております。わが孫のふる舞いによって命を落とされた方のご冥福を祈るばかりです」

祖父は背筋をのばし、低く透《とお》る声で応えた。

「なぜそのようなふる舞いにおよばれたのでしょう。戦場で刀を持つ者同士が闘う場合でも、武士の情けという心が働きます。やむを得ず敵を斬らねばならなかったとしても侍の命を奪うのです。侍なら侍への敬意があってしかるべきだし、ひとかどの侍なら身につけているたしなみではありませんか」

「まことにその通りです」

「それが、侍に無礼な口を利く金貸しだからと言って、倒さねば倒される戦場でもない路上で武器もない女に斬りつけるなど、言語道断、武士にあらざるふる舞い。充広さんはそれほどに、われを忘れて激昂《げっこう》しやすい気性の方だったのですか」

「そう思われても無理からぬことです。しかしながら、わたしの知る限り、充広は決してそのような孫ではなかった。聞き分けのいい優しい孫です。とりたててすぐれているとは言わぬが、他人への心遣いができる子です。わたしは倅の剛之進を厳しく育てたつもりです。だが、この孫なら倅は子育てに苦労せぬであろうと思っていたくらいであり、よき跡取りをわが家は授かったと喜んでおりました」

「それは身びいきというものです」

市兵衛は言葉をやわらげずに言った。

「そのような身びいきが、己を厳しく律する武士のたしなみを身につける修養を怠《おこた》らせ、己を見失い狼藉《ろうぜき》におよぶ馬鹿げた事態を招いたのではありませんか」

「確かに元服を果たした侍にあってはならぬふる舞いだった。己を律することができなかった。しかし、充広はまだ十六歳の成長途上にあります。己を見失った。ただ、そんな未熟な充広に己を見失わせるほどのふる舞いをさせる理由があったゆえ、このような事態を招いたのではないかと、われらは疑っております。それを調べていただくために、唐木さんに助勢をお願いしておるのです」

祖父は穏《おだ》やかに、顔色ひとつ変えず、それでもひた向きに市兵衛へかえした。

市兵衛は祖父から祖母へ矛先《ほこさき》を向けた。

「おばあさまは、身びいきとは思われませんか」

祖母は、若きころはさぞかし清楚《せいそ》であったろうと思われる色白の上品な母刀自《ははとじ》で、肩をすぼめ一語一語を大事そうに市兵衛へかえした。

「われらは充広の祖父母ですし、ここにいる者は充広とともに暮らしてきた同じ一家です。身びいきでよろしいのではありませんか。充広のふる舞いが侍として、人として許されないのは知っております。けれども、われらにはあの子は何があろうと優しくかけがえのない孫なのです。評定所においてわが孫につらい裁断がくだされたとしたら、わが孫のために涙を流す身びいきは間違いでしょうか」

市兵衛はわずかに頰を赤らめた。

それを隠すために、呆《あき》れたかのごとくに苦笑を浮かべて小首をかしげた。

妹の瑠璃へ顔を向けた。

「瑠璃さんでしたね。お兄さんの話をしていただけませんか」

うな垂れていた瑠璃が、はっ、と顔をもたげた。

十四歳の、童女が娘になってまだ間もない、まさに花の容顔《かんばせ》がほのかに赤らんで、恥じらいと戸惑《とまど》いを見せた。

黒目がちな眼差しが神秘の光沢《こうたく》を放ってさまよい、市兵衛は束《つか》の間《ま》、その覚束《おぼつか》ない様子に笑みを浮かべた。背後の障子に差す午前の光が、大人びた島田《しまだ》の髪に光の薄絹を落としているかのようだった。

「瑠璃さんとお兄さんの充広さんは二つ違いでしたね。幼いころはきっと、ともに遊ばれたでしょう。そのころのお兄さんの思い出をおうかがいしたいのです」

瑠璃は市兵衛へ、細く長いうなじをやわらかく傾けた。

その懸命な物思わしげな仕種《しぐさ》が、純朴で可憐《かれん》だった。それでも瑠璃は、

「はい。兄は……」

と、無邪気にはっきりと言った。

「おじいさまやおばあさまの仰《おつしや》いました通り、大好きな優しい兄でした。近所の男の子たちと遊ぶときなど、わたしがついて廻るので、兄は小さなわたしを気遣わねばならず、大変だったと思います。わたしが男の子たちの遊びについていけなかったり疲れたりしてぐずると、大丈夫だよ、瑠璃、手をひいてあげるからね、と遊び仲間からはずれてもわたしを庇《かば》って、自分が楽しめないのをいつも我慢していました」

瑠璃は子供のころの記憶をたどって、美しい唇をかすかにほころばせた。

「兄は子供のころからそうだったんです。自分のことより、周りの人のことを気にかけるんです。たぶん、可哀想《かわいそう》な人を見ると放っておけなくて、何かしなくてはと一所懸命になる人でした。もっと自分の気ままにふる舞えばいいのにと、大きくなってから思うようになりました」

「自分の気ままにふる舞って、素手の相手をかっとなって斬り捨てたのですね」

「え？　いえ、そういうことでは。兄は……」

不意に言葉を掬《すく》われて、瑠璃の話は途ぎれた。

「優しい、いいお兄さんであるのはわかります。だがそればかりではないでしょう。わがままで、怒りっぽく、すぐかっとなるとか、子供なのですからそういう気質はあったでしょう。あなたと物をとり合って喧嘩をし、打《ぶ》たれたとか。外面は優しいお兄さんでも、そういうかっとなる気質が、じつは今もあるとか」

「兄に打たれたことはありません。子供のころに少しは言い合いもしましたけれど、それはわたしがわがままを言うのをとがめるぐらいでした。本当です。ですから、とりたて屋さんの女の人を斬ってしまったふる舞いを兄はとても悔《く》いて、きっとわけがあったはずなのに自分が責めを負う事柄だからと誰にも弁解せず、ひとりで何もかも背負っていくつもりなのです」

「侍は一門を背負っているのです。ひとりでというわけにはいかない」

市兵衛が言うと、弥陀ノ介が堪りかねてわざとらしい咳払《せきばら》いをした。

安川夫婦は目を落とし口をつぐみ、市兵衛の遠慮のない言葉に堪《た》えている。

弥陀ノ介は、それぐらいでいいだろう、という目つきを寄こした。

だが市兵衛は止《や》めなかった。

「弁解をせず、と言うと潔《いさぎよ》く聞こえますが、実情は弁解ができないのではありませんか。欠点のない人はいない。腹がたったから、むしゃくしゃしたから、前後のわきまえもなく罪を犯してしまう。そしてあとで後悔をしてみせる。よくあることとです」

「兄は間違いを犯しました。でも、兄にだって、やむを得なかったわけがきっとあったと思います。きっとあったと信じています」

瑠璃は必死に訴え、そして目を潤《うる》ませ苦しそうに唇を噛みしめた。

「唐木さん、あなたは充広の悪い気質を無理にでもひねり出し、それをわれらに言わせたいのですか」

祖父の低い声が、遠慮勝ちに市兵衛を質した。

「わたしは常に一緒に暮らしてこられたご家族だからこそ、他人にはわからない本当の充広さんの気質を、ご一家の方々からうかがいたいと思っています」

「本当のことは包み隠さず話しておる」

祖父は市兵衛をなだめるかのように、老練な笑みを見せた。

「われらは唐木さんが事情を明らかにし、充広が評定所で申し開きができることを願っておる。そのために必要な本当のことは包み隠しはせぬし、今は思い浮かばぬことでも、あとで思い出したら必ずお話しいたす。われらは充広が帰ってくる落着を心より願っている。しかしながら、わが孫が帰ってこなくとも、そのためにわが一家にどういうとがめがくだされようとも、覚悟はしておる」

市兵衛はこの穏やかな祖父に、深々と頭を垂れた。

「ご無礼を申しました」

と、安川夫婦へ、改めて手をついた。

「お聞き苦しい物言いをしつこくいたしました。何とぞお許しください」

それから祖父母と瑠璃へも手をついて詫《わ》びた。

「ご一家の方々が、充広さんをかけがえのないお孫さんであり、ご子息であり、お兄さんと思っておられることがよくわかりました。みなさんのお言葉によって、充広さんがただ腹をたてた、かっとなっただけであのようなふる舞いにおよんだのではないことが確信できました。瑠璃さんが信じておられる通りです。充広さんのふる舞いにはきっとわけがあります。間違いありません」

「唐木さん、われらの頼みを引き受けていただけるのですな」

祖父が言った。

「はい。全力をそそいで務める所存です」

「あなたは渡りを生業にしておられるとうかがいました。この頼みは幾らでお引き受けいただけるのですか」

「父上、それはわたしと唐木さんが……」

剛之進がさえぎった。

「そうはいかん。われらは隠居の身でも多少の蓄えはある。それにおまえには、充広が作った借金の返済の手だてがあるではないか。唐木さんへの礼金はわれら隠居がなんとかする。どうぞ、唐木さん、お幾らですか」

市兵衛と弥陀ノ介は顔を見合わせた。

「されば、わたしの給金は一季で六両から十数両ほどです。大まけにまけて六両といたしましょう」

「六両ですな。大丈夫、それぐらいの金はあります。それでよろしく」

「はい。ではこの仕事はひと月はかかりませんが、大まけにした分、割増をつけていただくということで一季六両のひと月分で二分《ぶ》。それでいかがですか」

「ああ？　二分、でござるか」

祖父母も安川夫婦も、訝《いぶか》しげな顔つきになった。

弥陀ノ介が、ふ、と笑い、きょとんとしている瑠璃と顔を見合わせた。

市兵衛はかまわず、石へ膝《ひざ》を向けた。

「お内儀さま、評定所式日まで本日二十七日を入れて残り五日。評定の場において充広さんの申し開きが認められる事情を必ず明らかにします。どうぞ心安らかにお待ちください」

「ありがとう、ありがとうございます、唐木さん。あの、望みは、ありましょうか」

堪えている思いがあふれ、すがるように石が声を潤ませた。

「今となっては詮《せん》ないことだ。石、堪えよ。うろたえてはならぬ」

剛之進が傍らからたしなめた。

「でもあなた……」

石が涙をぬぐった。

「ご一家がこれほどまでに曇りなく信じておられるお孫さんでありご子息でありお兄さんなのです。望みがないはずがありません。きっと、戻ってこられますよ」

市兵衛はそう言って、古武士の面影を偲《しの》ばせる祖父とのどかな笑みを交わした。

四

「安川充広さま、面談です。こちらへ」

当番の同心が、鞘土間《さやどま》から薄暗い揚座敷《あがりざしき》の中へ声をかけた。

揚座敷は内鞘に仕切られた七畳ほどの広さの、畳は縁つきの備後畳《びんごだたみ》である。

充広は鞘土間へ背を向け本を読んでいた。

ふりかえった充広は、両者とも見知らぬ顔のためか、不審な顔つきになった。それからおもむろに仕きりの内鞘の側へすり足を運び、着座した。

「では返さん、わたしは当番所におりますので」

「すまんな。用がすめば声をかける」

当番同心と弥陀ノ介が言い交わし、同心は当番所へはずした。

小人目付には牢屋見廻りの職務もあって、弥陀ノ介と当番同心は顔見知りである。

当番所は二ヵ所あり、当番所から揚座敷の鞘土間がつながっている。

市兵衛と弥陀ノ介は内鞘の側にかがみ、幅三寸（約九センチ）の縦格子《たてごうし》を挟んで、充広と一礼を交わした。

充広は捕縛されてから早や八日がたち、無精髭《ぶしようひげ》がのび、月代が薄く黒ずんでいた。

だが、鼠色《ねずみいろ》の着物と濃い山桃色の綿袴が、十六歳の若侍に似合っていた。

少年の面影が一重の涼しげな目元に愛らしく残って、襟元《えりもと》からのびた長い首筋は、妹の瑠璃の長い首筋を思い出させた。

「返弥陀ノ介と申します。小人目付を務めており、お父上の安川剛之進さんとは子供のころよりの旧知の者です。何とぞよろしく。寒くはござらんか。もし欲しい物があれば、遠慮のうなんでも言うてくだされ」

「ありがとうございます。ここは雪隠《せっちん》も水遣い場も備わっており、不自由はありません。これで十分です」

「こちらは……市兵衛、おまえから」

市兵衛は頷いた。

「唐木市兵衛と申します。お父上のご依頼により、このたびの一件の調べをお引き受けすることになりました。ご不審かもしれませんが決して胡乱《うろん》な者ではありません。返弥陀ノ介とともに先ほどまで安川家において、ご両親、祖父母どの、妹の瑠璃さんから充広さんの話をうかがい、それからこちらへきたのです。充広さんからも、ご自身のお話をお聞かせいただくためです」

充広の紅顔がうな垂れ、苦しげに言った。

「父や母や、おじいさまおばあさま、妹にも、申しわけのないことをしてしまいました。わたしのやったことはとりかえしがつきません。わたしは人を殺《あや》めた罰を受けねばならず、申し開きの余地はありません。今となっては、わたしはわが身を弁解できる立場ではないのです。どうぞ、お引きとりください」

切腹、あるいは斬罪の裁断を覚悟している風情《ふぜい》だった。

「何を言われる。お父上やお母上、ご一家の方々が充広さんの身をどれほど案じておられるか、それがしは見ていてつらかった。ご一家の方々の思いをあなたは汲《く》まなければならぬ。諦《あきら》めるにはまだ早いですぞ」

弥陀ノ介がいさめた。

「わたしは愚《おろ》かな親不孝者であり、旗本の家をつぐ資質のない者です。これ以上生き長らえ、恥をさらしても、安川の家門を疵つけるばかりです。この世から消えることこそが、わが愚かさをつぐなう道なのです」

「そんなことはござらぬ。ご両親は充広さんがわけもなく借金を拵え、ただ腹だちまぎれの激情にかられて人を殺めたとは思ってはおられない。わけがあるのであろう。そのわけを訊《き》きにきたのです」

「お気遣い、いたみ入ります。ですが、わたしはいっときの激情にかられて、われを忘れて人を斬ってしまった。それは間違いないのです。救いようのない者です」

弥陀ノ介がうなった。

市兵衛が代わって言った。

「充広さん、わたしは安川家より報酬を得て、この一件を調べる仕事を引き受けました。わたしの職務は事の次第を明らかにすることであって、あなたが救われるか救われぬか、あずかり知らぬことです。何とぞ誤解なきように。あなたの弁解を聞きにきたのではありません。お父上のお立場と安川家の安泰のために実事を調べるだけです。安川家が安泰でなければ報酬がいただけません。それは困る」

充広は少年が今にもべそをかきそうな、恨《うら》めしそうな顔になった。

「実事は、充広さんの後悔や弁解とは何も関係がありません。充広さんは大きな借金を拵え、そのうえ人まで殺めた。これは動かせない実事です。厳しく罰せられるべきだと、わたしも思います。だからあなたは後悔し、潔く罪に服そうとなさっておられる。侍ならば己の最期《さいご》を悪あがきせず迎える。立派なことです。しかしそのこと、事の次第を明らかにすることとに、なんの齟齬《そご》があるのでしょうか」

話すことを拒《こば》まれる理由がわかりません――と、市兵衛は首をひねった。

「充広さん、もしかしたらあなたは、事の次第が明らかになるのが怖いのではありませんか。実事をさらけ出せば、じつは己に都合の悪い事情が明らかになって、そうなるとご自分の正体が暴かれる。だから隠そうとなさっておられる。だからご一家の方々にも何も話されない、いや話せないのでは」

「市兵衛、おぬし、そんな言い方をしなくとも……」

弥陀ノ介がそわそわした。

「そうではないか。自分に都合のいい弁解を聞きたいのではない。ありのままの実事をうかがいたいと申しているだけなのに、なぜありのままの実事を話すことが己の弁解になるのだ。それはありのままの実事を己に都合よく曲げて話す魂胆《こんたん》があるからだろう」

「う、うん。そういう、ものかな……」

「充広さん、安川家のご一家はみな、あなたが心優しくて、人への思いやりの深い人柄だと、口をそろえておられた。実事が明らかになると、その人柄が偽《いつわ》りにまみれ、隠していた本性《ほんしょう》を見破られてしまうのが怖いのではありませんか」

弥陀ノ介はごくりと喉《のど》を鳴らした。

「誰にも他人に知られたくない秘密はあります。その秘密を抱えてこの世から消えてしまうのは、あなたのかってだ。けれども、消えてしまうのはあなただけではないかもしれません。安川家が改易のとがめなどを受けたら、あのお美しい瑠璃さんは、さぞかしつらい目に遭《あ》われるでしょうね。瑠璃さんがどうなろうと、ご自分の立場を守るためにはどうでもいいのですか」

うな垂れた充広の長いまつげが震え、涙がぽたりぽたりと袴に落ちた。

充広はそれをぬぐおうとしなかった。今朝の安川家で、母親の石が同じように涙を流していた。

　要領の悪さ、気の利かなさ、命知らずの無闇さ、無謀、無駄でくだらないほどひたむきな一徹さ、若者のそんな愚かさはときとして美徳でもあるのかもしれぬ、と市兵衛は改めて思った。

　自分の十六歳のころはどうだったかと、ふと、考えた。

　十三歳の年に父・片岡賢斎《けんさい》が亡くなった。才蔵《さいぞう》という幼名だった市兵衛は、父・賢斎の足軽奉公だった祖父・唐木忠左衛門《ちゅうざえもん》の下で元服を果たし、唐木市兵衛と名乗った。

　それから冬の夜明け前、ひとり上方へ旅だった。十三歳の旅だちだった。

　十六歳のとき、市兵衛は南都興福寺《なんとこうふくじ》にいた。

　ひたすら強くなりたいと剣の修行に明け暮れていた。春日《かすが》の山々は、夏は緑が燃え、冬は純白の雪が舞い、大衆《だいしゅ》らの読経《どきょう》が深々《しんしん》と山嶺に響き渡っていた。

　あのとき、先々への望みや目あてはなかった。

　今があるのみだった。

　充広の今は、牢屋敷の薄暗い揚座敷に端座し、ひたすら死のうとしている。

「そうですね」

　やがて充広は、力の抜けた溜息《ためいき》をついた。

市兵衛は充広を見つめた。同じ十六歳があると思った。

「入江町の岡場所へ、家の者には内密に遊びにいくようになったのは今年の春です。最初は本所二ツ目の長橋内記《ながはしないき》先生の塾の友だちに、女を知らぬのか、それはいかんと誘われ、好奇心もあって、初めて岡場所の表木戸をくぐりました。初めてのときは何かよくわからないうちに終わり、気がついたら帰途についていた、そんな具合でした」

ふんふん、と弥陀ノ介が知ったふうに鼻息をもらした。

「けれども数日がたって、もう一度いって何があったのか確かめたい、という欲望にかられ、我慢できなくなりました。それで今度はひとりで出かけたのです。二度遊んで、これでもういい、終わりにしようと思いました。なのにまた、日がたつにつれ脂粉の匂《にお》いが甦《よみがえ》り、女の嫣然《えんぜん》としなだれかかる風情が思い出され、本を読んでいても何も頭に入ってこなくなり……」

「わかる。男ならあることだ」

弥陀ノ介が言った。

「それからまた家を抜け出し、ふらふらと両国橋を渡っていったのです。そうして岡場所通いが始まりました。塾を休んでいくこともありました」

充広は手の甲で、乾いた涙で汚れた頰を童子のようにぬぐった。

「けれど、小遣《こづか》いはすぐになくなり、本を売ったりして金を作りましたが、それもつきて、愚かにもわたしは遊ぶ金欲しさに、つい金貸しの戸をくぐってしまったのです」

「それが入江町の金貸しのお熊なのですね」

充広は小さく頷いた。

「いくら借りたのですか」

「一度だけ、そのとき三十両を借りました」

ええ？――と、声を上げたのは弥陀ノ介だった。

市兵衛は一瞬、眉を曇らせたが、すぐに平然として言った。

「入江町の岡場所は値が安いので繁盛している遊里です。ただ、中には昼夜二分の吉原《わら》なみの廓《くるわ》があるとは聞いています。充広さんが馴染《なじ》みにしていたのはどういう見世《みせ》なのですか。そこに馴染みの女はいたのですか」

「《鐘《かね》の下《した》》の、《駒吉《こまきち》》という女郎屋です。そこにお鈴《すず》という女がいます」

充広は消え入りそうな声で言った。

「鐘の下？　鐘の下なら銭見世《ぜにみせ》ではないのですか。駒吉の鈴という女は昼夜でいくらですか」

「二朱ほどかと……」

「充広さんは昼間だけで、毎日は通えなかったでしょう。銭見世の駒吉のお鈴と遊ぶために三両の借金ならわかります。三十両となると、桁《けた》が違う」

「お鈴という女郎にたぶらかされて、三十両を貢《みつ》がされたのでござるか。くそ、とんでもない女郎だ」

弥陀ノ介が勢いこんだ。

「ち、違います。お鈴はそんな女ではありません」

「しかし……」

弥陀ノ介が納得のいきかねるといった相貌を市兵衛へ向けた。

そんな女ではない、とはずいぶん親密な間柄を思わせた。

途端、これはただの遊ぶ金の話ではないのか、と妙な不審が市兵衛の中で急に頭をもたげた。なるほど、と思った。

「どうぞ、続けてください。三十両の借金の使い道を、うかがいましょう」

充広は唇を結び、袴を両掌でつかんだ。

「入江町の岡場所に九郎平という《ふせぎ役》がいます。入江町では名の通った男です。その男がある日、入江町の小路でいき合ったとき、向こうから声をかけてきたのです。遊ぶ金に困っているなら大きく儲《もう》ける手だてがある。安全で確実な、短期で、半月、どんなに長くても二、三ヵ月の間に元金の五割以上の利息を約束するし、上手《うま》くいけば元金の二倍三倍もあり得る。これは身分のある武家にだけ教えている絶対損のない出資話だ、というものでした」

「九郎平というふせぎ役が、遊ぶ金に困っているならと、あなたに絶対損のない出資話を、いきなり持ちかけてきたのですか」

「は、はい……」

充広はうな垂れた。

「九郎平はあなたが遊ぶ金に困っているのを、どうして知っていたのですか」

「それはたぶん、わたしが駒吉にぎりぎりの支払いをしているのを主人に知られていて、主人が九郎平にちょっとした噂話にでも話していたのでしょう」

「ただ、それだけで？　通りがかりのあなたに？」

充広は唇をかみしめた。

牢屋敷は静かだった。当番所に人の出入りがあり、当番同心に触れが廻ったらしく少し騒がしくなったが、すぐに静けさをとり戻した。

充広は青ざめた顔で続けた。

「そんなうまい話があるはずはないと、思ってはおりました。ですが九郎平に、自分の話では心もとないであろうから、直接、肝煎《きもい》りに会い、話を聞いて決めてはどうか、そこの話ならば損のないのはわかっているから、元手を用だてる金貸しの面倒をみようと勧められ、九郎平の案内で押上橋《おしあげ》近くの《天《てん》の木堂《きどう》》へいったのは、もう四月《よつき》前になる六月のことでした」

「北十間堀の押上橋？」

「はい。業平《なりひら》橋から東へ押上村、柳島《やなぎしま》村をすぎて中川へ出る十間堀の堤道にあった茶屋を買いとって、好事家《こうずか》を相手に始めた骨董《こっとう》商です。主人は左金寺兵部《ひょうぶ》という水戸の浪人です。水戸学の名門・左金寺家の縁につながる方と聞きました」

「水戸学の左金寺家？　聞いたことはあるか、市兵衛」

「知らぬ。左金寺兵部という天の木堂の主人が、出資話の肝煎りなのですね」

「そうです。左金寺は天の木堂に集まる客から元手を募り、それを運用する、骨董商の一方でそんな仕事も手がけている人物なのです」

「ほお、元手を募り、運用を……」

「いく前は話だけ聞いて断るつもりだったのです。そしたら左金寺兵部のほかに、元勘定吟味役《かんじようぎんみ》に就いていた中山半九郎《なかやまはんくろう》、細田栄太郎《ほそだえいたろう》、松平三右衛門《まつだいらさんえもん》という方々がおられ、三人は今は隠居の身で、かつては勘定吟味役を務めていた経験と知識を生かし、それぞれ老舗の商家の商いの指南役に就き、左金寺の差配する出資仲間の相談役を務めているということでした」

充広の顔が、薄暗い揚座敷の中でも少し上気して赤らんでいるのが見えた。

「その三人が口をそろえ、この出資は二ヵ月後には元金が間違いなく倍になる話で、勘定奉行所のさる筋よりの知らせだから絶対確実、この機会を逃すと今後こういうういい話は二度とあるまい、などと出資を勧めるのです。三人にとり囲まれ、それを左金寺と九郎平がなごやかに見守り、三人の話を様々に聞かされているうちに、初めは断るつもりだったのが、つい、やってみるかという気が兆《きざ》したのです」

元金が倍になるなら借金をしてもすぐかえせるし、儲けた金で心おきなく遊ぶことができる――と、充広は小声で言い添えた。

すぼめた肩が、波を打つように上下していた。

「どういう話ですか」

「秩父《ちちぶ》の三峰《みつみね》山に銅鉱山が見つかったのです。銅採掘の割当ての仲間株を、ひと口五両、十口以上で買うという出資です。途中で気が変われば株はいつでも買い戻すし、わたしの場合、まだ若いので資金繰《ぐ》りがむつかしいだろうが、旗本の家柄は十分な担保となるので特別に五口から譲る、ただし、この配慮は特別なので誰にも内密にというものでした。ですから、これを天の木堂以外で話すのは、お二人が初めてです」

「弥陀ノ介、三峰山に銅鉱山が見つかった話があるのか」

「ない……と思う」

「三人の相談役は、三峰山の銅はわが国では珍しい純銅で、埋蔵量も多く、深川に新たに銭座《ぜにざ》が開かれる支度《したく》が整えられているとか、これで銭が潤沢《じゅんたく》に世間に出廻って空前の好景気が活況を呈する、とか言っておりました。また、こういう話は早い者勝ちなのだとも」

弥陀ノ介がぽかんと口を開け、市兵衛にも言葉が見つからなかった。

十六歳の若者が、三人の老練な元勘定吟味役に囲まれては無理もない。

「九郎平の口利きで、金貸しのお熊から三十両の借金をし、六口、出資しました。三十両は三月《みつき》で一割五分の定めの利息でしたから、お熊はあくどい金貸しではなかったと思います。それに九郎平の口利きなので、利息は本来天引きのところを、今回だけは三月後の借金清算の折りにしてくれました」

「むろん、出資の証文とか、買った株の切手とかは受けとっていますね」

「それはもちろん」

「どこにあるのですか」

「手文庫に入れて、戸棚の一番奥に仕舞ってあります」

　充広は軽く咳払いをし、間をおいた。

「銅鉱山の話が偽りだったとは思っていません。中山半九郎、細田栄太郎、松平三右衛門のお三方は隠居ではあってもわたしと同様旗本ですし、身分ある旗本が家名に疵をつけるような偽りを言うはずがないのです。そのお三方も左金寺兵部もその話を真に受けたのです。ただ、銅鉱山の話が進まなかったのは事実です」

「三峰山に銅鉱山は、なかったのですね」

「銅はほぼ間違いなく眠っている、という話でした。ただ、銅はあるのだが、鉱脈を見つけるまでにまだ何年も調べがかかるということでした。それが八月です。借金返済の三月目は九月ですので、証文を持って天の木堂へ金をかえしてもらいにいきました」

　充広は額《ひたい》へ掌をあてがった。

「そしたら左金寺に、金はご公儀より採掘の命を受ける段取りになっている山師にすでに預けてある。山師より返金があるであろうから、今しばらく待って欲しいと言われました。仕方なく翌月まで待ってもう一度いくと、じつは金を預けた山師は鉱山の再調べを始めており、それに費《つい》やされて出資金はすでに底をついている、けれども銅は必ずあるのだから、銅が見つかりさえすればかえせるゆえ心配はない、と」

むむむ、と弥陀ノ介がうなった。

「目がくらみました。けれども金がないのですからどうしようもありません。左金寺は今新たに、調べを続ける出資金を募っているとさえ言っておりました。九郎平に事情を話して、お熊に借金返済を待ってくれるように口利きを頼みました。お熊の店へいって三人で話しました。お熊は待つと言いましたが、利息を払えと。最初の三月分とこれからの三月分を合わせてです。当然ですよね、商売なのですから」

「利息は定めの一割五分。名目金は」

「礼金、新しい証文を拵える筆墨料、合わせて三両です」

「元金の三十両が利息に名目金三両を合わせて、三十七両二分。それをもう三月で……四十三両二朱。新たな名目金三両を足して四十六両二朱。それが今の借金です」

はい——と、充広は唇を一文字《いちもんじ》に結んだ。その仕種も母親に似ている。

「では、お熊は十六両二朱のとりたてにつきまとっていたのですね」

「そうです。十六両余と言えば、わが家の禄の半分ほどです。利息がそんなになるなんて。馬鹿ですよね。それが借金なんですよね。九月のうちは時どき現れるだけでしたが、十月になると塾のいき帰りに待ちかまえて催促されました。いき帰りの道を変えたりするので、わが家の門前で待ちかまえて催促されるようになり、逃げようがなくなりました。お熊に手をかけたのは、五日目です」

「九郎平の口利きはどうなった。九郎平が誘ったのだ。なんとかすべきだろう」

弥陀ノ介の声が高くなった。

「決めたのはわたしです。うまい話を吟味《ぎんみ》もせず、欲にかられて飛びついた愚かさゆえにこうなったのです。九郎平を責めるわけにはいきません」

「左金寺兵部とはそれから会われたでしょう。左金寺はどう言っておるのですか」

「出資とはそういうものだと。あやうい話だからこそ得られる儲けも大きいと。銅は見つかる、そう信じて今は待つしかないと」

「そ、そんな馬鹿な」

「弥陀ノ介、落ちつけ。では今は、馴染みのお鈴の許《もと》へはいっていないのですね」

「はい。揚代がありませんし。ただ、今月の初めに一度だけ……」

「ええ？　とりたて屋に追われながら鐘の下へいったのですか」

「別れを言う、つもりでした」

声が消え入りそうだった。

市兵衛と弥陀ノ介は呆れて顔を見合わせた。

「話はあらかた飲みこめました。ですがまだひとつわからない。充広さんはなぜお熊を斬ったのですか。とどめを刺すほどに、なぜそこまで激昂したのですか。町民であれ武家であれ、とりたて屋につきまとわれ催促されるのは、珍しい事態ではありません。物乞いがいやがらせに家屋敷の門前をとり囲むし、登城のいき帰りに行列について歩く。旗や幟をたて、札を貼る。だから禁令のお触れも出たのです」

市兵衛は縦格子に顔を近づけた。

「それでも武家がとりたて屋を、しかも女のとりたて屋を斬ったという話をわたしは聞いたことがありません。しつこく絡まれて腹がたったのなら、殴る蹴るという手もあった。しかし充広さんは斬った。とどめを刺した。なぜです。理由があるのでしょう」

充広は、がくり、と首を折っていた。

やがて、折った首をゆっくり持ち上げた。

「九郎平が言ったのです。ひとつ手があると。水戸はとても景気がよく、特に遊女町は大いに賑わっている。水戸の馬喰《ばくろう》らの間では江戸のお武家の奥方やお嬢さまの評判が高く、その気になれば驚くほどの支度金が払われ、借金などすぐに返済できる。もしその気があるなら、妹の瑠璃の水戸いきの世話をする、とです」

「な、なんだとおっ」

声を荒らげる弥陀ノ介を市兵衛は制した。

「わたしは驚き、背筋が寒くなりました。九郎平がなぜ瑠璃を知っているのだ。九郎平はもしかして、瑠璃が狙いでわたしに近づいてきたのかと、一瞬疑ったのです。わたしはそのとき、無礼者、と九郎平を斬り捨てそうになった」

「もっともだ」

弥陀ノ介が吐き捨てた。

「けれども懸命に堪えました。無頼漢《ぶらいかん》だけれども、これはこれでこういう男らなりの考え方なのだろうと、そのときは自分に言い聞かせたのです」

「お熊が催促の中で、瑠璃さんの水戸いきの話を持ち出したのですね」

充広は頷いた。

「わたしが瑠璃を口説いてくれれば、借金を綺麗にするどころか、充分な支度金が手に入る、とです。もうわたしは怒りで自分を見失って、途中で自分をとめることはできませんでした。ぜんぶわたしが悪いんです。自分で引き起こしたことなのに、それはわかっていたのに、怒りをおさえられなかったのです」

そう言って、片方の掌で目を覆った。

市兵衛と弥陀ノ介は疲れを覚え、溜息が出た。ひと筋縄の話ではなかった。

岡場所の遊ぶ金の借金話が、銅鉱山の出資、元公儀勘定吟味役の相談役らのふる舞い、そこに水戸の遊女町への女の売り買いがからんでいそうな雲ゆきだった。

これは一体なんだ――市兵衛は複雑にからんだ糸を手繰《たぐ》らなければならない。


市兵衛と弥陀ノ介は、小伝馬《こでんま》町の牢屋敷・表門前の大伝馬塩《おおてんましお》町から表通りを大伝馬町一丁目と二丁目の四つ辻までいき、市兵衛は大通りを両国広小路へ、弥陀ノ介は常盤橋御門へとることになる。

朝から重たい話が続いて、二人の足どりは軽くはなかった。

本石《ほんこく》町の時の鐘が、昼の九ッ（正午）を告げてだいぶたっていた。

「市兵衛、腹がへって昼飯を一緒にしたいが、お城へ戻らねばならぬ」

「わたしも調べることが山ほどできた。このまま本所へ向かう。昼飯はまたいつか、そのうちに」

「すまんな。頼んだ」

人通りが賑やかな表通りを、荷車が勢いよくひかれていく。

冬晴れの空に薄い雲がたなびいていた。

「充広はなぜさっきの話を、誰にも話さず自分ひとりで抱えていたのかな」

「わたしにはわかるような気がする。たぶん、自分のあまりの愚かさ、馬鹿さ加減が恥ずかしかったのだ。馬鹿な己ひとりが消えてしまえばいいと、それしか考えられなくなっていたのだろう。そこは十六歳だ。己の申し開きができなければ、自分の一家にどんな迷惑がかかるか、思いを廻《めぐ》らすゆとりがなかった」

「それにしても三十両とはな。どんな馬鹿でもわかりそうなものだが。あのいい加減な出資話でも、ひと口の五両ぐらいにしておけば、まだなんとかなったろうに」

「弥陀ノ介、充広の三十両にはなんぞ意味があるのかもしれぬぞ。三十両でなければならなかった。充広はまだ何か隠していると思わぬか」

大伝馬町の四つ辻に、霜月朔日《しもつきさくじつ》の顔見世狂言の番付売りが売り歩いていた。

「あの年ごろは、あとで考えればなぜあれほどと、おかしくなるくらい物事を深刻にとらえるものだ」

「市兵衛、仕事の合間にだが、おれにできることはあるか」

別れぎわに弥陀ノ介が菅笠の縁を持ち上げ、言った。

「充広が出資した銅採掘の仲間株の証文を、安川家に確かめて借りて欲しい」

「おお、そうだ。それは確かめておかねばな」

「どうせ価値は紙屑《かみくず》だが、念のためにな。それから、元勘定吟味役の中山半九郎、細田栄太郎、松平三右衛門の三人がどんな人物か、調べられぬか。商家でそれぞれ、相談役やら指南役をしているというのは、どういう務めなのか、それを知りたい」

「承知。そういうのは小人目付が得意な仕事だ。おぬしはこれから……」

「本所入江町と牛島《うしじま》の押上村へいく」

「片岡のお頭に、お伝えすることはないか」

「兄上か。しばらく会っていないな。明日夜、《薄墨《うすずみ》》へ顔を出す。調べの途中であっても、わかったことを聞かせてくれ」

「よかろう、お頭にもお伝えしておく。明日夜、薄墨でな」

そう言って弥陀ノ介はくるりと踵《きびす》をかえし、西の空へ黒羽織の裾を翻《ひるがえ》した。

五

本所を南北に貫《つらぬ》く横《よこ》川を、横堀とも業平川とも言う。

川の両岸はみな河岸場で、東西の堤道は河岸通りである。

西堤の河岸通りを北へとって、花町《はなまち》から武家屋敷地になり、そのあたりから市兵衛にはもう鐘撞堂《かねつきどう》が見えた。

鐘撞堂の下が俗に鐘の下と呼ばれる、銭見世が軒《のき》をつらねている入江町二丁目の岡場所である。

このあたりは安女郎で繁盛し、路地数も裏路地、新道など四十一路地が入り組んでいて、女の数も千二、三百人はいるとも言われていた。

当然、中には吉原なみの高級女郎屋も見世をかまえていた。

時の鐘屋敷をすぎ、河岸通りから新道へ入ると、呼びこみの遣《や》り手や若い者の声が次々にかかった。

張見世《はりみせ》の格子の間に、赤い着物に白粉《おしろい》こってりの女たちが昼見世の客を誘っていた。

野良犬もとことこどぶ板を鳴らし、張見世の女を物色する客の間を、両天秤《りょうてんびん》の振り売りが通っていく。

三味線《しゃみせん》に鉦《かね》と太鼓の音が昼間から嫖客《ひょうかく》をかりたてる。

一丁目と二丁目の横町から入る新道に、六尺《ろくしゃく》長屋と呼ばれる裏店《うらだな》がある。

北町奉行所定町廻り方同心・渋井鬼三次と背のひょろ高い手先の助弥が裏店の一戸

から出てきたのを、先に見つけたのは市兵衛だった。

渋井の小銀杏《こいちょう》と、下がり眉の不景気面《づら》に片手をぞんざいに突っこんだ黒羽織の袖をひらひらさせ、一方の手を脇差《わきざし》の柄《つか》に載せた同心独特の風采へ、に、と市兵衛は笑みを投げたなり立ち止まったのだった。

鬼しぶこと渋井の不景気面が、見慣れると愛嬌《あいきょう》を覚えるから不思議である。

「なんだい、市兵衛。おめえ、こんなところで昼間っから女郎あさりかよ」

市兵衛を見つけた渋井の、張り上げた声があけすけだった。遅れて助弥が、

「市兵衛さん、こちらに、これが？　隅《すみ》におけやせんね」

と、笑った。

「隅におけぬだろう。あちこちの女から引っ張り凧《だこ》で、大忙しなのだ」

「ちぇ、市兵衛のことだから、どうせしけた野暮用だぜ」

「渋井さん、今出てこられたのは口利きの九郎平の店ではありませんか」

裏店でも新道のつきあたりに見える九郎平の店は、粋《いき》な黒板塀に囲われた小広い敷地の一軒家で、両引き小格子《こごうし》に瓦屋根つきの表戸が板塀にあり、塀の上に見こしの松が小洒落《こじゃれ》た枝ぶりをのばしていた。

「そうだ。鐘の下のことは九郎平に訊けばみんなわかる。ちょいとご用の向きだ」

「どんなご用なんですか」

市兵衛は渋井と助弥に道を空けた。

「ご用は教えられねえよ。市兵衛こそ、九郎平に用かい」

「ええ、ちょいと仕事で。むろん、仕事は教えられませんが」

市兵衛と渋井は、にたにたと顔を見合わせた。

「いいさ。こっちは先を急ぐ身だ。おめえの面倒は見ていられねえからよ。また今夜あたり、《喜楽亭《きらくてい》》でな」

市兵衛は、さしたる長話もせず急ぎ足にゆきすぎていく渋井と助弥を見送った。


九郎平は中背の小太りの男だった。鼻のわきの大きな黒い疣《いぼ》が目だつ。

四十代半ばごろと思われる風貌に、羽織っている郡内縞《ぐんないじま》の羽織がいかにも景気がよさそうである。

「このたびは安川さんが大変なことになって、お身内の方もさぞかし気苦労なことでございやすね。お察し申し上げやす」

襖と腰障子に仕きられた六畳の客座敷だった。

二人の前には下女が出した茶碗がおいてある。

九郎平は茶に手をつけず、顔をしかめて長煙管《ながギセル》を吹かしながら言った。

「けど、一番気の毒なのはお熊だ。貸した金がかえしてもらえなくて、そのうえ理不尽に斬られちゃあ堪りやせん。仏が浮かばれねえ。まさか、あそこまであぶない人だと思わなかったから、あっしも面倒を見たんだが」

「まったく、ひどい話です」

市兵衛は、九郎平に合わせた。

「安川充広さんには、どんなお裁きがくだるんでやしょうね」

「遊ぶ金の借金の返済を迫られ、逆上して斬るなどと、武士にあらざるふる舞いです。斬首か、あるいは切腹。安川家にもとがめがくだされるかもしれません」

九郎平は煙管を顔の側にかざし、ふんふんと頷いた。

「安川家は、充広さんの借金は残ったままだし、おまけにとがめまで喰らっちゃあ苦しいことになりやすね。あっしもこのたびの一件では多少のかかわりがねえわけじゃねえんで、金銭上の事情ならちっとはお手伝いさせていただくつもりでおりやす。唐木さんからも、そのように安川家へお伝え願《ねげ》えやす」

「そう言っていただくと心強い。主《あるじ》に伝えておきます」

九郎平は煙管の吸い口で、鼻のわきの疣をかいた。

「間もなく評定が行われます。安川家のとがめを少しでも軽くするため、念のためにこの間の事情を調べねばなりません。安川家が残らなければ、お熊さんの借金もかえせなくなります。よって本日、おうかがいした次第です」

「はあ、そりゃあまあごもっともで。なんなりとお訊ねくだせえ」

と、余裕の素ぶりだった。

入江町の九郎平は、俗に鐘の下と言われる町内の岡場所で一目《いちもく》おかれているふせぎ役だった。

ふせぎ役とは、女郎屋と客、女郎と雇い主、客同士のもめ事や女郎の引き抜きなどのなんやかんやと、遊里内でのもめ事の仲裁に入り埒《らち》を明け、ときには町奉行所にも首代《しゅだい》として出かけていく町内の口利き、顔利きだった。

そのふせぎ役で、九郎平は女郎から、毎夜四文《もん》ずつの割で口銭《こうせん》をとっている。油揚《あぶらあげ》一枚の値段が五、六文ほどの四文は、一見、大した金額ではないが、それが鐘の下の千二、三百人の女郎たちともなると、九郎平は年に四百五、六十両にもなる莫大《ばくだい》な稼ぎを手に入れていた。

しかし、九郎平は界隈《かいわい》の名主《なぬし》や家主といった町役人ではなく、岡場所を差配する店《たな》頭《がしら》でもない。

妬《ねた》み恨《うら》みは日常茶飯事の、まさに口利きと度胸の、やくざ渡世である。

「へえ、天の木堂の左金寺兵部さんはよく存じあげておりやす。と言って、別段、親密な間柄、というわけではごぜえやせん。天の木堂は、当代一流の名士やお金持ちの方々《かたがた》が、歌を詠《よ》み、俳句をひねり、水戸学とやらのあっしにはよくわからねえむつかしい学問を論じ、国の行く末なんぞを熱く語り合う、そういう集《つど》いの場でやすから、あっしなんかが気安くお出入りできる場所じゃごぜえやせん」

九郎平は煙管に新しく火をつけ、薄い煙をくゆらせつつ言った。

「ただね、左金寺さんは骨董がご趣味で、天の木堂は一流の名士の方々の集いの場でありながら、骨董業を営《いとな》んでいらっしゃいやす。こう見えてあっしも骨董には目がねえときた。つまり、左金寺さんとはお互い好きな骨董を通しておつき合いいただいておりやす。そこの伊万里《いまり》の壺《つぼ》なんぞも、天の木堂で手に入れた名品でごぜいやす」

部屋の隅に、さり気なく漆黒《しっこく》の壺が飾ってある。

なるほど――と、市兵衛は頷いた。

「わたしが聞いたところでは、左金寺兵部というご主人は、天の木堂に集まるお客から元手を募り様々に運用なさっているそうですね。当然、左金寺さんが差配なさっているその出資の話は、ご存じですね」

「はい。存じておりやす」

「安川充広は、左金寺さんが運用する元手に出資し、それによって大きな損失をこうむりました。出資した金は金貸しのお熊から借りたものです。絶対安全で確実に儲かる出資と勧めて、安川充広に天の木堂の左金寺兵部さんを引き合わせたのは、九郎平さんでしたね。そして、天の木堂さんの出資話なら損はないから、出資金を借りる金貸しの面倒を見るとお熊を引き合わせたのも、そうでしたね」

「それは少々違《ちげ》えやすねえ。へっへっへ……」

九郎平は唇をへの字に曲げて笑みを作った。

「なんの落ち度もねえ、とは申しやせん。安川さんに左金寺さんを引き合わせ、また金貸しのお熊のところにつれていったのは確かにあっしでやすからね。そいつあ否定しやせん。お旗本とは言え、まだ十六歳の若衆だ。なんと言われようとおとめするべきだった。おとめできなかった、それが今となっては悔しくて、今後の安川家のお力になれればと思っておるんでございやす」

「ありがたいことです」

「人は、自分に都合のいいことしか覚えちゃいねえもんだ。出資ってえのはまとまった元手が要りやす。まとまった額でなけりゃあ、たとえ儲かっても面白みがねえんでやす。唐木さん、十六歳の若い男にどうしてそんなまとまった元手が作れやす。いずれはお旗本の一門をつぐ身としても、言葉は悪いが今はまだひよっこだ。ひよっこに元手を作る方法なんて、親に内緒で借金するしかねえ」

九郎平は灰吹きに、がん、と雁首《がんくび》をあてた。

「間に入《へえ》ったあっしも金貸しのお熊も、安川さんの何倍も世間の酸《す》いの甘いのを見てきやした。十六の若衆に出資だの借金だのを勧めて、ろくなことにならねえことぐらい百も承知でさあ。げんにお熊は、貸した金は戻ってこねえわ命はとられるわで、とんでもねえことになっちまった。あぶねえなとは、わかっちゃいたんだが」

吸殻を落とした煙管を、ぷっ、ぷっ、と二度吹いた。そして、

「あっしが勧めたんじゃありやせん。安川さんがどっかで天の木堂の評判を聞きつけてそそられたらしく、出資話にとても熱心だったんでござい やす」

と、瞼《まぶた》を剝《む》いた充血した目で、灰吹きから市兵衛へ見上げた。

「天の木堂に案内を頼まれたときは、最初はおとめしやした。出資ったって博奕《ばくち》と同じだから、儲かることもあれば損をすることもある。十六の若いお方が手を出すにゃあまだ早いとね。でも、安川さんはあっしがおとめしても聞く耳をお持ちにならなかった。金が要る。博奕は承知だ。一《いち》か八《ばち》か賭けてみたい。左金寺さんにどうしても引

き合わせろと、あのときは駄々っ子のようでした」

「そうですか。ふうむ……」

「何かご不審で」

「不審ではありませんが、わたしの聞いたところでは、左金寺兵部さんの出資話の相談役で元勘定吟味役に就いておられた三人の方々が同席なさり、主にその方々に熱心に勧められたと。確かその場に九郎平さんもおられたのでしたね」

「それは、どなたにお聞きになられたんでござぜいやす？」

「安川充広本人から、牢屋敷で聞きました」

「ほお、牢屋敷で本人から。唐木さんは牢屋敷の役人か町方にお知り合いが？」

「はい。多少」

九郎平は煙管をもてあそび、眼差しを午後の光が差す障子へ泳がせた。

「唐木さん、左金寺兵部さんは元勘定吟味役だった台所勘定や家政に詳しい方々を相談役に招き、安全確実な出資、資産をふやしたいとお望みの方々へご助言なさっているとうかがっておりやす。安川さんにはお話しいたしやした。そういう相談役がついておられやすから、左金寺さんはあっしの知る限り、信用のおける方だと」

「やはり、元勘定吟味役の方々はご存じでしたか」

「あっしみたいな者が元勘定吟味役の方々を存じ上げているなどと、言える柄じゃあごぜえやせん。あっしが言いてえのは、左金寺さんは世の中の金廻りの仕組みをよくご存じで、あっしも儲けさせていただいたってえことでごぜいやす」

そう言って、煙管の吸い口でまた鼻のわきの疣をかいた。

「今はもう手は出しちゃあおりやせんが、それはね、あっしは金儲けになんぞ関心がねえからでやす。この色里で女郎たちが困ったときに少しでも役にたち、あとは細々《ほそぼそ》とでも暮らしていけりゃあ、金なんて儲からなくたっていい。それがあっしの性分なんでやす」

女郎たちの毎夜の口銭で莫大な稼《かせ》ぎを手にしている男が、細々と、とはずいぶんなことを言うものである。

「でね……」

九郎平は煙草盆の刻みを煙管につめ、新しく煙を吹かした。

「安川さんをお引き合わせするにあたっては、失礼だけれども左金寺さんだけじゃあなく、信用のおける方々にもご同席いただいて、儲かるだけじゃなく、損をする場合もあると、若い安川さんがきちんと納得できるように言い聞かせてくだせえよと、左金寺さんに前もってお願《ねげ》えしたんでやす。左金寺さんは実直な方でやすから、それならばと、お三方をお招きになったんでやしょう」

「秩父三峰山の銅鉱山の出資話でした。安川充広はその銅鉱山の採掘の割当ての仲間株に三十両の出資をしたのです。お熊から借りた三十両です。けれども銅鉱山の話はまったく進まず、もしかしたらでたらめだったかもしれません。どうして、どこからそんな出資話を左金寺さんは聞きつけられたのでしょう」

「あっしは関心がねえんで、ちゃんとは聞いておりやせんでした。だが、でたらめ、と言うのはちょいとひどいんじゃねえですか」

九郎平は腕組みをし、かざした煙管の吸い口を、がり、とくわえた。

「少なくともあっしの覚えているのは、確実な話ではないと、あのときお三方は乗り気ではなかった様子でしたよ。安川さんの方がだいぶ熱くなっていらっしゃった。だとしても、いい大人が何人もいて若い安川さんをおとめできなかったってえのは、こいつあやっぱりあっしらの落ち度だったかな、と悔やんでおりやすがね」

安川充広の借金は――と、市兵衛は話を戻した。

「なぜ三十両だったのでしょう。三両でも十両でもなく、あるいは五十両でもなく、三十両だった。ただの遊び金なら三両でも倍になれば相当遊べるし、金に目がくらんだのなら五十両でもよかった」

「さあそれは、わかりかねやす。ご本人が三十両と仰ったんでやすから」

「その三十両の返済ができなくなり、利息も払えず切羽《せっぱ》つまったとき、九郎平さんは安川家の十四歳の娘の身売り話をされたそうですね。じつは、お熊がとりたての折りその話を持ち出し、安川充広はわれを忘れて激昂したそうです。九郎平さんはそういう身売り話の仲介もなさっているのですか」

「仲介をしているわけじゃありやせん。こういう仕事をしておりやすから伝《つて》ぐらいはありやす。誤解をされちゃあ困りやす。あくまで、万にひとつに、そういう手だってあると、お教えしただけでやす」

九郎平は余裕でかえした。

「だってね、ご自分でなさった借金なんです。借金はいずれ、かえさなきゃあならねえ。今どき、お武家の奥方さまやお嬢さまが色里へ身を売られるのは珍しい話じゃありやせん。だから、綺麗事だけではすまねえですよってえ意味で、あっしは申し上げやした。そうしろって言ったわけじゃありやせんよ。安川さんの一件が、あっしの物言いのせいだ、と仰るのはちょいと筋違いだ」

「ご無礼を申しました。渡りではありましても今は安川家に仕《つか》える身です。ささいなことでも安川家を利する事情がなかったかと思い、つい……」

「いえいえ。唐木さんはそれがご奉公だ。お気になさらずに。へっへっへ……」

「九郎平さんは、水戸のお生まれですか」

「え？　なんででやすか」

「先ほど水戸学の名が出たとき、九郎平さんの国は水戸ではないかなと、ふと思ったのです。水戸の方は一徹で自尊自立のお心が強い。九郎平さんとこうしてお目にかかり、まさにそうだと思います」

「よしてくだせえ。あっしは江戸生まれの江戸育ち。生粋《きっすい》の江戸っ子でやす」

「ところで、こちらの前で町方のお役人といき違いましたが、町方のご用が何かあったのですか」

「いや、まあ、それは別のことで」

九郎平は相手にならなかった。

六

駒吉は鐘撞堂から北へ五軒並びの二軒目だった。この界隈はみな四六見世《しろくみせ》の安女郎屋で、遊びよい場所と評判がいい。

桂助《けいすけ》という駒吉の年配の亭主は、市兵衛を怪しまなかった。

見世土間の隅の、上がり端に腰かけた市兵衛の傍らに膝をつき、寒そうに布子《ぬのこ》を羽織った肩をすぼめて言った。

「安川さんには馴染みにしていただいて、いいお客さんだったんです。残念なことになってしまいました。お熊は食いついたらすっぽんみたいに離さない女ですから。けど、斬るのはまずい。この界隈じゃあ、誰だってお熊のえげつないとりたてをよくは思っていませんがね。斬られたんじゃあ、お熊にだって同情が集まるってもんです」

あは、あは……と、亭主は笑い声をたてた。

見世土間の片側には、格子戸で仕きった張見世があり、三人の女郎が土火桶《つちひおけ》を囲んでいて、客が見世表の小路を通りかかるたびに、格子をつかんで呼びかけている。

小路には午後の白い日差しが落ちていた。

「こちらに、お鈴という女がおりますね。安川充広は、お鈴が馴染みだったと聞いています」

「はい、さようで。安川さんは初めてうちへ揚《あ》がられたときから、あれは今年の春でしたな、そのときにお相手を務めたのがお鈴で、以来、ずっとお鈴を馴染みにしていただいておりました」

「ずっと……すると、安川さんはお鈴を目あてにこちらに揚がっていたのですか」

「はい。月に三、四度お揚がりいただきましたかね。お旗本と申しましても、まだ親御さんの脛《すね》をお齧《かじ》りのお立場でしたから、そうはお小遣いが続かなかったようで。とにかくお鈴目あてで、ご熱心に。鐘の下でお鈴以外の女に浮気をなさった噂は、聞いておりません」

「お鈴はそんなに評判のいい女なのですか」

「うちはみな粒ぞろいの評判のいい女ばかりですよ。ああたも、ひと遊び、いかがですか。あは、あは……お鈴は器量も十人並でどこと言って目だつ女ではありません。ただ、気だてがいいんですよ。じつは、さる御家人さんの娘でしてね。今年二十一の、もう娘ではありませんが、よく稼いでくれます。あは、あは……」

お鈴は御家人の娘か……

「お鈴から話を聞きたいのです。今、会えませんか」

「あいにく、お客さんのお相手を務めております。昼夜になりますので、今日のところは無理でございますね」

お鈴は出格子窓の敷居に腰かけ、紺羽織にすっとした佇《たたず》まいの侍が、横川の河岸通りを北へ歩み去っていく後ろ姿をぼんやり眺めた。

お客さん、遊んでいきな……そこの男前、お寄りよ……お待ちよ、お兄さん……姐《ねえ》さんたちの誘い声や嬌声《きょうせい》、哄笑《こうしょう》が町のどこかから聞こえてくる。

お鈴は、ふと、もの悲しさを覚えて、涙ぐみそうになるのを堪《こら》えた。

みっちゃん、ごめんね……心の中で呟いた。

「お鈴、寒いじゃねえか。戸を閉めてこっちへきてあったまれよ」

駒吉の浴衣《ゆかた》を着た客が、布団《ふとん》の中から呼んだ。煙管《キセル》を煙草盆《たばこぼん》へ、からん、と捨て、

「うう、さぶ……」と、日に焼けた小柄な身体をすぼめた。

「はい……」

お鈴は出格子窓の明かり障子をたてると、緋色の長襦袢《ながじゆばん》の裾《すそ》を畳にすり、客の待つ寝床へ若く艶《あで》やかな身体《からだ》をすべりこませた。

「こんなに冷たくなっちまってよ。おらがあったためてやるぜ」

客の煙草と酒のまじった息がかかった。

ざらざらした掌が、襦袢の紐《ひも》をとき、お鈴の胸をまさぐった。それから柔らかな腹をすべり、下半身の叢《くさむら》をもてあそんだ。

お鈴の身体は、かってに震えた。

客は小名木川沿いの大工《だいく》町の船大工だった。

充広がぷっつりとこなくなった八月の終わりころより、たびたび駒吉に揚がって、お鈴の馴染《なじ》みになった。

揚がったときは、必ず朝帰りをした。

務めて楽しいわけではなかったけれど、悪い客ではなかった。

金の扱いに下卑《げび》たふる舞いがなく、暮らしに窮《きゅう》していない様子がうかがえて、それは気持ちがよかった。

けれど、お鈴が武家の出と知っていて、

「おめえ、武家の生まれなんだって」

と、しつこく聞きたがった。

お鈴は訊かれたくなかったし、話したくもなかった。

「お侍《さむれえ》も、暮らすのがむずかしい世の中だわな」

客はわけ知りふうなもの言いをした。

お鈴は小さな笑みで応えるしかなかった。

今年の春だった。

充広は、白粉と唇に刷《は》いた紅の奥に埋もれた十五歳のときのお鈴を呆然《ぼうぜん》と見つめて動かなかった。

お鈴も、十歳だったちびの痩せっぽちの童子が、青々とした月代に、背はいつの間にか見上げるほどにのびて凜々《りり》しい痩軀に変化をとげた今と相対し、言葉を失っていた。

ただ、こみ上げてくる息苦しさに胸が波打つのをおさえることはできなかった。

「みっ……ちゃん?」

どうして、みっちゃん、などと言ったのか、わからない。安川充広の名は、ちゃんと思い出していたのに。

お鈴に呼ばれて、充広は十歳の童子のように顔を赤らめ、こくこくと繰りかえし頷いたのだった。

先に手をとったのはお鈴だった。両腕に抱きとめ、冷たい頰に頰をすり寄せたのもお鈴だった。

十六歳の充広は、お鈴の腕の中で恥ずかしそうに肩を震わせていた。

けれども、それは、両腕を廻したお鈴の手に余るほどの、大きな侍の背中だった。

悲しいほどの懐《なつ》かしさと、つらいせつなさと、そのひと目で胸を刺す愛《いと》おしさに、お鈴は眩暈《めまい》すら覚えた。

充広が帰ったあと、お鈴は充広と出会った夢から覚めて泣いた。

充広に会ってはいけない、と思った。なのにそれから充広がくるのを心待ちにし、胸が張り裂けそうになった。

客のざらざらした掌がお鈴の身体をまさぐり、煙草と酒臭い唇がお鈴の唇を吸った。

じっとそれを受けとめる。充広にはもう会えない。きっとそうなのね。終わったのね。お鈴は自分に言い聞かせた。

そうして、充広と過ごした春から冬の日々を、虚《むな》しく指折り数えた。

客の愛撫に身体をよじった。

みっちゃん、ごめんね……

お鈴は呟いた。

みっちゃんが死んだら、わたしも一緒にいくからね……と思っていた。

市兵衛は横川の西河岸通りを北にとり、川上の西詰に南割下水の圦樋《いりひ》番所のある長《なが》崎《さき》橋をすぎた。次が法恩寺《ほうおんじ》橋、さらに北割下水から横川土手に瓦焼場の窯《かま》が煙を上げる河岸通りを抜けて業平橋にいたる。

そのあたりまでくると、町家は途ぎれ、閑静な武家屋敷が横川の両岸を占め、田畑が広がり、寺院の屋根が樹林の間に目だってくる。

業平橋を東へ渡った。

百姓地の先に武家屋敷の土塀が見える野道をいき、すぐに北十間堀の堤へ出た。

そこからはもう武家屋敷はほとんど見えず、ゆるやかにくねる川面《かわも》が、押上村、柳島村、川向こうの小梅《こうめ》村の間を、東の中川へとはるばる流れていく。

白い雲のたなびく空の下に森や林が散在し、稲刈りの終わった田面《でんめん》や野菜畑、梅林などが折り重なる彼方《かなた》に、百姓家の茅葺《かやぶき》屋根が固まって見えた。

遠くの百姓家の方から犬の鳴き声が聞こえ、落ち葉でも焼いているのか、ひと筋の灰色の煙が青空にのぼっていた。

押上橋は川の南の押上村から北の小梅村に渡る、手すりもない粗末な木橋だった。

北十間堀の南側の堤道に沿って、押上橋を少し過ぎたあたりの林間に、枳殻《からたち》の垣根に囲われた茶屋風の二階家が見えた。

市兵衛は目を細めた。

林の背後は押上村の田面がつらなり、家の前は、北十間堀と川向こうの小梅村の絵に描いたような風景が開けていた。

堤道に面した枳殻の垣根に茅葺の屋根を丸木で支えた四脚門があり、建物は数寄者《すきしゃ》好みの寮を思わせる風情のいいかまえである。

と、門扉の板戸がなめらかに開いて、黒羽織の渋井鬼三次と手先の助弥がまたしても出てきた。

若党風の小柄な男が渋井らを見送り、そのとき堤道の市兵衛へ一瞥《いちべつ》をくれてから門扉を閉じた。

「渋井さん、こちらにもご用だったのですか」

今度は市兵衛が先に声をかけた。

「あれ、またかい、市兵衛」

渋井が半ば呆れてにやけ、従う助弥もきょとんとしている。

「ここは天の木堂という骨董商の屋敷ですね」

「そうだ。主人は左金寺兵部という水戸の男だ。おめえ、左金寺になんぞ用かい」

「はい。少々訊ね事が。それにしても、妙にいき先が重なりますね。渋井さんはどんなご用ですか」

「だから、ご用の筋は話せねえって言ってるだろう。けど、おめえの訊ね事はなんだい。どうせ矢藤太《やとうた》が口入れした、しけた仕事なんだろうがな」

矢藤太は神田三河《みかわ》町の請け人宿《宰領屋《さいりょうや》》の主人である。元は京の女衒《ぜげん》で、ひょんなめぐり合わせから江戸へ下り、宰領屋の主人に納まったすばしっこい男である。

市兵衛とは京時代からの仲だった。

「このたびの仕事は、矢藤太の口入れではありません。ですが、わたしとしましても、やはりお教えするわけにはいきませんね」

「わかった。じゃあ訊かねえ。だが市兵衛は、おれがなんのご用で入江町の九郎平とこや左金寺兵部のとこへきたか、知りてえだろう。なら仕方ねえから特別のはからいで教えてやってもいい。ただしそこは相身互《あいみたが》い。おめえの仕事の中身も聞かせろ。今夜、喜楽亭へ顔出せ。互いの仕事の中身を肴に、一杯やろうじゃねえか」

「よい考えです。承知しました」

市兵衛と渋井は門前でゆき違い、互いに探るような笑みを交わした。

「よし、助弥、戻ろう。やっぱり遠いなあ、押上村は」

渋井と助弥が業平橋の方へ戻るのを目で追い、それから紺羽織を翻した。

四脚門の門扉から前庭の敷石が並んでいる先の、引き違いの格子戸の前にその男は佇《たたず》んでいた。

背の高い痩身を萌黄《もえぎ》と紺のみじん縞の羽織に包んで、柿渋色《かきしぶいろ》の着流しを楽に着こなし、総髪を束ねもせず両肩に垂らして佇む風情が、年ごろに似合う瑞々しさをかもしつつ、それでいて老練な風流人を思わせた。

少々日に焼けた頬はこけて、精悍《せいかん》さを漂わせつつ、すでに戸の前よりほのかな笑みを投げかけ、物腰やわらかく身を折った。無腰である。

市兵衛は敷石の半ばで足を止め、一礼した。

「唐木市兵衛と申します」

「左金寺兵部です。唐木さんのような方が、遠からずお見えになるであろうと思っておりました。二階から、唐木さんがうちにご用で見えられたお役人と親しく談笑なされておられたのをお見かけいたしました。よって先にお待ちいたしておりました。茶をたてましょう。どうぞ、こちらへ」

左金寺兵部は主屋《おもや》へは入らず、枝折戸《しおりど》をくぐって手入れのいき届いた中庭を抜け、敷地をぐるりと枳殻の垣根を廻《めぐ》らした裏庭の、茶室らしき茅葺屋根の庵《いおり》へ市兵衛を案内した。

縁側の囲む部屋の片脇に主屋の背戸口《せどぐち》があって、背戸口から庵まで敷石がそこにも並べられていた。

「ここは押上村の田畑が見渡せる眺めのよい場所です。あちらがお客をお通しする客座敷なのですが、お客の中でも特に親しい交わりを持たせていただいている方々は、客座敷ではなくこちらの庵におつれし、茶をふる舞っております。唐木さんは初めてのお客ですが、さきほど二階よりお姿をお見かけしたとき、こちらの庵にきていただこうと思いました。この庵は茶室に使っております」

左金寺は市兵衛へ、早や旧知の間柄のように笑いかけた。

まさに、裏庭からの眺めは明媚《めいび》だった。

枳殻の垣根の向こうは梅林になっていて、梅林の先の田園の中、樹林の間より寺院の甍《いらか》屋根や僧房の白壁などが見渡せた。

「あれが最教寺《さいきようう》、曼荼羅《まんだら》堂がありましてね。田舎《いなか》ですが参詣《さんけい》客が多いのです。隣が大雲寺《だいうん》。こちらの近い方のお寺は金性寺《きんしよう》と春慶寺《しゆんけい》です。わが家は一軒家ですが、お寺側の野道をゆけば、下町に負けぬ会席や即席の料理を食べさせる料亭が並んでおりましてね。のどかな田舎のようですが、案外に面白い土地なのです」

左金寺は手をかざして、市兵衛に教えた。

主屋の背戸口に先ほどの若党風の小柄な男が現れ、主人に腰を折った。

「お客さまはこちらの茶室でわたしがお相手するから、呼ぶまでさがっていなさい。

さ、唐木さん、お上がりください。今しがたまで、お役人とあまり愉快でない話をしておりましたので、あなたをお迎えできて嬉しい」

左金寺は、市兵衛が戸惑うほどの親しみをこめて言った。

若党の表情の見えない一重の目が、市兵衛へじっとそそがれていた。

七

「安川充広さんのことは、まことにお気の毒であり、胸を痛めております。運用とは世間の動きを読んで、様々な条件、状況を把握し、そのうえで事業やとり引き、あるいは商い相場に元手をつぎこみ、大きな利潤儲けを目ざし、しかしながらときには想定外の出来事などに見舞われ、大事な元手を失うことも珍しくはありません」

市兵衛は、九谷焼《くたにやき》と左金寺の言った茶碗で、左金寺のたてた茶を喫していた。

茶室は四畳半の広さだった。網代《あじろ》の平《ひら》天井と勾配《こうばい》天井がまざり、連子窓《れんじまど》に障子戸が閉めてあり、周りはほの暗かった。床の間の化粧柱には枇杷《びわ》のきり花を活《い》けた花入れがかけられ、花鳥の掛軸がかかっている。

「自ら額《ひたい》に汗することなく元手をつぎこみ、上手くいけば儲け、運が悪ければ損をする。出資がそうした行為であるなら下賤《げせん》な丁半博奕《ちょうはん》となんら変わることはなく、わたし自身、わが身の卑しき仕業《しわざ》、博奕まがいのふる舞いを好ましく思うわが性《さが》に内心呆れておるのです。ふ……」

左金寺は上品な笑い声を、風炉《ふろ》に架かる茶釜《ちゃがま》の湯気と戯《たわむ》れさせた。

「しかしながら唐木さん、世のお金持ちが、潤沢な元手を何にも使わず、運用せず、蔵の奥にしまっていたら、そのお金はこの世にどういう意味があるでしょうか。唐木さんなら、使わないお金に意味がないことはおわかりですね。使わないお金はお金ではない。お金持ちが蔵に大事にしまっているお金は、商いや物作りの元手になることなく、手代や職人の給金や手間賃になることはありません」

市兵衛は九谷焼の磁器を、両掌で口元近くにかざして動かなかった。

「蔵にしまわれた元手は、若い娘の嫁入り衣装に使われず、親子が江戸前の鰻《うなぎ》を食べる代金にならず、芝居や相撲の見物に使われず、信心深い人々のお寺詣《もう》でに使われず、身体の具合の悪い人が払う薬代や幼い子が飴《あめ》売りから買う飴代にならず、親孝行な蜆《しじみ》売りの子供がふり売りをする蜆代にならず、読本《よみほん》の代金にも日々の米代にも薪《まき》代にも湯屋の代金にも、なることはありません」

左金寺は市兵衛へ微笑みかけている。

「物乞いが施《ほどこ》された四文銭で餅を買うとき、その四文銭はお金持ちが使うことなく蔵にしまった千両より値打ちがある。餅を買った四文銭はまぎれもなく物乞いの飢えを満たした。蔵に眠った千両は、物乞いの空腹すら満たすことができない絵に描いた餅と同じです」

市兵衛は茶を喫し、茶碗を膝の前の茶碗敷へ戻した。

「もうひとつ、いかがですか」

「いえ、けっこうです。充分にいただきました。どうぞ、お続けください」

左金寺は総髪の頭を物静かに頷かせた。

「わたしが水戸より江戸へ出てまいりましたのは、もう二十年近く前、まだ二十歳になっておりませんでした。仕官などまったく考えていなかった。少々の元手があり、それを元に骨董業を始めたのです。子供のころより、骨董の目利きの才がなぜか備わっておりましてね。芸は身を助くと申します。目利きの才のお陰で、江戸の一流の名士の方々とのおつき合いをいただくことができました」

はるか遠く横川の鐘屋敷の時の鐘が、夕刻七ッ（午後四時）をかすかに物寂しげに報《しら》せた。

「そのおつき合いから、歌、俳句、川柳《せんりゅう》、狂歌、書画、むろん骨董も含め、茶会、ときには一流の料理人を集めて料理の腕を競わせたりと、様々な催しを行えるようになりました」

明かりとりの障子が、夕方の赤味を映している。

「名士の方々の中には、お金持ちの方々もいらっしゃいます。そういう方々に教えられたのでございます。お金とは不思議なものだ。散財をするたび、旅に出るたびに、仲間を沢山《たくさん》つれて帰ってくる。これはとても大事なことなのだ。お金は世の中に出ることによって子をなし子孫を生むのだと」

左金寺は笑みを泳がせ、肩に垂らした総髪をさらりとかき上げた。

「この天の木堂を始めるにあたって、わたしには三つの狙いがありました。好きな骨董業を、儲けのためではなく、好きな人たちと好きなだけ鑑賞し合って営みたい。この風光明媚な田園の景色を、朝も昼も夜も、眺め暮らしたい。三つ目は……」

と、穏やかな眼差しにきらりと光を溜《た》めた。

「江戸の一流の名士の方々、お金持ちの方々とおつき合いいただく途において知り得た世の状況、有りさま、ご公儀の政《まつりごと》、相場の動き、新しい商売や事業、人々の評判や噂や流行《はや》り廃《すた》りなどを元に世の中の先ゆきを読み、お金が子孫を作るための旅をさせるみなさまのお手伝いをいたそう。お金が暗い蔵よりとき放たれ、自由に世間へ飛びたつお手伝いをいたそう。そう考えたのです」

　左金寺は市兵衛の茶碗をとり、それをすすいでまた新たに茶をたて始めた。

「旅だたせるのは心細く不安です。短い旅もあれば長い旅もある。まことにつらいことに旅の途中に倒れ、かえってこぬこともある。しかしそれを恐れて蔵にお金を閉じこめ旅をさせなければ、世の中のためになるでしょうか。蔵に閉じこめられたお金が飢《う》えた子の腹を満たす餅代になることができるでしょうか。いいえ、なりませんね」

　茶筅《ちゃせん》がかすかな音をたてた。それから、

「どうぞ、もうひとつ」

　と、左金寺は市兵衛に新しい茶を淹《い》れた。

「それは間違いだとわかったのです。それが、みなさんの出資のお手伝いいたしておりますわたしのもうひとつの生業、世のため人のためになりたいと願うわたしの生きる狙い、意味だと気づいたのです」

　市兵衛は新しい茶を喫し、喉を鳴らした。茶碗を両掌で抱《いだ》き、ひと呼吸おいた。障子に映った夕日のほのかな赤色に、左金寺の薄い笑い顔が染まっていた。

「わたしは若いころ、大坂《おおさか》の堂島《どうじま》という町の仲買業者の下で商いを学びました。河内《かわち》の農家で米作り、灘《なだ》の酒造業者の下では酒造りの手ほどきを受けました」

「おお、唐木さんが上方で……すると唐木さんは、元はお侍ではなかったのですか」

「その事情は長くなりますので、いずれ。申し上げたいのは、農民が作る米、杜氏《とうじ》が醸造する酒、商人が儲ける金、すべて潔い物だということです」

「潔い？　どういう意味でしょう」

「作られた物は売り買いされ、金を生みました。金は新たな金を生み、金は多く出廻れば値打ちを下げましたが、しかし少なくなると世の中の景気を悪くしました。大きな金が大きな物を作り、小さな金は物作りを小さくしたのです。それがあたり前なのだと思いながら、そういう仕組みを誰が考え決めたのか、わたしには不思議に思えるくらい、曇りなく、ゆるぎなく、潔い何かでした」

　左金寺が小さく繰りかえし頷いた。

「金は、まるでそれ自体が神聖なる生き物であるかのように、その仕組み、掟《おきて》に粛々《しゅくしゅく》と従い、いっさいの迷いがないのです。金は偽りを申さず、汚れがなく、己の分《ぶん》を守り、ときには激しく、ときには雄々しくこの世をきり開いていくための神に与えられた道具なのだなと、わたしには思えました」

「ほほお。面白い考えをお持ちですね。神に与えられた、ですか。なるほど。いや、同感です。主屋の二階からあなたをひと目お見受けしたとき、こういう方だろうと、即座にわかりました」

　左金寺はそう言って、膝をたたいた。

「しかしながら、その神に与えられた道具の神聖なる仕組み、掟を、偽りと汚れにまみれさせ己の分をこえさせ、ときとして物や金を邪悪な道具にまで貶《おとし》めてしまう人々がいることも、米作り、酒造り、商いを学ぶ中で知りました」

　市兵衛は淡々と続けた。

「物は物であり、金は金でしかない。だからこそ清らかなのであり、物を購《あがな》うために金を払うことによって祓《はら》いをしているのだと、わが商いの師は教えてくれました。払うは神事の祓いからきているのだと。商いとは、人が生きる尊《とうと》い行いのひとつなのだと。左金寺さんの仰る通り、飢えた子の腹を満たす四文の餅を、蔵にしまった千両で購うことはできません。ですが……」

　ですが？――と、左金寺は聞きかえした。

「偽りを言って千両の金を引き出す者は、飢えた子の腹を満たす餅代に千両を役だては決してしないでしょう。たとえばその千両は、三峰山のうたかたの銅鉱山話に出資されて潰《つい》えてしまうでしょう」

「はっはっは……さすがは唐木さん。核心に触れるのにその言い廻しは、なかなかのものだ。結果を見れば、偽り、うたかたと責められても、かえす言葉がありません。結果は、偽り、うたかたと同じだったのですからね。でもね、唐木さん。たとえ偽り、うたかたであっても、動かぬ千両が動いたなら、動いた金は廻り廻って飢えた子の餅代になるのではありませんか」

「そうですね。きっとそうなのでしょう。けれど、今日飢えて死んでいく子に、銅鉱山に潰えた金が廻り廻って明日届いたとしても、それは蔵にしまわれた千両と同じ、なんの役にもたたないでしょう」

左金寺は黙って、ほのかな笑みを茶室に漂わせた。

夕方の赤味が次第に衰え、部屋の暗みが濃さをましていた。

「偽り、うたかたなどと、事情を知りもせずにいい加減な事を申しました。お許しください。左金寺さんが偽りの出資話を、安川充広にけしかけられたとは決して思っておりません。出資するかしないか、それは本人が決め、その結果は本人が負わなければならぬのは、理の当然です」

市兵衛はぬるい茶をすすった茶碗を、茶碗敷へおいた。

「出資の善悪を左金寺さんと論じにきたのではありません。十六歳の安川充広が、どういう経緯で三十両もの金を金貸しから借りてまで、その銅鉱山の採掘事業に出資する判断をしたのか、それはどこの誰より知り得た話なのか、どれほど信憑《しんぴょう》性のある話であったのか。そして……」

　左金寺が咳払いをするのをかまわず、続けた。

「今、その銅鉱山の話はどの程度進んでいるのか。進んでいるとすれば、埒が明くのはいつなのか。して、銅鉱山の採掘を割りあてられることになっていたという山師はどこのどなたなのか。ご公儀のどなたが、あるいはどちらの方々が、どのようなお指図でその山師を決められたのか。また出資した金はどのように使われ、さらにあと幾ら必要なのか。それらの事々をお教え願いたいのです」

　左金寺は表情を少しも変えず、指先で整えるように眉に触れた。

「出資は出資、借金は借金、いずれも本人が決めたことであり、金貸しのお態を逆上して斬ったのも本人が仕出かしたこと。左金寺さんに、安川充広の起こした一件にこのようにお訊ねするのは筋違いと承知しております。しかしながら、何とぞ安川家の窮状をお察しいただき、出資にいたった経緯をお聞かせ願いたいのです」

「唐木さん、安川家の窮状はお察し申しておりますよ。ただ、話の出所、山師はどこの誰で、お指図はどなたで、今後の事は、と事の経過をお話しする状況には今はまだないのです。事が進み、あるいは状況に変化があった段階で、安川充広さんにはご報告できると思います。何とぞそれをお待ち願いたい」

「それはいつですか。安川充広はただ今、牢屋敷に収監されており、評定日が迫っております。事が進み状況に変化があった段階では、手遅れになるかもしれません」

「お気の毒です」

「元勘定吟味役の中山半九郎、細田栄太郎、松平三右衛門という方々を相談役に頼まれておられると聞いております。三峰山の銅鉱山は、その方々より持ち出された話ではないのですか」

「あのお三方にはわたしの方より、むしろ安川充広さんに慎重に考えるべきだとご指導をお頼みしたのです。誤解なきように、お願いします」

と、にべもなかった。左金寺は笑みすら浮かべていた。

「と言いつつ、じつはわたしもこのたびの三峰山の銅鉱山の出資話では、今のところ百両の損失をこうむっておるのです。ただしわたしは、銅は必ず埋もれておると望みは失っておりませんし、駄目であれば仕方がありません。次に倍の二百両を儲ければいいのです。出資とはそういうものです。あっはっはっは……」

この男、食えぬ——と、市兵衛は思った。

そこへ、庵の茶道口の方より、先ほどの若党らしき男の声がした。

「旦那さま、お食事の支度をいたしておりますが、いかがなされますか」

「おお、そうか。唐木さん、夕餉《ゆうげ》を召し上がっていかれませんか。ほどなく、気のおけぬ友らがやってくるでしょう。唐木さんを是非ご紹介したい。一献酌《く》み交わしながら押上の夜景を愛《め》で、歌でも詠みませんか」

主屋の方より、男らの粗雑な笑い声が聞こえてきた。

八

深川堀川《ほりかわ》町の油堀《あぶらぼり》はとっぷりと暮れた冬の夜空の下に息をひそめ、震える寒気が大川へつながる水面へ深々と下りていた。

長い一日の終わりが近づいていた。

暗い堤道に、ぽつんとひとつ、腰高《こしだか》の油障子からもれる薄っぺらな行灯《あんどん》の明かりが寂しげに落ちていた。

とき折り、薄っぺらな明かりにか細い犬の鳴き声が遠慮がちにまじった。

軒下《のきした》に縄暖簾《なわのれん》がかかり、表戸の油障子には《飯酒処　喜楽亭》と記してある。

飯酒処・喜楽亭は、無精髭にごま塩になった薄い髷の六十近い亭主が、ひとりで営んでいる一膳飯屋である。酒も呑ませる。

店土間に醤油樽《しょうゆだる》に長板を渡しただけの卓が二台並び、卓の周りに並べた醤油樽の腰掛に客が十二、三人もかければ、店はほぼ満席になった。

板場は、亭主が注文の皿や気まぐれに大皿を並べる棚に仕きられた奥にある。

亭主がひとりで営んでいるが、今年の春、店の定客の北町奉行所同心・渋井鬼三次について芝《しば》からやってきた痩せ犬が、一宿一飯の恩義を亭主に感じてかってに住みつき、無愛想《ぶあいそう》な亭主に代わって客の周りを愛想よく尻尾《しっぽ》をふって廻っている。

夜五ツ（午後八時）、喜楽亭の客は町方同心・渋井鬼三次、渋井の手先でひょろりと背の高い助弥、その二人に向き合って京橋《きょうばし》川に近い柳《やなぎ》町で医業を営むおらんだ医師・柳井宗秀《やないそうしゅう》、そして宗秀の隣に腰かけた市兵衛の四人ばかりだった。

四人は徳利を次々と空《から》にし、亭主が拵えた甘辛い汁の染《し》みた大根、人参牛蒡にがんもどきの煮物を「美味い」と頬張りつつ、話がはずんでいた。

「安川充広の一件を、まさか市兵衛が調べているとは。偶然が重なるじゃねえか」

渋井が言った。

「相手は小うるさい旗本だしよ。ふん縛るのが不良の倅だから若い当番方の同心ひとりじゃあ心もとない、っててんでおれがつき添い役でいかされたんだ。充広は小十人の親父にともなわれて出てきた。大人しくてな。面倒なことは何もなかった。元服はしていてもまだ十六歳の若造でよ。親父がしょ気《げ》てて、気の毒だったな」

「そうでやしたね。あっしも金貸しのお熊にいきなり斬りつけて、とどめまで刺したってえから、どんな凶暴な野郎かと思っていたのが、がきの面影が残った可愛らしい若侍だったんで拍子《ひょうし》抜けしやした」

「金貸しのお熊はな、やり手のとりたて屋で評判の女なんだ。借金のとりたてだからいい評判じゃねえがな。執念深くて、婆々のくせに度胸もあるし弁もたつ。お熊にかかっちゃあ病人の布団《ふとん》だって剝《は》がれちまうし、ぺんぺん草も生《は》えねえってよ」

「すっぽんみてえに、喰いついたら金輪際《こんりんざい》放さねえって評判でしたからねえ」

「いかに評判の悪いとりたて屋でも、得物を持たぬ婆さんを斬ったのだから、安川充広という若侍の厳罰はまぬがれぬな。よっぽどの事情があればまだしも、切腹、下手《へた》をしたら斬首もあり得る」

　渋井と助弥が話しているところへ、宗秀が二人に徳利を差して口を入れた。

「武士の自裁は武士としての面目が保たれたことになりますが、斬首となると武士のふる舞いにあらず、という裁断ですから、本人のみならず安川家にもとがめがくだされるかもしれません。安川家はつらい立場になりました」

「だから市兵衛が、充広の評定が開かれる式日の二日までに、事情を調べて安川家へのとがめが少しでも穏便にすまされるように、と頼まれたってえわけだ」

「安川剛之進という旗本は安川家にどのようなとがめがくだされようと、覚悟は決めておられます。切腹するにせよ斬首されるにせよ、倅が起こした事の真相を知り、知ったうえで送ってやりたいという存念なのです。それだけ、倅は生来そういう暴虐《ぼうぎゃく》なふる舞いをする男ではなかった、という思いが強いのでしょう」

「ふうん、親馬鹿かね」

「親馬鹿、ですかね」

市兵衛がかえし、宗秀は市兵衛の猪口《ちょこ》に「むつかしい仕事を請けたな」と差した。

「わたしの話は以上です。渋井さんが九郎平のところと左金寺兵部の天の木堂へいかれたご用を聞かせてください」

「いいだろう。じつはな、半分ご用で半分ご用とも言えねえご用なんだ。だからまあご用の筋でいいんだが、先生にも聞かせるからここだけの話だぜ」

「承知だ」

渋井は、いつもの癖で渋面をいっそう渋くした。

「一昨日、秋山《あきやま》という奉行所見廻りの徒目付《かちめつけ》に内々にある調べを頼まれた。本所四ッ目通り南割下水わきに御徒組《おかちぐみ》の組屋敷がある。その組屋敷では月々懸銭《かけぜに》を集めて頼母子《たのもし》講を開いていた。講ごとに親を決めて講衆から懸銭を集め、それをくじで講衆に融通《ゆうずう》する。一度融通を受けた講衆は懸銭を払うだけになり、ひと渡り講衆へ融通が廻ったところでその講は終わる。で、また新たに親を決めて、とそういうやつさ」

頼母子講は無尽《むじん》講とも言われ、誰でも知っている。

商人《あきんど》の営業の元手調達にも利用され、ひとりで二百数十口入っていると噂の商人もいるくらい江戸市中では流行《はや》っている。

下禄の武家の間でも天明《てんめい》以降、頻繁《ひんぱん》に行われるようになった。

「その組屋敷の今の頼母子講は、八重木百助という徒衆《かちしゅう》が親をやっていやがった。百助には女房と五歳の倅がいる三人暮らしだった。その八重木百助が、女房倅ともども懸銭を持って姿をくらました。早《はえ》え話が、暮らし負けをした武家の夜逃げだ。武家の夜逃げは、近ごろ珍しくねえがな」

渋井は猪口をあおって、喉を鳴らした。

「八重木百助は貧乏徒衆のくせに数寄者の趣味人でな。本所界隈やら日本橋のあちこちの俳句、川柳の会に顔を出して一句ひねっている男だった。あんまり分度生活を心がけねえ男だったらしい。そのせいかどうか暮らしは楽ではなかったらしく、女房は内職に励むし、八重木自身、夜だけということで、ある盛り場の警備役を内職でやっていた。その盛り場ってえのが入江町の鐘の下さ」

「もしかして、八重木百助という人は九郎平の用心棒だったということですか」

「そういうこと。九郎平とこの用心棒は給金がいいらしくてな。その組屋敷の徒衆が順繰りに引きついでいたそうだ。貧乏徒衆でも公儀の番方が岡場所のふせぎ役の用心棒というのは表沙汰《おもてざた》にできねえから、町の警備役ってえわけさ」

「八重木百助は押上村の天の木堂の、俳句や川柳の会にも出ていたのですね」

「察しが早いね。おれの言う事がなくなっちゃうよ」

「八重木百助は幾らほどの懸銭を持って夜逃げをしたんだ」

と、宗秀がまた渋井の猪口に酒をついで訊いた。

「組頭が言うには三十三両はあったらしい。組頭はこれを表沙汰にしたくなかった。組の者が頼母子講の懸銭を持ち逃げの欠け落ちなんぞ、人聞きが悪いというか面目がたたぬというか。できれば徒頭《かちがしら》には報告せず、八重木には金さえ戻せば欠け落ちは不問にするからとにかく戻ってこい、という腹だった。で、親しい徒目付の秋山なにがしに相談し、秋山がおれんとこに、表沙汰にせずやってくれねえか、ときた」

渋井は宗秀に差しかえし、徳利を市兵衛の猪口にも廻した。

差しつ差されつは町家の慣《なら》わしで、武家は手酌《てじゃく》がたしなみだが、渋井や市兵衛たちは町家のその慣わしにすっかり馴染んでいる。

「それで今日、組屋敷から九郎平、左金寺兵部、それから句会仲間のところを、八重木百助の欠け落ち先の手がかりについての訊きこみに廻って、ひょっこり市兵衛に会ったってえわけさ」

「手がかりは、ありましたか」

「あんまりねえ。九郎平が言うには、八重木の暮らしぶりはかなり厳しそうで、組屋敷の住人らと似たようなもんだった。けどまさか、お仲間の頼母子講の懸銭を持って欠け落ちするような人だとは思わなかったと、驚いてはいたよ。そんな人だとわかっていたら、用心棒には頼まなかったとな」

「九郎平はふせぎ役の口銭を鐘の下の女郎らからとって、大そうな稼ぎを手にしているると評判でやす。人あたりはいいが裏じゃあずいぶん人を泣かせているって噂だし、やくざな手下を抱えていたそうでやす。八重木って侍も用心棒に雇われていたんですね」

　助弥が言い添えた。

「ふむ。それに市兵衛の話を聞くまで、九郎平があの安川充広に金貸しのお熊を仲介したとは思わなかったぜ。まあ、仲介しようがしまいが、八重木百助の一件とはかかわりはねえが」

「ですが、ちょっと似ていますね」

「何が？」

「安川充広は三十両の金を倍かそれ以上にしたくて借金をし、挙句に金貸しのお熊を斬って今は牢屋敷にいて裁きを待つ身です。八重木百助という人は、三十数両の懸銭に目がくらんだか、それを持ち逃げして徒衆の身分を自ら捨てました。安川充広はなぜ三十両もの借金をしたのか。八重木百助という人はなぜ高が三十数両の懸銭のために身のおきどころを捨てたのか。似ていると思いませんか」

「九郎平というふせぎ役が、ちょいと怪しげだな」

宗秀が市兵衛に応え、猪口をあおった。

「そうか。似てるかな。たまたま九郎平がからんでいたってえだけだろう。ふせぎ役なんて、どいつもこいつも怪しいに決まっているしよ」

「似ていますよ。似ている気がする。左金寺兵部の訊きこみはどうだったのですか」

「そっちもさっぱりだ。八重木が天の木堂の句会に顔を出すようになったのは春ころからしい。句会には必ず参加する熱心な愛好者だったと、左金寺は言っていた。八重木のひねった俳句を幾つか読ませてもらったが、あまり上手くなかったな。もう忘れちまった。助弥、おめえ、覚えているかい」

「母と子でまだか無尽の指を折り、なんてのがありやしたね」

「そうそう。そういうのがあったな。下手な俳句だぜ」

「それは俳句ではなく川柳だろう」

　宗秀が笑った。

「ええ？　そうかい。どっちでもいいじゃねえか。俳句も川柳もおんなじようなもんだろう。とにかく、まさか、あの八重木さんが頼母子講の懸銭を持って欠け落ちとは、と左金寺も驚いてた。金に困っているなら相談してくれれば手助けができたかもしれねえと、残念がってた。八重木さんは根は決して悪人ではねえとさ」

　左金寺兵部という男、食えぬ——と、市兵衛はまた思った。

「なんぞ、不審かい」

「いえ。そうではありませんが……」

　市兵衛の脳裡《のうり》に、縦格子を隔てた薄暗い揚座敷で、鼻筋の通った横顔をうな垂れさせていた充広の姿が甦った。

「できたでよ」

板場から亭主が、葱《ねぎ》と白菜に椎茸《しいたけ》、それにたっぷりと茹《ゆ》でた豆腐が盛んに湯気を上げる湯豆腐の土鍋を運んできた。

亭主の傍らについて出てきた痩せ犬が、渋井の側へきて「へえ、お待たせ」と言うみたいに、ちょっと自慢げに吠《ほ》えた。

「おお、湯豆腐かい。美味そうだ。これからは湯豆腐だな。おめえも手伝ったのか。そいつあ、感心じゃねえか」

渋井に頭をなでられ、痩せ犬は照れ臭そうに尻尾をふった。

九

本所四ッ目の通り南割下水わきに、御徒衆組屋敷の木戸がある。

その刻限、木戸ぎわにある御徒衆組頭・篠崎《しのざき》伊十郎《いじゅうろう》の組屋敷の表木戸が勢いよく開き、組頭の篠崎と篠崎を呼びにきた寺尾《てらお》という御徒衆が、組屋敷地内の小路を、もの憂げに顔を歪め、急ぎ足にたどり始めた。

「で、容態はどうなのだ」

夜道に足音をせきたてつつ、篠崎が苛《いら》だたしげに訊いた。

「どうやら一命はとりとめておるようですが、いまだ気をとり戻さず、眠ったままだとか……」

篠崎に並びかける寺尾は、小首を垂れて応えた。

敷地に迷いこんだ野良犬が一匹、二人の急ぎ足を恐れて走り去った。

「医者は呼んだのだろう」

「はあ……それが……」

寺尾が言い終わる前に、川村《かわむら》の住居に着いていた。

板戸が半ば開いたままになっていて、閉じた腰高障子が暗く沈んで見えた。

「ごめん」

篠崎はひと声かけ、返事を待たずに障子戸を開けた。

薄暗い土間から小部屋へ上がり、正面の舞良戸《まいらど》の先に台所、川村の隠居の部屋は左の襖《ふすま》の奥である。

「提灯があります。気をつけてください」

寺尾が小部屋へ上がった篠崎の後ろから言った。

小部屋には提灯貼りの内職で仕上げた畳提灯が積み重ねてあった。

左の襖が先に開き、角行灯《かくあんどん》の薄明かりが小部屋に差した。襖の側で川村の妻が、

「どうぞ……」

と、肩を落として篠崎を迎え入れた。

四畳半の部屋に、布団に寝かされた隠居の白い髷と白髪が薄くのびた月代の頭部が見えた。

隠居の見慣れた顔は、布団に埋もれている。

布団の傍に坐した川村と、隠居の妻である川村の老母が、篠崎に目礼した。

布団の反対側には、十歳の長女と八歳の倅、三歳の末娘が行儀よく坐っていた。

「どうだ？」

篠崎が言い、隠居の枕元に坐った。

母親が子供らに座を空《あ》けるように指示し、子供らが空けたところに寺尾が、しきりに涙をぬぐっている長女に小さく声をかけながら坐った。

長女は寺尾に声をかけられ、こくり、と頷いた。

「まだ、気が戻りません」

川村が篠崎から隠居へ目を移して応えた。

「医者は呼んだのか」

川村は応えず、老母もうな垂れているばかりだった。

「医者を呼んでも、手あての術《すべ》はありませんから」

黙りこくった中から、川村がぼそぼそと言った。

篠崎は唇を歪めたが、篠崎とて言うべき言葉はなかった。

御徒衆は若年寄配下、七十俵の御家人である。士分ではない小吏《しょうり》の組頭ほどもない小給と言ってよかった。

御徒の七十歳以上、または在勤二十年の者は七十俵五人扶持がくだされた。町方同心三十俵二人扶持の倍以上の禄である。

七十俵何人扶持なら、と思われるが、実際はそう簡単ではない。

武家の多くは、三番勤めと言って三日に一日勤める。三人でひとり分の勤めを分け合っている。禄も三人で分け合う。

三人でひとり分の禄なら、実情はひとり二十数俵でしかない。

ゆえに勤めに出ない二日は、提灯貼り、傘貼り、凧貼り、竹細工などの内職をして暮らしの足しにする。実情は内職、すなわち屋内工業こそが本業である。

武士の内職は盛んで、中には職人化する者、使用人を使い使用人の名前で表見世を営む侍もいたのである。

川村は、ひと貼り数文の提灯貼りを内職にしていた。

分度暮らしを心がけ、隠居夫婦を入れて一家七人、何とか暮らせぬことはなかった。

が、それはあくまで一家がみな健《すこ》やかであれば、の場合である。

一家に病人が出ればたちまち暮らしに窮する。

急な物入りが続けば途端に暮らしがなりたたなくなる。

川村の家は隠居が長い間、病いの床にあった。

容態の変化で医者を呼んだり薬代などがかさみ、借金が少しずつ溜まっていた。

本所柳原《やなぎわら》町の座頭金《ざとうきん》の返済とりたてに、人相の険しいやさぐれた風体《ふうてい》の男らがくるようになったのは、ひと月ほど前からだった。

篠崎は、そういう風体のとりたて屋が川村の住居へ毎日おしかけ、声高《こわだか》に返済の催促するのを、まずいな、とは思っていた。

組衆のみなでなんぞ手を打たねばと考えつつ、川村から何も言ってこぬため、つい日をすごし、しかもそんなさ中、八重木百助一家の欠け落ちが起こり、そちらの件にかまけてなおざりにしていた。

今夕、勤めより戻ると、その半刻（約一時間）ほど前、とりたて屋らが川村の住居へおしかけ、ひと騒動あったと、妻より聞かされた。

とりたて屋の罵声と、子供らの泣き声が先ほどまで聞こえていたというのである。

「あとで顔を出してみよう」

と、篠崎は急いで夜食をすませ、出ようとしていたところへ寺尾がかけこんできた。

「川村のご隠居が、首を吊った」

幸い、隠居は一命をとりとめた。川村の一家にとって幸いだったかどうかはわからないが。

「これでは隠居が寒いな。もっと布団を……」

言いかけて篠崎は黙った。

「利息の一部だと、持っていかれてしまいました。寺尾の家から余分の布団を少し借りて……」

川村が溜息まじりに言った。

母親と妻が咽《むせ》び声を堪《こら》えていた。

「父は、これ以上自分が生き長らえていては一家の破滅だと書きおきを残して首を吊りました。腹を切らなかったのは、恥ずかしながら刀がないからです。わが刀はだいぶ前に竹光《たけみつ》です」

そう続けて自嘲《じちょう》の笑みすら浮かべた。

「ふと、八重木百助の気持ちがわかりました。わたしが頼母子講の親なら、こんな暮らしを続けるより、懸銭を懐にして一家を引きつれ、どこぞへ欠け落ちする道もあったかな、と。わが家はとうに融通《ゆうずう》を受け、あとは懸銭を払うばかりですので」

寺尾が顔をくしゃくしゃにしてうな垂れていた。みな似た境遇である。

「子供らの前で何を言う。よかろう。うちにも余った布団があると思う。あとでそれを持ってこさせる」

篠崎は三人の子を見廻した。

「子供らの夜食はすんだのか」

十歳の長女が目元をぬぐいながら篠崎へ頷いた。

「そうか。よかった。心配するにはおよばぬぞ」

篠崎は長女に笑いかけた。

「明日夜、組衆で今後のことについて寄合いを開こう。みなで助け合って、組の者みなの暮らしのたつ算段をするのだ。町方に調べを頼んだ八重木の件の報告もある。寺尾、おぬし、組衆に触れてくれるか」

「心得ました」

寺尾が童子のように声を張り上げた。

徳山坂内《とくやまばんない》は竈《へっつい》の火を落とし、台所土間続きの勝手口から、深々《しんしん》と冷えこんだ中庭へ出た。中庭に納屋があり、薪《まき》や炭俵を備えてある。

坂内は明日朝の支度の薪をとりにいった。

左金寺の女房の奈々緒《ななお》が、

「坂内、洗っておおき」

と、さんざん飲み食いして汚れた碗や鉢、皿を洗い終えたばかりだった。

夜空高く、わずかに白く見える弦月が架かっていた。

峰岸《みねぎし》らの笑い声が主屋の二階より聞えてきた。

乾いた夜気が頬に冷たかった。

坂内は、午後遅く天の木堂にきた唐木市兵衛という浪人者の風貌を思い出した。

あの浪人者の様子が気になった。なぜ気になるのか、よくわからない。

安川充広という旗本の倅のことで調べにきたらしい。

左金寺は、安川充広を十六歳だと言った。そんな若造を相手にして、と思った。

だが、坂内が鹿島《かしま》流の鬼神と言われていた老道場主を倒したのは、十六歳のときだった。

兵太《ひようた》、坂助《ばんすけ》、と呼び合っていた二人は、鹿島宿にあったその道場の仲間でもあった。

小百姓の倅だったが、二人とも強くなって、侍になりたいと望んでいた。

「勝ちさえすれば強いと思っておる。おまえの剣術は卑《いや》しい」

老道場主は坂内に言った。

その老道場主のこめかみへ一撃を浴びせたとき脳裡《のうり》にめぐったあの戦慄《せんりつ》が、唐木市兵衛という男と目を合わせた刹那に背筋に走ったのだった。

ああ、それでか……

坂内は薪の一荷を肩に、一荷を手にさげて勝手口へ戻りながら思った。

いつの日か、自分はああいう男と出会うような気がしていた。

兵太と水戸へ出て、それから江戸へきたのは二十歳になる前だった。

左金寺兵部、徳山坂内、と名乗った。

兵太は江戸へきて、見る見る名を上げた。食うや食わずだった暮らしが、夢のような豊かさだ。

坂助は、兵太の手助けをできることが嬉しかった。

おれが兵太を守ってやる。そう思わない日はない。

兵太が変わったのは、女房に奈々緒を娶《めと》ってからだ。

野望にあふれていたけれど、兵太はあんな男ではなかった。兵太の後ろを、ずっと守ってやろうと決めていた。兵太がどんな男になろうと、それは変わりはしないのだが……

坂内は勝手口から土間へ入り、竈のわきに薪を下ろした。

茶屋だったころを偲《しの》ばせる広い台所の土間には竈が三つ並び、大きな食器棚と勝手口のそばには井戸があった。

そこへ、台所の土間続きの、囲炉裏《いろり》を作った板敷の舞良戸を兵部が開けた。

「おう、坂内、まだ仕事か」

兵部が板敷へ入ってきて、囲炉裏のそばへ坐った。

囲炉裏にはまだわずかな火が残っていた。

「もう終わる。茶を淹れるか」

「いやいい。寝る。今日はなんの催しもないのに妙に疲れた。昼間きた町方と……あの男のせいか」

兵部は首を廻して、肩をもみほぐすような仕種《しぐさ》をした。

「兵部、唐木市兵衛という男、油断がならぬぞ。気をつけろ」

坂内は鉈《なた》で薪を割りながら言った。

「おぬしもそう思うか。あんな男が、いるのだな」

兵部が応え、ふん、と気《け》だるそうに鼻先で笑った。

第二章　水戸《みと》からきた男

一

その三日前の十月二十四日、常州《じょうしゅう》水戸城下である事件があった。

下市本町《しもいちほん》一丁目に妓楼《ぎろう》が軒《のき》をつらね、七軒《しちけん》町、紺屋《こんや》町には料理屋が建ち並んで、昼間から人通りの絶えない下市の盛り場には水戸藩公認の博奕場《ばくちば》が開かれている。通りには辻講釈、豆蔵《まめぞう》、軽業《かるわざ》が銭《ぜに》を乞《こ》い、土弓《どきゅう》楊弓《ようきゅう》の小屋掛の女が客を呼んでいた。

江戸から流れてきた町芸者の集まる江戸《えど》町に歌舞伎《かぶき》芝居の小屋が建ち、その並びから入る路地に野郎《やろう》（男娼《だんしょう》）の新見世《しんみせ》が開かれ、城下では地獄の密売と評判の色里もある。

そんな江戸町のはずれの、すれ違うのにも身体《からだ》を斜《はす》にしなければならない狭隘《きようあい》な路地の片側に、長屋女郎の銭見世《ぜにみせ》が七戸ばかりつらなっていた。

路地の向かいは朽《く》ちかけた板壁がふさぎ、板壁の反対側は千波沼《せんば》につらなる水路が通って、夏場は水流がふえるが、冬場は水が涸《か》れ黒い泥の見えるどぶになった。

長屋は、半畳の土間に板敷へ筵莫蓙《むしろござ》を敷き、人ひとりが横になれるほどの広さしかなかった。天井は低く、並の背丈《せたけ》の男が立つと頭がつかえるほどだった。

その銭見世の一戸の板敷に、筵莫蓙に薄い布団《ふとん》が敷かれ、人影が布団の中に横たわっていた。布団はかび臭く、汚れていた。

路地を鳴らす雪駄《せった》の音が近づいていた。

隙間《すきま》だらけの板戸が、路地と土間を隔《へだ》てている。

着流しの男が板戸に手をかけ、乱暴に開けた。

戸内には汗と血と涙が、垢染《あかじ》みた臭気になってこもっていた。

「臭《くせ》え」

男は路地の明るみがぼんやりと差した戸内の暗がりへ、しかめ面《つら》を投げた。

汚れた布団の裾《すそ》が見え、布団の影がごそごそと動いたのがわかった。

影が動いたのを見てしかめ面のまま、「えへ」と笑い声をもらした。

「おめえだっぺ。江戸の奥方さまだっつうのはよ」

男は後ろ手で板戸を閉めながら、声をかけた。

雪駄を脱ぎ、着流しの前身頃《まえみごろ》をたくし上げて板敷に上がった。

汚れた布団を踏むと、かび臭いほこりが板戸の隙間から差す光の帯の中に舞った。

うう……とかすかなうめき声を上げて影が起き上がろうとした。

男はしかめ面の笑みを影に近づけた。

だんだん目が慣れて、暗いなりにも影の顔がわかってきた。

「かかかか……」

と、甲高《かんだか》い笑い声をたてた。

「こらあ、奥方ではねえで、ばけものだっぺ」

そう言って、乱れて形も残っていない影の島田《しまだ》の髪をつかみ、うな垂《だ》れた顔を乱暴に持ち上げた。

板戸の隙間からの薄明かりでもわかるくらい女の顔は腫《は》れ上がり、青黒く変色していた。腫れ上がった頬《ほお》と瞼《まぶた》の間に、今にもふさがりそうな細い目の筋が空《うつ》ろに男を見ていた。部厚い唇は皮が破れてささくれだち、乾《かわ》いた血がこびりついている。

顎《あご》の周りから痩《や》せた首筋、緋《ひ》の長襦袢《ながじゅばん》の薄い胸元にかけて、繰《く》りかえし暴行を受けたと思われる黒い痣《あざ》が斑《まだら》になり、そこにみみず腫れが幾筋も走っていた。

無惨を通りこし、男がばけものと言ったのも無理はなかった。

女は口が利《き》けないのか、うう……と、また小さくうなった。

「なんだあ、何が言いてえ」

そのうちに細い糸みたいな女の目から涙が、つう、と腫れた頬に伝った。

女は胸の前で掌《てのひら》を合わせ、頭を垂れ、男を拝《おが》んだ。

「許してくだせえってか」

男はぞくぞくした。

男は並木《なみき》という町の博奕場の若い衆だった。江戸から新しい奥方がきたと、銭見世の番小屋の男から聞いて博奕場を抜け出し、こっそり遊びにきた。

さんざん痛めつけ泣き喚《わめ》く女の身体へ、欲望を果たすのが好みだった。

それも武家の奥方がいい。武家の奥方がおっちんだらもっと面白《おもしれ》えっぺ、とそんなことを日ごろからぼうっと夢想している男だった。

「かかか……だめだ。許さねえ」

女の頭を持ち上げたなり、腫れ上がった頬へ容赦《ようしゃ》ない張り手を浴びせ、手の甲でかえした。それを二度三度、四度五度六度……と繰りかえした。

唇が裂けて血しぶきが飛んだ。

女は繰りかえし暴行を受け、もう泣き声すら上げられず、張り手を浴びせられるたびに奇妙な呼吸を繰りかえしただけだった。

つかんでいた髪を放すと、ぐったりと仰向《あおむ》けになった。

男はそれを見てまたしても笑った。布団を剝《は》ぎとり、長襦袢の裾より露《あら》わになった枯れ枝みたいな足先から太腿《ふともも》を蹴《け》り上げた。

「おめえ、尻見せろ。ほれよお」

男はごつい身体をしていて、天井につかえる頭を折り曲げ、女の足から腰を蹴り続けた。

女は喘《あえ》ぎ声になり、両足を虚《むな》しく折って蹴られるたびにあがいた。

「ほれよ、ほれよ……」

と、男は上気し、

「はあ、はあ、はあ……」

と、女の吐息が男の声と交錯《こうさく》した。

女は男から逃げ、壁を這《は》い上がろうと白い手をのばした。

壁にすがる白い手が薄暗い虚空《こくう》にもがいた。

その後ろから髪をつかまれ、引きずり倒された。

瘦せた胸や肩を息苦しそうに波打たせた。

女が悲鳴や泣き声を上げず、奇妙な吐息をついているのが男は不満だった。

片膝《かたひざ》を床につき、また女の髪をつかんで上体を起こしにかかった。

「ばけもの、泣けえっ。喚けえっ」

と、怒声を浴びせた。

女は荒い呼吸を繰りかえしながら、薄い敷布団の下を探った。

男はかまわず、つかんだ髪を後ろへ引き、女の顔を上向かせた。

今度はにぎり拳《こぶし》を作った。

そのとき、男は女が黒く小さな瓦《かわら》の破片《かけら》を両掌の間にしっかりとにぎり、わなわなと震えているのを見たのだった。

女の唇からは、新しい血が垂れていた。

「かか……道で拾ったか。それで突くのが。ほれ突け、ほれ突け。かかか……」

男は面白がって、女の頭をゆさぶった。

うう、うう……

ゆさぶられて女はうなった。わたしが死ぬためだ、と言っているのだが、男は気づかなかった。細い目から涙を伝わせ、震える両掌を女は顔の前へかざした。
「はあ、はあ……」
と、息を喘がせ、女の両掌が顔の上にまで持ち上がった。
男は部厚い胸を張って、ここだっぺ、とぺたぺたと叩《たた》いてふざけた。
すると、女は怖気《おじけ》づき諦《あきら》めたかのように顔を伏せた。
鷲《わし》づかみにされた髪が抜ける、ぷつぷつという音がした。
それから瓦片をにぎった両掌を下へ落とした。
片膝立った足元に、女の乱れた島田がうずくまった。
それはまるで、男にひれ伏したかだった。
「かかか……」
男は大口を開けて笑った。
途端、笑い声が絶叫になった。
女を突き退《の》け、男は片膝立ちの足を抱えた。
「あっつっつ」
と、激痛に身体をねじった。
女は壁に突き飛ばされ、ぐったりとなっていた。

男は長い腕を、怒りに任せて女の頭上へふり落とした。

「くそがあっ」

殴《なぐ》り倒され、女は床に這いつくばった。

男は女を捨てて立ち上がろうとしたが、余りの激痛に立ち上がれず、「ぐあっ」と喚いて仰《の》け反《ぞ》った。

女は喘ぎ喘ぎ起き上がった。

瓦の破片の先が、片膝立った男の足先の第二指を引きちぎり、第二指は薄皮一枚つながっているばかりだった。

あひいいい……

絶叫が泣き声になった。

女は瓦の破片を右手ににぎり替え、左手で男につかみかかっていった。

痛みと怒りに狂った男は、女の顔へ拳をむやみやたらにふり廻《まわ》した。

だが、殴られても女は怯《ひる》まなかった。

どんなに殴られても、もう痛みは感じなかった。

男の部厚い胸にしがみつき、今度は瓦の破片を男の顔面に突きたてた。

瓦の破片が男の片眼を一撃で潰《つぶ》した。

男は絶叫を上げ、堪《たま》らず目を掌で覆《おお》って後ろへ倒れこみ女から逃れた。

懐《ふところ》から匕首《あいくち》を抜き、後ろの女へふり廻しつつ戸口へ床を這った。

ぐぐう、ぐぐう……と女のうめき声が、獰猛《どうもう》な獣《けもの》の声になっていた。

獣は男を逃がさなかった。

男の上に覆いかぶさり、助けを呼ぶ男の口を傍《かたわ》らの布団でふさいだ。

そして、男の首筋へ血にまみれた瓦片を食いこませた。繰りかえし、何度も突きたて、引き斬った。

男が振り廻す匕首は背中の女を疵《きず》つけたが、刺せなかった。

何度目か、男の首筋を瓦片が食い破り、血がすさまじい勢いで噴《ふ》き、女の顔に降りかかった。男は女を背中に乗せたまま、のた打った。

二つの身体は、上になったり下になったりした。

その間も、女は瓦片で突きたて引き斬りながら男の耳に咬《か》みつき、咬みちぎった。

男は泣き喚いた。

だが泣き声は途ぎれ、破れた喉《のど》が、ぴぃぃぃぃ、と鳴った。

やがてのた打つ身体がその音の終息するのと合わせて、小刻みに痙攣《けいれん》し始めた。

男の身体がぐにゃりと潰れ、喉が鳴らなくなった。

匕首が手からこぼれた。

女は咬みちぎった男の耳を吐き捨てた。

それから男の背中より、土間へ転がり落ちた。

匕首を拾い、板戸を開けた。

路地の白い光が、血まみれの女の身体を隈《くま》なく覆った。

女は狭い路地を緋の長襦袢をひきずりながら、よろけ、進んだ。

ぐるる、ぐるる……と、獣の咆哮《ほうこう》が長い尾を引いた。

路地の出口に番小屋があり、そこに番人の若い者が二人、退屈してあくびを繰りかえしていた。

「てえくつだっぺ。またあの江戸の年増《としま》をぶっくらあせるか。てえくつしのぎになるっぺ。あふうぅ」

ひとりが言ってあくびをし、ひとりが、

「おら、もうあきた。これ以上やったら、おっちんじまうでよ」

と、応《こた》えてあくびをかえした。

「だどもよ、てめえがわかんなくなるまで痛めつけろと、親方の命令だ」

「あの年増、もうてめえが誰か、わかんねんでねえか」

と、番小屋の板戸が、がたん、とゆれた。

「ああん、誰だあ」

ひとりが板戸に喚いた。

返事はなく、短い間のあと、また、ががた、と何かが板戸にぶつかった。

「この、ごじゃっぺが。ぶっくらあせるど」

「ぶっくらあせ、ぶっくらあせ」

もうひとりが笑った。

番小屋も板敷と半畳ほどの土間しかない狭い小屋だった。

二人は着流しの上に布子《ぬのこ》の半纏《はんてん》を羽織っていた。

ひとりが土間へ身軽に飛び下り、

「なんでえ」

と、板戸を開けた。

緋の長襦袢の血まみれの女が戸口に立っていた。

若い者は開いた口がふさがらず、叫ぶまでに一瞬の間があった。

黒ずんで腫れた顔の中に筋を引いた目が、若い者を見上げていた。

「ばけもの」

と、叫び終わる前に女の身体がどんとぶつかった。

匕首が若い者の腹へ深々とめりこんでいた。

あぷ、あぷ、と喉を鳴らしたが、息ができなくなった。

匕首をにぎる女の手をおさえ、がくり、と跪《ひざまず》いた。

匕首がひき抜かれた。

血が噴きそうなので腹を両掌でふさいだ。

女の手が若い者の頬をわきへ払った。若い者はされるまま、「いて、ちょっと、いてえっぺ……」と泣きそうな声を上げ、ぐにゃりと土間のわきの壁に凭《もた》れかかった。

板敷のもうひとりが、その様を見て飛び上がった。

血まみれの女が、板敷へ幽霊みたいにゆっくり上がってきた。

手ににぎった匕首も真っ赤だった。

「て、てめえっ」

うう、うう……

女の真っ赤な口が、何か言った。

もうひとりの若い者は聞いていなかった。懐からどすを抜いて、

「ぶっ殺すど」

と、かざした。

女がよろよろっと凭れかかってきた。

若い者は一歩退いて、どすをふり廻した。

途端、低い天井にどすはがつっと食いこんだ。

「ああ?」

天井を見上げたとき、女の匕首がためらわずに一閃《いっせん》した。

「ひえぇっ」

悲鳴が上がった。

若い者は手首を抱えてへたりこんだ。

天井に刺さったままのどすの柄《つか》を、若い者の手首から先がにぎっていた。

しゅうしゅう、と音をたてて抱えた手首の先から血が噴き出た。

女は若い者の髷《まげ》をつかみ、匕首を首筋へ突きたてた。

若い者は小さな悲鳴ひとつ残し、血を噴き上げた。

ぐで、と倒れ、長くは苦しまず絶命した。

それから女は骸《むくろ》の傍《かたわ》らに膝をつきしばらく何かをしていたが、次に立ち上がったとき、片方に匕首、もう片方に若い者の髷をつかんで首を持ち上げていた。

土間の壁に凭れこんだ若い者はまだ息が残っていて、一部始終を見ていた。

「許して、くだせえ。おた、おた、お助け……」

ゆっくり近づいてくる女を見上げ、恐怖におののいた。

うう、うう……

女は言った。許さぬ、とそう言ったのだった。

若い者の喘ぐ口へ、血と脂《あぶら》がべっとりとついた匕首をねじ入れた。

がり、と口の奥深くまで刺しこんだ。


江戸町の通りに悲鳴と喚声が飛び交《か》った。

通りがかりも芝居小屋の呼びこみもお店《たな》の者も、通りに居合せた老若男女《ろうにゃくなんにょ》誰彼となくが、あまりの光景におののき、目をそむけ、逃げ廻った。

犬が吠《ほ》えたて、走り廻り、人々の足音とどよめきが右往左往《うおうさおう》した。

そんな中を女は男の生首をさげ、匕首をだらりと垂らして右に左によろめきつつ、歩んでいた。

緋の長襦袢は乱れていたが、ほつれた髪から裸足《はだし》の爪先《つまさき》まで血まみれの化粧を施《ほどこ》して、それはなぜか凄艶《せいえん》にすら見えた。

悲鳴や喚声が収まると、誰もが固唾《かたず》を呑んで狂気に憑《つ》かれたに違いない女を見守った。不気味な生首は、操《あやつ》り人形の首みたいだった。

女は匕首を、だらり、だらり、と振り廻しながら、前に進み、後ろへ戻り、あたりを見廻していた。

動くたびに、とり囲んだ野次馬が声を上げた。

「おお、町方だ。町方がきたあ」

歓声が湧《わ》いた。

どど……と、地を震わせ、通りの両側から町方が人垣をかき分けて現れ、挟み撃ちにする態勢をとった。

「おめえ、どすを捨てろ。大人しく、お縄をちょうだいしろ」

町方のひとりが叫んだ。

女は匕首をにぎった手の甲で、腫れた顔をぬぐった。

手にも顔にもついた血が目の周りへ、べたりと筋をのばしただけだった。

とり囲んだ町方の中には、吐きそうになり口をおさえて後ろへ退く者が出た。

女は町方へ匕首を突きつけ、よろけながら迫っていった。

そのすさまじさに町方らが気圧《けお》され、じりじりとさがった。

何か言ったけれども、町方にも野次馬にも聞きとれなかった。

うう、あうう……


「かかれ、女を縛《しば》り上げろ」

町方が叫んだとき、後方から、

「待て」

と、新たな声がかかった。

野羽織に野袴《のばかま》の、年のころは四十二、三と思われる士《さむらい》が、人垣の間から現れた。

士の後ろに槍持《やりもち》と中間《ちゅうげん》が従っていた。

町方が、女の前に進み出た士の周りを固める態勢をとった。

「女、そのようなあり様で、何をするつもりだ」

士の凜《りん》と透《とお》る声が言った。

女は苦しそうに首を廻し、唾《つば》か血を飲みこんだかだった。

首筋についた青黒い痣やみみず腫れを見れば、喉を手ひどく痛めつけられ、声が出なくなっていることが容易にわかった。

士は女のあまりの痛々しい姿に、眉《まゆ》を曇らせた。

と同時に、突きつけた匕首の切っ先が、命など一顧《いっこ》だにせぬ覚悟で迫っていること

が知れ、その光景のすさまじさ以上に士は衝撃を受けていた。やがて、

「夫と、子供の、敵《かたき》を、討つのだ。そこを、どけ」

と、かすれた声がかすかに言うのが士にだけ聞きとれた。

かすれ声が言葉になったので、言葉を聞きとれなくとも野次馬のあいだからどよめきが湧いた。

「女、そなた、武士の妻か」

女は血のまじった赤い唾を吐いた。

そんな意味のない問いにかかずらう気などない、という仕種《しぐさ》に見えた。

「……どけ」

と、かすれ声が応えた。

「それがしは水戸城下町《しもまち》奉行所与力・菅沼善次郎《すがぬまぜんじろう》と申す」

士が言った。

「そなたの尋常ならざるふる舞い、町内を騒がせ不届き千万《せんばん》。しかしながら女の身にてそのふる舞い、夫と子の敵を討つと申すは、さぞかしやむを得ぬ事情があって命を捨て、事をなさんとする覚悟と推察いたす。それがし、そなたの言い分をしかと聞き、そなたの言い分もっともならば、わが身命《しんみよう》を賭《と》して助太刀《すけだち》いたす。それがし身

分低き町方なれど、水戸で生まれ水戸に育った水戸侍。わが言葉に二言はござらん」

女の肩はゆれ、匕首の切っ先が震えた。

「しかしながら、そなたの言い分を聞く前に、まずは疵ついた身体の養生《ようじょう》をされてはいかがか。そなたのその風体《ふうてい》、見るも無残。まことに、つらき目に遭《あ》われたのであろう。断じて偽《いつわ》りは申さぬ。手荒なことも決していたさぬ。身体の養生に努め、荒ぶる心を鎮め、健《すこ》やかなる心身をとり戻したのちに事に臨《のぞ》まれてはいかがか」

そこで士は、いかつい相貌《そうぼう》にふっと慈愛のこもった穏《おだ》やかさを湛《たた》えた。

「武士の妻としてのそなたの敵討ちをとめるのではない。それがし、そなたの存念を成就《じょうじゅ》させるため、必ずや助勢いたすこと、重ねてお約束いたす」

菅沼の言葉に、通りをふさいだ野次馬の間からどよめきが起こった。

周りの町方たちは、戸惑《とまど》いつつも顔を見合わせ、頷《うなず》き合った。

青黒く腫れ上がって血にまみれた女の頬に、細い糸のようになった両目から幾筋もの涙が伝い始めた。

二

翌日の二十八日の午後、駿河台《するがだい》下に屋敷をかまえる旗本の中山家を、銀ねずの袷《あわせ》を隆《りゅう》とした体軀《たいく》に着流して、独鈷《とっこ》の博多《はかた》帯に黒鞘《くろざや》の二本差し、白足袋《しろたび》裏つきの草履《ぞうり》、深《ふか》編笠《あみがさ》ですっぽりと顔を隠した様子が隠密めかした風体の侍が訪ねた。

侍はひとりではなく、公儀の下僚と思われる黒羽織に細縞《ほそじま》の綿袴が五尺少々と思われる岩塊のような短軀を包み、二本の差料《さしりょう》が長大に見えるこちらは菅笠《すげがさ》に顔を隠した侍が、地をゆらす足どりで従っていた。

応対に出た若党は、意味を解しかねるという様子になり、首をひねりつつもとり次いだ。というか、とり次がざるを得なかった。

若党が玄関に戻ってきて手をつき、日盛りの下の石畳にのどかに佇《たたず》む二人へ伝えた。

「ただ今主人は勤めのため登城いたしております。主人不在ゆえ、ご用の向きは日を改めてお願い申しあげたいと、奥方さまのお言葉でございます」

「ご用ではないと言うたではないか。中山柿右衛門《かきえもん》どのにお会いしたいのではない。

ご主人であれば城内でお会いできる。ご隠居の中山半九郎どのにお会いしたいのだ。これはお目付さまのわたくし事の用件でござる。今一度とり次いでくだされ」

菅笠の岩塊の侍が、低くよく透《とお》る声を玄関に響かせた。

若党は戸惑った。

「わたくし事ではあるが、いずれご用の向きになるかもしれぬ。そうならぬよう、ご隠居・中山半九郎どのの忌憚《きたん》ないご存念をうかがいにまいった。押上村の骨董《こっとう》商《天の木堂》のことでござる。そう言っていただければわかる。それと、われらご用の客ではないので、縁側なりともお借りし、茶でも飲みながら四方山《よもやま》話《ばなし》をいたすつもりでお会いいただきたい、ともな」

深編笠の侍が言い添えた。

二人の侍は、無礼にも笠さえ取らなかった。

公儀十人目付筆頭・片岡信正、公儀小人《こびと》頭・返弥陀ノ介、と名乗りながらのこのふる舞いは、よほどの隠密事なのか。若党は不穏な気配を察せざるを得なかった。

しばらくして片岡信正と返弥陀ノ介は、玄関からではなく、つま戸を二つくぐって白壁の土蔵が塀《へい》ぎわに建つ庭の縁側に導かれた。

六十前の中山半九郎が、それでも羽織袴で縁側に坐し、疑《うたぐ》り深そうな目つきを片岡に投げていた。頰のこけた顔色の浅黒い男だった。

片岡と弥陀ノ介は、笠をとって改めて名乗った。

「片岡どののわざわざのお訪ね、畏れ入ります」

中山は縁側にかけた片岡に手をついて言った。

弥陀ノ介は片岡の傍らの庭に片膝をつき、畏《かしこ》まっている。

目付・片岡信正の顔はむろん、勘定吟味役《かんじょうぎんみ》のころから見知っていた。

旗本として、片岡家は中山家より家格も上だし、信正は若いころからとにかくきれ者で通っていた。

それがこの風体でわたくし事と称し、天の木堂の一件で訪ねてくるとは、訝《いぶか》しい事態に違いなかった。

あのことにかかわったのはまずかったか、と中山は不安を覚えた。

信正が縁側に寛《くつろ》いで腰かけると、若党は「では、茶の用意をいたします」とさがっていった。

「中山さんが職を辞されて八年がたちます。早いものですな」

「まことに。わたしも年が明ければ六十になります。まさに一寸の光陰、軽《かろ》んずべからず、です。年をとってからそれがわかる」

「それがわかったわれら年寄りにこそ、若さが必要なのですがな」

「はあ……」

信正はひとりでからからと笑い、弥陀ノ介が唇をへの字にして含み笑いをした。

この小人頭の容貌怪異な返弥陀ノ介は、片岡の右腕と聞こえている。

城で顔を合わせたことはなかったが、片岡の忠実な番犬、いや忠実な猛獣とさえ言われている。

「ところで片岡どの、天の木堂のことで用件がおありだとか。どのような」

中山は一刻でも早く、片岡の用件をきり上げたかった。

午後の白い日が庭に降り、雀が土蔵の屋根でさえずっていた。

「天の木堂の主人は、左金寺兵部という水戸出身の骨董商でしたな。よくは知りませんが、水戸学の藤田幽谷《ふじたゆうこく》の高弟のひとりである左金寺なにがしの家門につながる浪人者とか。中山さんはその左金寺とつき合いがおありとうかがいました。左金寺とのつき合いは長いのですか」

「隠居の身になってからです。倅《せがれ》に家督を譲って職を退き、暇《ひま》ができましたもので骨董などを下手《へた》の横好きでいじり始め、骨董業者や趣味の方々を通して交わりを持つ機会がふえました。つき合いと言われるほどの深い交わりではありませんが」

「左金寺兵部は骨董の商《あきな》いのほかに、いろいろと手を広げておるようですな。そちらの方はいかがですか」

「左金寺は仕官をして出世を望むより、主家に縛られず己《おのれ》の好き心に生きることを第一と考えており、ゆえに今の骨董業を営んでおるのですが、おそらく、骨董はあの男の数寄心《すきごころ》、趣味のひとつにすぎないのです。骨董業の傍ら骨董のみならず、短歌、俳句、狂歌や川柳《せんりゅう》、書画、さらには食までも、様々な会をあの天の木堂で自ら主催し、多くの名士の方々と親交を深めておるようですな」

中山は江戸の文化人と名の通った文人、俳人、絵師、大店《おおだな》の商人、雄藩の江戸藩邸勤番の重役方、公儀の役人まで、左金寺の催す会に集散する著名人の名を上げた。

「なるほど。その中に中山さんや、細田栄太郎さん、松平三右衛門さんもおられるわけですな。みなさん、元公儀勘定吟味役の重職に就いておられた」

やはりそのことか、と中山は思った。

「重職などと、倅に家督を譲り職を辞してしまえば、昔の肩書など役にたちません。所詮《しょせん》、一介《いっかい》の老爺《ろうや》にすぎない」

そんなことはないでしょう——と、信正がおかしそうに言った。

「お三方は勘定吟味役の職を辞されてから、中山さんを中心に本町の本両替商や伊勢《いせ》町の米問屋などの商いの指南役に就かれておると、評判が届いております。確かに、中山さんらのように勘定吟味役の経験と知識がおありであれば、商人らの商いへの助言、殊《こと》に相場、融資の指南に役だつのは明らかです。お三方は勘定吟味役にお就きのときより今の方がお忙しいであろうと、そんな噂も耳にいたしました」

「訊ねられれば相談にも乗りますが、指南などとんでもない。本両替商らに招かれて、様々に意見を求められるのは確かです。しかしそれは、われら三人、たまたま同じ時期に職を辞し、隠居の身となっても、ありがたいことにこの通りまだ健やかだ。年寄りは年寄りなりにお上のお役にたてる手だてはないものかと相談し、われら武芸では心もとないものの、勘定の事なら少々物がわかりますゆえ……」

そこへ若党が茶菓《さか》を運んできた。

「さあ、どうぞ」

中山は信正と、庭に控えた弥陀ノ介に茶を勧めた。

「畏れ入ります。何とぞお話の続きを」

信正が茶碗をとって中山をにこやかに促《うなが》した。

「ふむ。微力ではあっても三人集まれば文殊《もんじゅ》の知恵と言います。商人の商いに役だつ助言ができて江戸の商いがいっそう盛んになり、ご公儀への冥加金《みようがきん》・運上金がふえるなら、これもお上へのご奉公ではないかと考えたのです。ゆえにわれら三人、商家の主《あるじ》らにいつでもどのような事でも三人三様の助言をいたしますゆえお役だてくだされと、ささやかな仲間を組んでおるだけです」

「お仲間で一回の相談料が幾ら、とお決めになられて……」

「それは誤解です。われら隠居、儲けを得んがために仲間を組んだのではござらん。あくまで、商いが少しでもよくなりお上の台所事情に利益をもたらすのが狙いです。仰《おつしや》る通り商人はみな謝礼を申し出ます。初めは　志《こころざし》　としてありがたく受けとっていた。だが、商人によってはだんだん額が大きくなる。それでは志の趣旨が違ってくるし、われらの初志の狙いともずれてきます」

　中山は浅黒い顔を傾《かし》げ、言葉を選んで続けた。

「われらごとき助言に謝礼がいただけるなら、相談料の、人によれば指南料とも言われるかもしれぬが、額を決めて助言をした方が商人にとってかえってわかりやすく都合がいいのではないかと、われら三人、相談がまとまったのです。決めた額も、商人らが納得できる額におさえたつもりです」

「わたしは融通《ゆうずう》の利《き》かぬ目付役です。勘定吟味役で得られた知識経験、あるいは人とのつながりが、商人らの商いにどのような助けになるのか、それを云々《うんぬん》する知識がありません。その善し悪しを明らかにしにきたのでもありません。中山さんのお仲間は、天の木堂の左金寺兵部の相談役を引き受けておられますな」

「さようです。相談役ではありませんが、助言を求められれば、われら、定め法度《はっと》に則《のっと》った中で、どなたの相談にも乗ります。大店の商人、大金を動かす資産家でなくとも分け隔てはしません。われらの知識経験はお上のものであり、ひいては江戸町人に役だてるべき筋のものですから」

「殊勝なお心がけです」

信正は膝に手をおいて冬の空をのどかに見上げた。

「先だって、旗本の倅が起こした金貸しの女殺しの一件を、中山さんはご存じでしょう。借金の返済を催促され、逆上し斬り捨てた」

「存じております。小十人の安川剛之進の倅・安川充広でしたな」

「まだ、十六歳です」

「と言っても、安川充広は元服《げんぷく》をしたそれなりの侍だった。それなりの侍が遊ぶ金欲しさに借金をし、催促されて腹をたて、得物もない、しかも女を斬るなど言語道断《ごんごどうだん》。厳しく断罪されるべきでしょうな」

「遊ぶ金欲しさの借金、なのですか？」

「そうです。安川充広は本所入江町の岡場所に入り浸《びた》っていた、と聞いています」

「どなたから」

中山は唇を結んで、しばし考えた。それから、

「天の木堂の主人・左金寺兵部からです。片岡どのが天の木堂の件で見えられたと、とり次ぎの者から言われ、安川充広の一件であろうと思っておりました」

と、あっさりした口調で言った。

「先ほど申した通り、大商人、大金持ちでなくとも、われらは助言を聞きたいと望まれる方々には分け隔てなく助言いたします。左金寺兵部は交友関係の広い趣味人ですから、名士の方々の中には大商人、大金持ちもいる。そういう方々とは、趣味の骨董や和歌、俳句のみならず、国の行く末、あるいはご公儀の台所事情、米相場の動向、景気の変動などを論ずる場合も、ときにはあります」

信正はにこやかに空を見上げたままである。

「広い交友関係を持ち、すぐれた趣味人であり、なおかつ経世済民《けいせいさいみん》の水戸学に造詣《ぞうけい》の深い左金寺兵部の意見、考えが、そういう方々の商いや出資に影響を及ぼすことは、それはやむを得ぬことです。左金寺は慎み深い男ですから、自分の意見、考えが独断にならぬよう、われらの仲間に助言を求めるようになりました。ゆえに骨董趣味の仲

間として、相談に乗ったままでにて……」

「つまり、左金寺兵部がそういう方々より元手を幅広く募り、中山さんたちの助言に沿って投資し、金儲けの手伝いをするというわけですな」

「ごくありふれたことでござる。法度に触れておるわけではない」

ふふ……と、信正の横顔が笑った。

「思うに、中山さんらのお仲間は公儀勘定方に有力な伝《つて》をお持ちだ。伝を頼って勘定方の新しい施策の内情が施行される前に手に入れられる。従って、勘定方の内情にもとづいた中山さんらの助言に沿って投資を先行させれば儲かるのは明らか。天の木堂の左金寺兵部は、中山さんらの指南による投資仲間の場をも主催し、差配しておる。それは金儲けが趣味の会、とでも申しますかな」

「いけませんか。金儲けが」

「そうなると、公儀の勘定方や政《まつりごと》の中枢《ちゅうすう》にいる有力者の伝があるかないかで、商いや出資の結果が左右される。それでは公正な商いの競い合いとは言えぬでしょう。たとえば、上方よりの廻米《かいまい》をふやすふやさぬの施策の違いで米相場が大きく変動する。その内情を伝によりつかめる者と伝のない者とでは、相場を張る条件が違っている。鉄砲と竹槍《たけやり》で勝負するようなものだ。尋常な勝負とは言えませんな」

　信正は笑みを消さず、ぬるくなった茶を含んだ。

「上手《うま》くは言えませんが、そういう金儲け指南が江戸の商いを盛んにさせるとは、わたしには思えないのです。たとえば侍には、法度、定めに触れぬからやってもいい、とはいかぬふる舞いがあります。己のふる舞いに曇りなきことを求められます。それは商人の商いとて、同じではありませんか」

「金儲けとはそういうものなのです。少しでも人に先んじて世間の状況をつかむ。まだ世間に知れ渡っていない知識を得る。それが金儲けをするこつです。鉄砲を手に入れるためにはそれだけの努力が要《い》るのです。努力もしない頭の悪い者には竹槍しか手に入れられず、すなわち金儲けはできません。内情にいい内情も悪い内情もありはしない。それを取捨選択できるいい頭と悪い頭があるだけです。ふははは……」

　中山は急に、甲高《かんだか》い笑い声を上げた。

「片岡どの、その程度の事は、当代では誰もが知っておる常識ですぞ。繰りかえしますが、左金寺には指南役とか相談役ではなく、意見を求められたからその都度《つど》助言をしただけです。お目付さまだとて、どうすれば処罰をまぬがれるか教えてほしいと、献上品を携《たずさ》えて訪ねてくる人がおられよう」

「ごもっとも。さすれば……」

と、信正は中山へ鋭利な眼差《まなざ》しを向けた。

「安川充広が三峰山の銅鉱山採掘へ出資した件では、中山さんらのお仲間はどのような助言をなさったのですか」

ああ、と中山は顔をしかめて庭へ目をそらした。

「じつは、安川充広の件は思い出すたびに不愉快になるのです。あの男にはわれら三人、口が酸《す》っぱくなるほど繰りかえし忠告したのだ。確かな報告ではないのだから慎重になるようにとです。だいたい、わが国土は金銀銅、どれも多くは採《と》れない」

そう言って、膝を掌で打った。

「佐渡《さど》の金山はすでに涸《か》れておるし、銀も大したことはない。銅は金銀よりはましだが、量も質も唐《から》の国とは較《くら》べ物にならぬ。なのにあの馬鹿息子は、質の高い純銅が三峰山中で見つかった知らせを確かな筋よりつかんだ。自分もその話に乗りたいと言って、われらの忠告に耳を貸さなかった。主催者の左金寺自身、まんまと銅鉱山のほら話に乗せられたひとりですから、無理もないと言えば無理もないが」

「ほお。左金寺兵部も三峰山の銅鉱山話に出資を？」

「左金寺は、百両ばかりやられました、と笑っておりましたな。だがあの男はいい。金儲けも損も趣味。金を世の中に廻すことによって世のため人のためになると考えておる。だから左金寺に金を託した資産家は、いっときの損を苦にはしておりません。損は儲けへの一里塚です。出資とはそういうものだ。なのにあの馬鹿は人を斬って自ら招いた損の腹癒《はらい》せをした。あんな馬鹿は斬首。安川家もおとり潰しが相応《ふさわ》しい」

「いかにも、そうでしょう」

「人並みの知恵があれば、三峰山に銅鉱山などほら話と気づきそうなものだ。頭は半人前なのに欲だけは一人前なのです。馬鹿は死なねば治らぬのですかな」

「では、中山さんらが安川充広に三峰山の銅鉱山の話をなさって、出資を勧められたわけではないのですね」

「あるわけがござらん。もともと三峰山の銅鉱山など、噂にも聞いたことがない。そんな噂があれば、必ずやわれらの耳にも入っているはずです」

「さようですな。ほら話で出資を人に勧めるなど、侍にあるまじきふる舞い。中山さんやお仲間ほどの見識の高いお方が、そんな不届きなふる舞いをなさるはずがありませんからな。いや、念のためにうかがいにきてよかった。わざわざお呼びたてするまでもあるまい、埒《らち》もないと思いつつ、それでも噂を耳にしますと気になり、本日、突然うかがった次第です。お許しください」

信正はにっこりと微笑《ほほえ》み、頭を垂れた。

片膝をついた弥陀ノ介が、日差しの下で口をへの字にして頷《うなず》いた。

中山は信正の慇懃《いんぎん》な素ぶりを、物思わしげに、訝《いぶか》しげに、見つめていた。

三

同じ午後、二ツ目の通り亀沢《かめざわ》町から津軽《つがる》家上屋敷のある通りを東へ、市兵衛は急ぎ足に横川の入江町へ向かっていた。

その朝は、亀沢町に長橋内記が開く私塾を訪ねた。

安川充広が通っていた私塾を訪ね、師の長橋内記と塾で充広が親しく交際していた朋友の平泉亮輔《ひらいずみりようすけ》の話を聞くためである。

師の長橋内記は三十をすぎたばかりの、武士のみならず町民も多く門弟となっている、当代江戸では評判の若い儒学者だった。

長橋は市兵衛を客座敷に招いて、充広が優秀で人柄もよく、あのようなふる舞いにおよぶとはまったく意外だったと語り、充広の朋友の平泉亮輔を座敷に呼んだ。

市兵衛が平泉に訊ねたのは、ほかでもなく、平泉と充広が今年の春、入江町の《鐘の下》で遊んだ折りの経緯だった。

その春の日、塾の戻りに寄り道をした二人は鐘の下の安女郎屋《駒吉》に揚がった。

充広の敵娼《あいかた》を務めたのは、お鈴という二十歳をひとつ二つすぎた若い年増女郎《としま》で、駒吉の亭主の桂助が言うには、お鈴は御家人の家の出らしかった。

平泉と遊んで以来、充広は月に三、四度はひとりで駒吉へ揚がるようになった。

その折り、充広の相手は必ずお鈴が務めた。よほど気に入ったのだろう。充広はお鈴の馴染《なじ》みの客になっていた。

しかし、小十人の下禄の旗本の倅がもらえる小遣《こづか》いでは、昼夜二朱の安女郎屋のお鈴でさえ、月に三度、四度と通うのはさぞかし懐《ふところ》が苦しかっただろう。

充広は遊ぶ金欲しさに、元手が倍以上になるという銅鉱山採掘の出資話に乗せられ、金貸しのお熊から三十両もの大金を借りた。

三十両が倍になって、儲けは三十両。十六歳の元服をして間もない若い侍が、昼夜二朱の馴染みの女郎と遊ぶ金欲しさに、三十両の儲けを目論《もくろ》んだ。

多すぎる――と、市兵衛は思った。

遊ぶ金なら、十六歳の充広なら数両がせいぜいではないのか。

若い充広は、三十両もの小判を見たこともなかったろう。それだけの小判が、安川家の暮らしの中でもどれほどの意味を持つか、それぐらいの判断はできたはずだ。

「安川は詳《くわ》しい話はしませんでした。ただ、ぽろりともらした言葉から少しわかっただけですが、お鈴という女郎はたぶん安川の昔馴染みです。いつの昔馴染みかは知りません。わたしはお鈴という女郎は見ていないし、武家の出かどうかも。けれど、安川はとても真剣にお鈴という女郎の身を考えていたふうに見えました。一緒にいったのは最初の一度きりで、以後はわたしにさえ隠して出かけていたようですから」

平泉は市兵衛の問いに応えた。

昔馴染みと三十両。もしかすると……

市兵衛は三ツ目通りをすぎ、ほどなく六尺長屋と呼ばれている入江町内の一画を通りかかった。

と、六尺長屋の裏店《うらだな》に二階家の一戸をかまえる《ふせぎ役》の九郎平は、二階の出《で》格子《ごうし》の窓から、偶然、通りを二丁目方面へゆきすぎる市兵衛を見つけた。

「あ、あいつ、ちょろちょろとうるせえ野郎だ」

隣《となり》に女房のお蓮《れん》がいた。

「誰だい、おまえさん」

お蓮は煙草盆《たばこぼん》の火種から煙管《キセル》に火をつけたところだった。

「昨日、安川のがきの一件を嗅《か》ぎ廻りにきたさんぴんだ。目障《めざわ》りだぜ、まったくよお」

「ああ、安川の渡り奉公の……」

煙管を亭主へ渡し、出格子窓から路地の出口の通りを見やった。

「まだ何か探ってんのかい」

「そうに違《ちげ》えねえ。さんぴんが偉そうによお。おめえらに何がわかる。ここはおれの縄張《しま》だ。誰の許しをもらって気安く入《へえ》ってきやがった」

九郎平は外へ目を向けたまま毒づいた。

「そんなんじゃあ、しめしがつかないね。多七郎《たしちろう》にひと言、断りにいかせるかい」

「多七郎に？　四の五の言いやがったら、ちょいと灸《きゅう》をすえてやるのも本人のためかもな。けど、ほっとけ。こっちから手を出しゃあ、かえって勘ぐりやがる。ああいう野郎は油断がならねえ」

九郎平はお蓮に不機嫌面《づら》を向けた。

「それより羽織を出せ。押上にいってくる。さんぴんなんぞどうでもいい。町方が動いてやがるから、そっちの方を左金寺に確かめとく」

「あいよ」

お蓮は続き部屋の衣桁《いこう》から羽二重《はぶたえ》の羽織をとり、九郎平の肩にかけた。

市兵衛は駒吉の台所の土間の、上がり端にかけて待っていた。

ほどなく、板敷を小刻みに踏む裸足《はだし》の足音がして、ふりかえると、廊下の敷居のところからお鈴と思われる若い女が、市兵衛へきまりが悪そうに頭を垂れた。

縹地《はなだじ》に黄や青の紋様をちらしたけばけばしい着物の下に、緋の長襦袢の襟《えり》が見えているのが局見世《つぼねみせ》の女郎の装《よそお》いを思わせた。

それでも、厚い白粉《おしろい》と紅《べに》に隠れて相貌はわかりにくかったが、よく見ると目鼻の整った顔だちだった。

少し大人しく、目だたない印象かもしれなかった。

市兵衛は立ち上がり、お鈴へ笑みをかえしながら、
充広はこういう顔だちが好みだったのか……

と、思っていた。

「みっちゃんのお話とうかがいました。ここではなんですから、外へ」

お鈴が赤い鼻緒の下駄を鳴らして、先に勝手口を出た。

二人は横川の西河岸通りの物揚場がある堤道から、川面《かわも》を見下ろした。

河岸通りに沿って堤に柳並木がつらなり、枝を垂らしていた。

堤より五、六段下に川幅二十間《けん》（約三十六メートル）はある横川の中へ河岸場が設《もう》けられ、数艘《そう》の艀《はしけ》が杭《くい》につながれていた。

対岸の堤には、武家屋敷の大水除《よ》けらしき白い土塀が築かれていて、冬の午後の日が降る土塀の屋根を、鳥がのどかに舞っていた。

堤道には物干し場もあって、客用と思われる男物の浴衣《ゆかた》が並べて干してある。

お鈴は鼻筋の通った横顔を市兵衛へ向けていた。

「みっちゃん、と言われましたね。安川充広さんとは昔馴染みなのですね」

市兵衛はきり出した。

横顔を、こくり、と頷かせ、言った。

「父は御徒組《おかちぐみ》の貧しい御家人です。組屋敷は御徒《おかち》町にありました。みっちゃんが十歳になるかならないころです。弟の遊び友達の中にみっちゃんがいて、そのころしょっちゅう御徒町の組屋敷にみっちゃんたちが遊びにきていたんです。わたしは五つ年上で、言葉を交わしたことはなかったけれど、顔はよく見覚えていました。ほっぺたの赤い、可愛《かわい》らしい男の子でした」

「十歳ごろだと、五つ上のあなたはずいぶん大人びて見えたでしょうね」

白粉を塗った細くなだらかなうなじに、後《おく》れ毛《げ》が風もないのに震えていた。

「みっちゃんはうちにも遊びにきたことがあります。大人しくて、いつもにこにこしている、そんな覚えがあります。旗本の家の子なので、父がみっちゃんのことを安川さまと呼んでいたのを覚えています」

市兵衛は、ふうむ、と頷いた。

「父は御徒組の小頭《こがしら》をしていて、貧しいなりに内職などをしてやっていけなくはなかったのです。ちょうど三年半前、組内にしくじりがあり、かかわりがなくとも小頭を務めていた父は責任を問われ、しくじりを犯した御徒衆と一緒にお役目をとかれたのです。御徒町の組屋敷を失い、あてにできるよすがもなく、浅草の今戸《いまど》町へ移り住んだのですけれど、それからは塗炭《とたん》の苦しみでした」

身分を失った父親は今戸町の河岸場の軽子《かるこ》人足の仕事で手間賃を稼《かせ》ぎ、母親は裁縫の内職、お鈴は料理屋の通いの下女働きに就いて暮らしを支えた。

父親は御徒組の組頭に再び役目に戻れるよう嘆願書を出し、自分はだめでも倅が元服の折りには、と望みを失っていなかった。

折りも折り、悪い事が重なった。

「父の望みをかけた弟が病にかかり、養生が必要になったのです」

お鈴は言い、

「養生のための薬代はとても高価で、人足の手間賃や裁縫の内職、下女奉公の給金で賄《まかな》える額ではありませんでした。ですから、わたしはいつか、こういう身になるしかなかったのです」

と、市兵衛へ薄っすらと微笑みを寄こした。

「だって、痩せても枯れても武士という父にとって、またわが家にとって、弟に先の望みを託すしかなかったのです。弟が病に倒れたら、せめてもの望みが断たれてしまうかもしれない。自分はどうなろうと弟だけは助けなければならない。父母もわたしも、そう思っていました。父母に身売り話を持ち出したのは、わたしの方です」

お鈴は川面《かわも》へ目を戻した。

「下女勤めをしていた料理屋のお客さんの中に、請《う》け人をしている人がいたのです。父母は黙っていました。でも反対はしませんでした。どこの色里かなんて考えなかった。支度金《したくきん》の一番高いところがこの鐘の下でした。一年半前です。支度金は全部、弟の薬代に残してきました。弟は今、少しずつ起きられるようになっています。よかった。こんなわたしでも、少しは役にたったのですから」

「安川充広さんが駒吉に揚がったのはこの春でしたね」

「一年がたって、やっと慣れたころでした。わたしも驚いたけれど、みっちゃんはもっと驚いていました。六年前のほっぺたの赤い恥ずかしそうにしていた男の子が、とっても凛々《りり》しい若侍になっていて、自分の身を忘れて喜び、それから悲しくなって、胸が締《し》めつけられました」

「充広さんはわずかな小遣いをはたき、書物を売り払ったりしてお鈴さんの許《もと》に通ってきました。月に三度か四度、たぶん、充広さんにはそれが精一杯だったと思われます。いろいろ、互いの境遇を話し合われたのでしょう」

艀が竪《たて》川の方から北辻《きたつじの》橋をくぐってくるのが見えた。

その艀の方を、お鈴は見やった。

「あまり無理してこないでって、言いました。でもそう言うと、何が無理だ、とみっちゃんは怒るんです。わたし、こんな勤めをしていても、みっちゃんのことを考えると胸が一杯になって、つらくてならなかった。苦しくて、せつなくて……」

「充広さんは十歳のとき、十五歳のあなたを見初《みそ》めた。きっと、初めての恋だった。あなた方一家がいなくなっても、あなたの面影《おもかげ》は残っていた。そうして十六歳になった春、お鈴さんに会った。五つ年上の大人びた娘への憧憬《しょうけい》だった童子の思いは、確かな互いの恋慕になった。そうですね」

お鈴の横顔が、小さく頷いた。

「わたしにも今ようやくわかりました。充広さんがなぜ三十両もの金を金貸しのお熊から借りたのか。それを倍にして三十両の金を手にしようと、無謀な出資話に巻きこまれたのか」

艀が河岸場に着き、乗っていた羽織の客が四人、堤上の市兵衛とお鈴を見ながら雁《がん》木《ぎ》をのぼり、二丁目の町内へ消えていった。

「あなたは知っていましたね。充広さんがお熊を斬った一件で三十両もの大金を借りていたそのわけを。三十両はあなたの身請け金ですね」

「二十八両と少々です。お熊さんを斬った経緯や借金の額をあとで聞き、みっちゃんのしようとしていたことを知ったんです。みっちゃんが本気でそんなことを考えていたなんて、わたし知らなかった。身請けの話なんて、一度しただけなのに。わたしをいつか身請けして妻にするって言うから、待っているわって、戯《たわむ》れに言っただけなのに。女郎がお旗本の妻になんて、なれるわけがないのに……」

「充広さんは、安川家に雇われて一件を調べているわたしにさえ、身請け話はいっさいしなかった。お鈴さんのせいでこの境遇におちいったと、わたしや親にも思われるのを恐れたのでしょう。あなたの身を気遣っているのです」

「八月の半ばごろに一度きてから、九月は一度もこなかったんです。とても不安でした。今月の初めようやくきてくれて、でもそのとき、事情があってしばらくこられないって、言っていました。唐木さん、わたしは何をすればいいのでしょう。教えてください。みっちゃんを救えなかったら、わたしも生きてはいけない……」

白粉に隠れたお鈴の顔色が蒼白になっていた。

しかし、お鈴にできることはなかった。

市兵衛は問いを変えた。

「充広さんは六月にお熊から金を借りています。充広さんにお熊を仲介したのはこの町内のふせぎ役の九郎平です。九郎平は押上村の天の木堂の左金寺兵部という骨董商との間もとり持ち、充広さんは左金寺が差配する出資話に乗ったのです。六月のそのころ、今思い出せばそれについてこんなことを言っていた、というような心あたりはありませんか」

「すみません。みっちゃんはわたしには、楽しいこととかわたしを笑わせるようなことしか言わなかったんです。でも……」

お鈴はじっと川面を見て考えた。

「ここらへんでは、お熊さんの金貸しの元手は九郎平さんから出ているのは、みなさん知っていることです。表だっては、お熊さんが金貸しをやっているみたいですけれど、あれは九郎平さんがやらせているんです。お熊さんの次郎兵衛店は、九郎平さんの大そうな店《たな》のある六尺長屋と路地を隔てた隣《とな》り合わせなんです」

「すると、お熊は九郎平に雇われた金貸しの女とりたて屋だった……」

お熊にしつこく借金の返済を迫られ、充広はさぞかし苦しんだのに違いない。

「お熊と同じ裏店の住人が、お熊に同情して薬研堀の安川家の門前へずいぶん押しかけたそうです。安川充広に厳罰を望む嘆願書も奉行所に出されたと聞いています」

「駒吉の旦那さんが言っていました。あれは九郎平さんにけしかけられたのだと。でなければ、同情はしてもお熊さんのためにあそこまでやる者はいない。駄賃をもらって、次郎兵衛店のおかみさんらの小遣い稼ぎだって」

驚くにはあたらなかった。

金に関心がないと言っていた九郎平の言葉を、端《はな》から信じてなどいなかった。

「旦那さんはこうも言っていました。九郎平さんはふせぎ役として親分肌を装っている割には、妙に金に細かいところがある。ふせぎ役でずいぶんお金を稼いでいるのに、ほかにもいろいろお金儲けになる仕事を裏でしているらしいって……」

四

九郎平と左金寺の言い分は、充広のそれとあまりに開きがあった。

若い充広に天の木堂の左金寺の出資話を持ちかけ、お熊から金を借りるように仕向けたのは九郎平に違いない。ただ、貸し倒れになれば貸した方も損をこうむる。

住人をけしかけたのは、充広に貸しつけた金を回収する狙いだった。

当然、お熊のとりたては九郎平と意を通じてのことだ。

けれどもたとえば——と、市兵衛は竪川の河岸通りを大川方面へ戻りながら、不意にある疑念が生じた。

そもそも、左金寺兵部の銅鉱山の出資は本当にあった話なのか。左金寺の銅鉱山の出資話は失敗した。充広の投資した三十両は消えたことになっている。

もしかして、左金寺と九郎平は骨董趣味を通じた顔見知りではなく、二人が別な狙いを持つ仲間だったとしたら、どうなる。

三十両は出資などには使われずに九郎平と左金寺の許にあるとしたら、そうなればただ充広の三十両の借金の証文だけが残されたことになる。ということは、元々、九郎平に貸し倒れの心配などなかった……

入江町から竪川の河岸通りへ出た。

市兵衛は鎌倉河岸の《薄墨》へ向かっていた。

昨日、弥陀ノ介と別れぎわに薄墨で会う約束をした。兄・信正もいるだろう。

左金寺の相談役という元勘定吟味役の中山半九郎、細田栄太郎、松平三右衛門がどういう役割を果たしたのか、充広が左金寺の投資話で三十両を預けた証文とともに弥陀ノ介に確かめておく必要がある。

兄・信正に少々訊ねたいことがあった。

「いちべえ、市兵衛っ」

呼び声が竪川の川筋に響いた。

呼び声がした方へ視線を移すと、中川方面へ漕《こ》ぐ猪牙《ちょき》に渋井と助弥が乗っていて、市兵衛を呼んでいた。

「市兵衛さん」

背の高い助弥が長い手を市兵衛にふってみせた。

三ツ目の橋から二ツ目の橋の間の、緑町三丁目の河岸通りだった。

「渋井さん、どちらへ」

市兵衛は堤端に立ち止まり、渋井にかえした。

渋井が船頭に声をかけ、猪牙は河岸場にすべりこんだ。

「市兵衛、乗れ。おめえの仕事にも役にたつかもしれねえ。事情は途中で話す」

渋井が喚いた。

刻限は昼の八つ半（午後三時）ごろで、遅い午後の冬の日が川面に落ち、数羽の鴫《しぎ》が河岸場を低くのどかに舞っていた。

竪川には六ノ橋まで名はあるが、実際に架かっているのは四ノ橋までである。

中川につながり、亀戸村から逆井の渡しを渡って佐倉道になる。

子供は、九日ほど前の十九日未明、中川縁の水草に引っかかって浮いているところを、逆井村の川漁師・辰造《たつぞう》に助けられた。

辰造が子供を水草の間から拾い上げたとき、かすかな息はあったが身体は氷のように冷たく、意識はなかった。

辰造は死にかけた子供を抱えて家に運び、女房とともに介抱した。

村役人には届けたものの、子供が昏睡《こんすい》したままなので身元は知れず、意識が戻るのを待つしかなかった。

ただ着ていた物から、侍の子の旅装束《たびしょうぞく》と思われた。

子供は高熱を出し、三日三晩、生死の境をさまよった。

そうして四日目の朝、熱が下がってようやく意識をとり戻した。

だが意識をとり戻しても、子供は自分の名さえ思い出せず、何があったのかを話すことはできなかった。

ただよほど怖い目に遭ったらしく、「怖い」と言って泣いた。

それからまた寝ては覚めを繰りかえし、それでも徐々に回復し、心も落ち着きを見せ、今日になってようやく起き上がれるほどになった。

村役人がきて、姓名と父母のこと、そして経緯を訊ねた。

「八重木梅之助……」

子供は小さな声で応えた。

「坊は八重木梅之助さんか。年は幾つだ」

「五歳」

「ほお、五歳。よく頑張ったな。お侍さまの子だな。父ちゃんと母ちゃんの名は？」

「父上は八重木百助、母上は江……」

梅之助は、住まいは本所の御徒衆の組屋敷と言った。

父上と母上の三人で水戸へいく途中だった。夜の河原《かわら》に出たら、男の人らが沢山《たくさん》いた。自分は大きな男の人の肩に担《かつ》がれ、船に乗せられた。真っ暗だったけれど、そのときは父上と母上は一緒だった。

大きな男の人が魚を見にいってこいと言って、自分を真っ暗な川へ投げた。

父上と母上はそれからどこへいったかわからないし、魚は見えなかった。

梅之助はようやく言えたが、父母を思い出してか小さな肩を震わせて泣いた。

村役人たちの間で、子供が江戸の本所と言うのだから、これは江戸の町奉行所に届けるべきではねえかと相談がまとまった。

辰造が船で江戸の呉服《ごふく》橋までいき、北町奉行所に御徒組の八重木百助の子供の梅之助を中川で見つけた一件を届けた。

届けを受けつけた当番同心は、渋井が徒目付・秋山仁右衛門《じんえもん》の要請で、本所の御徒組の八重木百助と一家の行方《ゆくえ》を追っている事情を聞いており、届けの内容をすぐに外廻りの渋井へ知らせるため、奉行所の小者《こもの》を走らせた。

四半刻（約三十分）後、蔵前《くらまえ》付近を廻っていた渋井は、八重木百助の子供が見つかった知らせを受けて、蔵前から猪牙を使い、助弥を従えて中川の逆井村へ向かった。

その途中の竪川堤で、市兵衛を見つけたのである。

市兵衛たちが着いたとき、子供は辰造の小屋の囲炉裏《いろり》の側《そば》で痩せた小さな肩を落とし、うな垂れ坐っていた。

渋井と市兵衛、助弥の三人が村役人に導かれ、竈《かまど》のある土間から板敷へ上がると、子供は侍の子らしく、渋井をはじめ三人に手をついた。

「八重木梅之助さんだね。わたしは北町奉行所同心の渋井鬼三次だ。よろしくな」

渋井は渋面をできるだけやわらげて言った。

梅之助は、渋井から市兵衛と助弥へ怯《おび》えた目を廻した。

市兵衛は、やあ、というような親しみをこめた笑みを投げた。

「お屋敷は本所四ッ目の通り、南割下水わきの御徒衆組屋敷だね。お父上は八重木百助さん、お母上は八重木江さん、間違いないね」

梅之助は目を伏せたまま頷いた。

「おじさんはね、お父上の組頭の篠崎伊十郎さんから、お父上とお母上、それに梅之助さんの行方を捜《さが》してほしいと頼まれていたんだ。お父上とお母上はどこへいったか、わからないいんだね」

梅之助は同じように力なく頷いた。

「お父上とお母上から別れ別れになってしまった夜に起こったことを、もう一度おじさんに話してくれるかい」

渋井は梅之助を怖がらせないように、懸命に笑顔を作った。

事の重大さを子供なりに感づいているらしく、梅之助は小さく頷き話し始めたが、話しているうちに悲しくなったのか、またしくしくと泣き出した。

また、五歳の子供が当夜の模様を覚えているのはわずかで、村役人らに話した内容とほとんど変わらなかった。

「ふむ、わかった。ありがとうよ」

渋井は笑いかけ、それから、

「世話をかけたな。子供はおれが本所の組屋敷へ送っていく」

と、村役人と辰造夫婦に言った。

逆井村の河岸場に待たせていた猪牙に乗ったのは、夕方の刻限だった。

猪牙に乗ってから、表船梁《おもてふなばり》にかけた渋井が梅之助へふりかえって言った。

「梅之助さん、梅之助さんの話だと、あの夜の場所はおそらく北十間堀から中川へ出た近くだ。中川をさかのぼって十間堀から横十間《よこじっけん》川へ入る川筋をいくから、暗くてわからなかっただろうが、もしも見覚えがある何かに気づいたら、おじさんに教えてくれるかい。梅之助さんは侍の子だ。つらくても我慢できるね」

梅之助は表船梁と胴船梁の間のさな板に坐り、市兵衛は梅之助の後ろ、助弥は胴船梁にかけていた。

中川の西側の亀戸村、東側の逆井村、両岸はともに冬枯れた蘆荻《ろてき》が覆い、村の疎林や田畑の光景が日暮れが早い夕方の中に続いた。

「何か見覚えていることはないかい」

十間堀の入り口が見えるところがきて、渋井が行く手を睨《にら》んだまま言った。

梅之助は、わからない、というふうに顔を伏せ身体を震わせた。

見覚えはなくとも感ずる何かがあるのに違いなかった。甦る恐怖に、おののいている様子だった。

市兵衛は隣へすり寄り肩を抱いて、「大丈夫だ」と声をかけた。

そうして市兵衛自身、なぜか胸騒ぎを覚えつつ、中川の両岸から北十間堀への入り口の風景を見廻した。

このあたりは、中川上流の行徳道になる平井の渡し場と先ほどの逆井の渡し場の半ばぐらいの距離にある。両岸の河原は、枯れ草に覆われていた。

亀戸村側の河原の中に、茅《かや》で編《あ》んだと思われる苫《とま》らしきものが見えた。

夕暮れがだいぶ迫っているけれども、苫に引き上げられた川船の舳《へさき》が見えた。

「渋井さん、あれは……」

渋井の背中に市兵衛は言った。

渋井は気づいているらしく、亀戸村の河原の方を見て「ああ」と言った。

「ここは街道筋の渡し場じゃあねえがな、亀戸村に百姓渡しがあると聞いたことがある。あれかもな」

渋井の背中が応えた。

梅之助は市兵衛の腕の中で、顔を伏せたまま震えていた。

猪牙は十間堀へ入って慈光院橋、境橋《さかい》をくぐり、やがて十間堀から分かれる横十間川を南にとって柳島橋をくぐった。

横十間川は黄昏《たそがれ》に包まれていた。

「市兵衛、梅之助さんを組屋敷へ送ったらな、おれは今日は奉行所へ戻らなきゃあならねえ用があって、つき合えねえんだ」

渋井の背中が言った。

「わたしも今宵《こよい》は、心づもりがあります」

「そうかい。でな、明日の朝、ちょいと人に会いにいくつもりだ。よかったら、市兵衛もこねえか。昨夜《ゆうべ》喜楽亭で、おめえ言ったよな。おれの一件とおめえの一件が、似てる気がするって。昨夜はそうは思わなかったが、おれもだんだんそんな気がしてきた。水戸家の勤番侍にちょいと知り合いがいる。そいつの話を聞きにいこうと思いたった。市兵衛の調べに役にたつかどうか、なんとも言えねえが」

「水戸家、ですか」

「うん。向島《むこうじま》の下屋敷だ。押上村の左金寺兵部は水戸の男だった。入江町の九郎平が水戸になんぞ所縁《ゆかり》があるらしいと、おめえ、言ってたろう?」

「ええ。本人は江戸っ子だと言っていました。ですが九郎平が充広に言ったのです。水戸は今とても景気がよく、特に遊女町は大いに賑《にぎ》わって、中でも水戸の馬喰《ばくろう》らの間では江戸のお武家の奥方や娘の評判が高く、驚くほどの支度金が払われている」

「ほお、江戸のお武家の奥方や娘を水戸の遊女町にね」

「もしその気があるなら、妹の瑠璃の水戸いきの世話をできれば、借金などすぐにかえせる、とです。そのときは怒りを我慢して無視をしたのですが、お熊が借金の催促の中で再びそれを持ち出し、充広は我慢がならず、怒りにわれを失ったのです」

「梅之助さんのお母上は、水戸で暮らすと言っていた。そうでしたね」

市兵衛の腕の中で梅之助は頷いた。

「どうして水戸だったんだ。八重木百助さんは曾祖父《ひいじい》さんの時代から御徒衆で、本所の組屋敷に移る前は四谷御門外だったと聞いている。妻の江さんは大久保《おおくぼ》の人だ。どちらも水戸とはなんのかかわりもねえ。水戸に縁者でもいたのか……とにかく、妙に水戸がからんでいるじゃねえか。気になるだろう。九郎平と左金寺兵部が、水戸に引っかかりがあるのがさ」

「気になります。八重木さん一家が水戸を目指していたこと、安川充広の一件の原因になった身売り先が水戸だったこと……今日、安川充広が馴染みにしていた駒吉のお鈴という女に会ってきました」

市兵衛が充広とお鈴のなれ初《そ》め、充広がお熊より借金をしてまで左金寺の出資話に乗った経緯を話すと、背中を不機嫌そうに丸めていた渋井がぽつりと呟《つぶや》いた。

「ふうん。旗本の坊っちゃんと女郎に、そんな純情があったってわけかい」

「お熊に元手を与えて金貸しをやらせていたのが九郎平で、次郎兵衛店の住人が安川家へお熊殺しの厳罰を求めておしかけたのも九郎平の差し金だったようです」

「九郎平ってえ野郎はやり手じゃねえか。近ごろ流行《はや》りの、こちとら江戸っ子でい、ってか。ふえたね、その手の輩《やから》が」

渋井が甲高い笑い声を、横十間川へまき散らした。

「市兵衛、水戸侍に江戸の武家の奥方や娘の人気ぶりを訊きにいこうじゃねえか」

「喜んでおともします」

五

とっぷりと日が暮れて、鎌倉河岸に昼間の賑やかさは消えていた。

河岸場には今夜はもう用ずみの艀がひっそりとつながれ、どこかの辻で吹き鳴らす座頭の呼び笛が、物憂《ものう》げに宵の静寂を深めていた。

その鎌倉河岸の通りに小綺麗な桐《きり》の格子戸をたてた京風小料理屋・薄墨。

ご近所のお金持ちのご隠居や旦那衆が常客になり、三和土《たたき》の土間に入れ床の席や卓と腰掛の席を、今夜もゆったりとしめている。

客足の絶えぬ店をひとり、物腰やわらかく優雅にきりもりしているのが、四十に手が届いても町内の美人女将《おかみ》として評判の高い佐波《さなみ》で、板場では料理人の静観《せいかん》が、六十をとうにすぎて今なお矍鑠《かくしゃく》として包丁をにぎっている。

気むずかしい料理人・静観と佐波は、父と娘である。

そんな京風小料理屋・薄墨の店土間の一角に襖《ふすま》を閉じた四畳半。片開きの襖を開ければ、京は嵯峨野《さがの》の景色を描いた衝立《ついたて》が目隠しをする座敷に、三人の侍が銘々の宗和《そうわ》膳《ぜん》を囲んでいた。

三つの膳の中に、銅鉱山採掘仲間株六口分を記した薄っぺらい証文がおいてある。

銀ねずの着流しに寛《くつろ》いだ公儀十人目付筆頭・片岡信正、黒羽織の小人目付・返弥陀ノ介、弥陀ノ介に向き合った古びた紺羽織の唐木市兵衛である。

「梅之助は五歳か。さぞかし怖い思いをしたのであろうな」

信正の穏やかな声が流れる。

「まことに、子供の心はやわらかで、疵つきやすいですからな」

弥陀ノ介が言い添えた。

「頼母子講で集めた三十数両は大金ではあるが、曾祖父の代から続いた御徒衆の身分を捨て、組屋敷を捨て、友や縁者や暮らしを助け合ってきた人々とのつながりを絶ってまで、それをわが物として欠け落ちするほどの価値ある金だったのか」

「なりゆきによっては、武士の身分も捨てることにもなりますすな」

信正と弥陀ノ介はうなった。

「安川充広は三十両の借金を拵え、それが定めの利息や何やかやとふえて四十六両二朱。そのために金貸しを斬り、切腹あるいは斬首のとがめを受けるかもしれません。八重木百助と安川充広の二つの件は、ともに武士の身分がそここで露《あら》わにしているほころびに思えて、わたしにはならないのです」

市兵衛は盃《さかずき》を重ねながら、続けた。

「先ほど弥陀ノ介から聞いた、中山ら元勘定吟味役のふる舞いとてそうです。嘘《うそ》は、ばれなければ嘘ではないとでも言いたげだ。定めに、法度に則ってさえいればとがめは受けぬ、何もやましくはない、などと公言して侍の恥とも思っていない」

ふむ、と市兵衛の兄・信正はにっこりと頷いて提子《ひさげ》を市兵衛の盃へ差した。

下《くだ》り酒のいい香りが盃を満たした。

「今夜の市兵衛は、少々気が昂《たかぶ》っておりますな。ははは……まあ市兵衛、呑《の》め。おれもつごう」

弥陀ノ介が市兵衛の乾《ほ》した盃に酒をそそいだ。

「五歳の子供が、謂《いわ》れのない目に遭った。悪事であれ世のひずみであれ、廻り廻ってもっとも弱き者につけを負《お》わせる。そういう理不尽は確かに苛《いら》だたしい。だが、市兵衛、侍にも処世術はいるのだ。世の中、少しばかり複雑になった。主君に仕《つか》える、その倫理だけでは片がつかぬことは多い。侍とて、上役にへつらい身の安寧《あんねい》を計り、他人の不幸に目を閉じる。見ぬふりをする。侍とてそういう勤め人なのだ」

信正は笑みを浮かべ、悠々《ゆうゆう》と盃をあおった。

「われらとて、他人のことは言えぬ」

「安川充広はありもしない銅鉱山の出資話を信じました。こんな役にもたたない紙きれを信じた充広は愚かですが、信じさせた者もあくどい」

と、市兵衛は銅鉱山の証文を手にとり、苛だたしげに捨てた。

「愚かな充広は縛《いまし》められ、牢に入れられました。信じさせたあくどい者はのうのうと変わらぬ日々を送っている。そのあくどい者らに、牢へ入る順番がそろそろ廻ってきても、いいころではありませんか」

はっはっは……と、信正が面白そうに笑った。

「おれもそう思うぞ」

と、弥陀ノ介が横から言った。

「中山ら三人が、安川充広を言葉巧みに出資話に誘いこんだのは間違いない。ほかに誰にそんなことができる。中山らの元勘定吟味役の肩書が効《き》いたのだ。やつらは口裏を合わせ、それぞれが口を割らねば嘘の出資話がばれはせぬと思いこんでいる。昼間会って思ったが、ああいう男はいけ好かん。市兵衛、なんとしてもそれを暴いてやれ」

市兵衛は頷いた。

「兄上にお訊きしたいのです。元公儀の高官が役目を退いたのち、元の役目の肩書を利用し、あるいは今、役目に就いている高官らと結び、そこから得るご公儀の政の内情を商いの指南役に就いている大商人や左金寺のような者に伝え、高額の指南料を受けとるという手口は許されるのでしょうか」

　信正は首をわずかに傾げ、考えた。

「ふうむ。違法とは言えぬ。と言うよりも、明確な定めがない。だが、侍にあるまじき卑しきふる舞いではある。侍は役目を退いても、子や一門に身分を受けつぐ特権をすでに与えられておる。侍とは、元々はそういうことをせぬ者なのだ。だから法度を定める必要もなかった」

「ですが、中山らはそれをやっております」

「わかっておる。中山らだけではない。殊に勘定方の中に、隠居後、大店の指南役に就いてひそかに給金を得ておる者が多いと、そういう噂はつとに耳にしておる」

「お目付は、侍にあるまじきふる舞いとして、とがめぬのですか」

「一概《いちがい》にとがめることはできぬ。と言って、このたびの安川充広の一件に公儀の元高官の指南役と称する者らがなんらかのかかわりがあるとすれば、目付役として見すごすわけにはいかん。だからわたしも今日は、わたくし事として中山らを訪ねたのだ。あくまで念のためにだがな。弥陀ノ介と歩き廻って疲れた。年だ」

「お疲れさまでございました、お頭。何とぞ、一献《いっこん》」

弥陀ノ介が提子を信正へ差した。信正はそれを受けながら、

「中山らに言わせれば、それもお上のお役にたつご奉公、というわけだ」

と、言った。

「指南料とて指南料ではない。相談に乗った相手が自ら進んで出す謝礼、あるいは厚意のつけ届けにすぎぬ。せっかくのご厚意を無にするのもなんであるので、それならばご厚意の額を前もって決めておこう。さすれば相手は負担が少なくてすむ、という考えだ。なかなか巧妙だろう」

「天の木堂の左金寺兵部は、出資はお金持ちの蔵に眠るお金を世の中に廻し、世の人々の生業《なりわい》を盛んにする手伝いをしているのだと言っておりました」

「はっはっは……中山らがご公儀のお役にたつためという理屈と同じだな。それにも一理があるゆえ、彼《か》の者らはこぞって同じ理屈をこねる。ただしその理屈、案外にあなどれんぞ」

「ですが、ふと思ったのです。八重木百助の頼母子講の懸銭《かけぜに》を持った欠け落ちです。八重木百助は貧しい御家人です。暮らし負け、目の前の懸銭に目がくらみ、御徒衆の身分を捨ててまで懸銭を持ち逃げしたことになっています。安川充広も三十両ばかりの金が要った。家禄の低い小十人の安川家に三十両は大金です。左金寺は、何ゆえ家

禄の低い旗本の十六歳の倅を出資話に誘ったのでしょうか」

「それは、世間知らずで小禄の旗本の小倅なら、乗りやすいと見たからだろう」

弥陀ノ介がまた口を挟んだ。

「三十両は子供のころに見初めたお鈴を身請けする金額だ。おぬしが言うたではないか。だから借金をしてまで、いい加減な出資話に乗ってしまった」

「そこなのだ。左金寺が金持ちの蔵に眠る金を世の中に廻すために、金持ちから元手を募って運用するならわかる。しかし充広の元手は金持ちの蔵に眠っている金ではない。充広でなくとも、お熊が誰かに貸し出して世の中に廻る金だった」

「金を世の中に廻すというのは方便なのだ。左金寺みたいな口先の達者な者は、誰からでも金を出させてそれを運用し、運用の手間賃をとる。本当は金持ちでなくとも金さえ出す者ならみな左金寺のいい客さ。中山らはその手助けをしている」

「充広は中山ら三人の元勘定吟味役に三峰山の銅鉱山の出資話を勧められた。中山らはとめたにもかかわらず、愚かな充広はかってに銅鉱山の出資に手を出したと、双方まったく別な言い分をしている」

「だからまったくでたらめな話なのだ。元々が銅鉱山など、見つかっておらん」

「なら、弥陀ノ介。充広の三十両はどこへ消えた。充広は間違いなくお熊から三十両の借金をしている。その三十両を左金寺は何に使ったのだろう」

「でたらめな銅鉱山話を持ってきた山師に、渡したのではないか」

「銅鉱山など元々なかった。山師などいない。いるのはでたらめな銅鉱山の話を拵えた者だ。左金寺かもしれぬし、中山ら三人かもしれぬ」

「左金寺らは別の狙いで充広の三十両を使ったか。ほかの出資話とかに……」

「ほかの出資話なら初めにそう言って充広に勧めればよい。中山らが説得すればできただろう。三峰山の銅鉱山話でさえ信じさせたのだからな」

弥陀ノ介が盃を、かたん、と膳に鳴らした。

「もしかしたら、左金寺らが着服しているのか」

「違うと思う。三十両は間違いなく何かに使われ消えた。充広の三十両は金貸しのお熊から、つまりお熊に金貸しをやらせている九郎平から出た金だった。充広は金がかえせぬばかりかお熊を斬って牢へ入れられた。安川家は存続の危機に瀕《ひん》しているが、九郎平も貸した三十両、利息などがついて四十六両二朱が貸し倒れも同然だ」

「こういうのはどうだ。九郎平は左金寺と仲間だとする。九郎平が充広に近づき左金寺へ仲介し、左金寺が中山らを使って充広を出資話に誘いこんだ。だが、出資などされず三十両は九郎平の手元へひそかに戻され、充広に借金だけが残る。九郎平がお熊を使い、伜が駄目なら安川家から借金をとりたてる。そうであれば貸し倒れになっても元金は無事だ」

「それも考えた。しかし、家禄の低い安川家の、しかも十六歳の伜では貸し倒れが見えている。ふせぎ役の九郎平や左金寺なら、それぐらいわかりそうなものではないか。もっと金持ちを狙うべきだ。金持ちなら天の木堂に大勢集まっている」

信正は盃をゆっくりと重ねつつ、黙って二人のやりとりを聞いている。

「天の木堂の客を、ありもしない銅鉱山話で引っかけるわけにはいかんだろう。そんなことをしたら左金寺は信用を失い、元手を任せる金持ちはいなくなる」

「ふと思ったというのは、これは天の木堂に集まる金持ちの顧客ではなく、貧しい者を狙った、出資の儲け話に誘う新手《あらて》の詐欺《さぎ》ではないかとだ」

市兵衛は弥陀ノ介に提子を差した。

「それも、家禄の低い御家人や旗本を相手にした詐欺だ。必ず儲かると元勘定吟味役三人に説得されたら、出資などに慣れていない御家人や旗本は信じてしまうだろう」

それから、信正の盃にも差して続けた。

「零細な窮民《きゅうみん》ではなく、旗本や御家人は低くとも禄があり、爪《つめ》に火を灯《とも》すようにして蓄えた小金があるかもしれません。そういう金を出させるのです。御家人や旗本は蓄えた小金をいい加減な出資話で失っても面目をつぶすため、家名に疵がつくため、表沙汰《おもてざた》にはしない。そこがつけ目なのです」

信正は盃を考え深げに傾けた。

弥陀ノ介が質すように言った。

「なぜ左金寺らが、そんな詐欺を貧乏侍相手に働かねばならぬ。貧乏侍など相手にせず、金持ちを相手に元手を廻しておれば十分儲かるだろう」

市兵衛は考え深げに盃を傾けた。

「それにだ。充広はお熊を斬った。二日の評定で表沙汰になるではないか」

「きっと、何か手だてを廻らしているはずだ。天の木堂には江戸の名士が数多く集まっている。中には雄藩の江戸屋敷重役や、公儀の高官らもいるらしい。だから金持ちが集まるのだ。中山らにも伝があるだろう。小十人の貧乏旗本の不良の倅の一件など、どうにか言い逃れられる、と思っているのかもしれぬ」

「くそ、そうはさせぬぞ」

「そうはさせてはならぬ」

しかし――と、弥陀ノ介は窪んだ眼窩の底の目を光らせた。

「おぬしの言う通りなら、貧乏旗本を狙うのに十六歳の小遣いをもらう身の充広というのは合点《がてん》がいかん。借金はさせたけれど、貸し倒れは見えている。やつらにはそれぐらいわかりそうなものだろう」

「旗本の十六歳の不良の倅が、鐘の下の女郎の馴染みになったと見ていた。この不良に美しい妹がいるのをたまたま知った。九郎平は安川家を追いつめ、妹を身売りに出させることを狙った。充広はその足がかりにすぎぬのかもな。身売り先は江戸の武家の女が評判の水戸だ。妹を身売りさせれば、間違いなく大儲けができる」

ふう、と弥陀ノ介は長い息を吐いた。

「だから充広がお熊を斬ったことは想定外の事態になったと、わたしの推量があたっていれば左金寺らは思っているだろう」

しばらく沈黙を守っていた信正が、ふと、言った。

「市兵衛は、八重木百助という御家人の頼母子講の懸銭が、安川充広の三十両と同じ銅鉱山の出資話に消えたと見ているのか。八重木一家は、懸銭を持ち逃げしたのではなく、すでに失ってしまったために欠け落ちをはかったと、考えているのか」

「八重木百助の一件を知ったとき、充広の一件と似ている気がしたのです。なんとなくです。九郎平や左金寺と両者ともにかかわりがあり、両者とも三十両ばかりの金がからんでいる。八重木百助も左金寺の銅鉱山の出資話で頼母子講の懸銭を失った、と考えればごく単純に筋が通っているのです。左金寺は水戸に縁者がいる。そこに身を隠せるよう世話をすると、八重木百助に欠け落ちを勧めたのかもしれません」

「しかし、梅之助という子供の話では、中川まで逃げたところで八重木一家に何かがあったのだろう。何があった」

弥陀ノ介が唇を歪めた。

「八重木百助の欠け落ちの事情がわかれば、充広の一件の評定に有利な材料が見つかる気がする。明日その件で、渋井鬼三次という町方と一緒に調べにゆくところがある」

「渋井？　ああ、あの渋面の鬼しぶか。顔は悪いがあの男、腕利きの町方だ。頑張ってくれ。この仕事を市兵衛に頼んだのはおれだ。おれにとって、子供のころに安川剛之進さんに受けた武士の情けをかえすときが、ようやくきたのだ」

それから兄上――と、市兵衛は信正へ向いた。

「三峰山に銅鉱山が見つかった話が元からなかったなら、これは相当に大胆で粗雑な詐欺同様の出資話です。もしかしたら左金寺らは、普段つき合いのあるお金持ちの顧客らとは無縁のところで、火急に元手をかき集めなければならない事情を抱えていたのではないでしょうか。たとえば、左金寺らが募った出資金の運用に失敗して大きな損失を出し、元手に大きな穴が空いた。その穴が空いた分の資金繰りのため、とかに」

信正が頷いた。

「安川充広が三十両、八重木百助もそうだったとして三十三両ほど。合わせて六十数両。あえてそういう作り話をするにしては、六十数両は少なすぎます。二人のほかにもいるのではありませんか。銅鉱山の出資話で蓄えを失ったり、そのために借金を拵えた小禄の御家人や旗本が」

「なるほど。おまえの言いたいことがだんだんわかってきた。弥陀ノ介、これは目付の仕事だ。さっそく調べよ」

「御意《ぎょい》」

「それから、左金寺兵部の素性《すじょう》をともに調べよ。左金寺という男、ただの鼠《ねずみ》ではあるまい。市兵衛らの仕事にも役だつだろう」

「はっ。左金寺兵部、水戸からきた男ですな。お任せを」

そのとき、襖ごしに新内《しんない》の三味線が聞こえた。

「へい、新内でございい。ひと節、お聞き願いやす。いかがでございやしょうか」

おお、と客のざわめきが起こった。

「豊後《ぶんご》のぐっとくるのを、やっとくれ」

と、年配の声がかかった。

「承知いたしやした。では……」

太夫《たゆう》と三味線方の二梃《ちょう》の三味線が流れ出し、拍手がわいた。

六

押上村の田面《でんめん》を、冷たい夜風が吹き始めていた。

天の木堂の瓦屋根を枯葉が吹き流れ、一隅に設《しつら》えた茅葺《かやぶき》屋根の庵《いおり》の黒い影が見える裏庭の縁廊下に、枯葉は音もなく舞い落ちた。

その縁廊下の客座敷にたてた黒漆《くろうるし》の桟《さん》の明かり障子に、角行灯《かくあんどん》の灯火が客座敷の四つの人影を映《うつ》していた。

ぼそぼそと、人の話し声が障子ごしにもれ、冷たい夜風とからまった。

客座敷には、亭主の左金寺兵部と、それぞれに仕たてのいい羽織袴の中山半九郎、細田栄太郎、松平三右衛門が向き合っていた。

四人の前には茶碗がおかれているが、三人の客は左金寺へ渋い顔を向け、出された茶碗に手も触れなかった。

左金寺はゆっくり茶を喫し、茶碗を膝の前の茶碗敷に戻した。

ふふ……

と、客の渋い顔を見かえし、余裕の笑みを投げた。

「左金寺どの、笑い事ではござらんぞ。相手は片岡信正という筆頭目付だ。片岡は堅《かた》物《ぶつ》のされ者で通っておる。甘く見ているとえらい事態になる」

中山半九郎が苛々《いらいら》とした口調で言った。

「甘く見はしません。安川充広という小僧、いきなりお熊を斬るとは誰も思わなかった。想定外のことが起きたのです。評定が開かれます。目付が調べるのは当然ではありませんか。きれ者だろうと凡庸《ぼんよう》だろうと、目付の調べが入れば同じことです」

「わたくし事と断っておったが、目付が直々《じきじき》に調べるとはよほどのことだ。これはまずいぞ。なんとか手を打たねば」

「ああ、まずいな」

「わたしは困る。このような事はごめんこうむる」

中山ら三人が言い合った。

「繰りかえしますが、安川充広は己の考えでお熊から借金をし、己の考えでそれを使った。挙句《あげく》に借金返済の催促を受け、逆上し、罪もないお熊を斬った。何から何まで、己で決めて己が手をくだした。何から何まで、われらはあずかり知らぬことです」

「その理屈が通るなら、こんな夜更《よふ》けにわれら三人、わざわざきはせん」

「そ、そうだ。きはせん。何か手を打たねば」

「目付がきたからと、急にあわてて下手な手を打てばかえって目につく。普段通りにふる舞っておられよ。ここにも入江町の九郎平のところへも、八重木百助の件で町方がきましたし、安川充広の件では安川家に雇われた者が事情を訊きにきております」

「何？　町方と安川家に雇われた者が、ここへも訊きにきたのか」

「何とぞ、ご心配なく。事前に打ち合わせた通りに応対し、納得してかえっていきました。あなた方相談役のことは、安川充広の件ではいい加減な出資話だと本人に忠告したことにしてありますし、八重木百助は欠け落ちしたままですから、町方ごときに決して見つけられはしません」

　左金寺が声を怪しげに低めた。

「元手を預けた相手は池沢蕃岳《いけざわばんがく》。昔からのわが知己《ちき》で、信用のおける山師です。今、懸命に再調べにかかっている。わたしは今でも池沢蕃岳を信じ、銅鉱山は必ずや見つかると信じているし、わたし自身百両を投資したと、何があっても言い通します。あなた方も、池沢蕃岳とは一度会って話を聞いたが、信用ならぬゆえ、わたしにも安川充広にも出資はとめたと、何があろうと言いきってもらわなければなりません」

そう言って、上目《うわめ》遣いに三人を睨んだ。

「この一線がくずれると、終わりですよ。わかっていますね」

「ああ。わ、われらもそれは、わかっておる」

「それに、安川充広の評定は寺社、勘定、町方三奉行による三手掛になるでしょう。寺社奉行には伝がありますから手を廻しております。勘定奉行の方はあなた方に手を廻していただいていますね。間違いないでしょうな」

「まま、間違いない。勘定奉行さまにはすでに、て、手を打っておる」

「今の話では、もしかすると目付が評定に陪席《ばいせき》するかもしれませんな。ふん、わかりました。そちらは評定所式日までに何か打つ手を考えましょう」

夜風が縁側の明かり障子を震わせた。

中山ら三人は、そろって肩をすくめ、震える障子へふり向いた。

「風です。ふふふ……」

気の小さい。それでも侍か。左金寺は思ったが、むろん口には出さなかった。

「ほかの御家人らにはかえしたのだろうな、だ、出させた金は」

中山が気が気でないふうに語調を上ずらせた。

「九郎平より三百両を調達し、ほかの十八名、滞《とどこお》りなく返金しております。また九郎平の方より、今後とも何か資金繰りで手伝えることがあれば特別に低金利で応ずると言わせ、このたびのことは内々にすると言質《げんち》はとってもあります。元々、侍はこういう事が表沙汰になるのを嫌いますから、こちらも間違いないでしょう」

「それにしても、なぜこんなことになった。欲をかきすぎたのだ。九郎平から金が調達できるなら、欲をかかずに初めからそうすればよかったのだ」

「そうだそうだ。銅鉱山話など、いくらなんでも無理があった。やりすぎだった」

細田と松平がたるんだ頬を震わせ、言い合った。

「馬鹿な。銅鉱山話を持ち出されたのは、あなた方ではないですか」

左金寺が皮肉な眼差しを二人へ投げた。

「そ、それは、よい手はないかと訊かれたから、銅鉱山が見つかったことにでもするかと、戯れに言ったのだ。まさか、本気でそんな手を使うとは……」

「戯れですと？　ならばなぜその場で、戯れだ、無理がある、と言われなかった。さすれば銅鉱山の話は使わなかった」

「いや、だから、その……なあ」

細田と松平が口ごもり、中山はそっぽを向いた。

「去年から、あなた方の助言に基づいて江戸為替《がわせ》に手を出した。江戸為替は大名が相手だから安全確実に利息を稼《かせ》げると言われましたな。それがどうだ。あなた方の勧めで買った両替商の為替で、大小の損が積み重なったのですぞ」

「つまり、それはつまり、われらの勧めた両替商が悪いのではなく、だ、大名屋敷の方が、売買契約を結んだ物産を大坂《おおさか》の問屋に卸《おろ》さなかったからだ。なあ、悪いのは大名の方であるよな」

「そうとも。大名とて問屋を騙《だま》すつもりで荷を卸さなかったのではあるまい。天候不順や害虫などで特産品の国元での収穫が当初の見こみより少なかった、あるいは、荷送の船が海難にあって搬入が期限に遅れたとか、不運が重なり、決済ができなかった。たまたま、運悪くそういう事態が続いただけだ」

細田と松平が頷き合った。

江戸為替とは、大名の江戸送金を引き受ける大坂の両替商が、各大名の蔵屋敷よりふり出される手形を買い集め、取引先の江戸両替商に送る。

手形を受け取った江戸両替商は江戸の問屋より代金を取りたて、各大名の江戸屋敷へ納めるのだが、それは各大名の国元の物産が、滞《とどこお》りなく大坂の問屋に搬入され江戸へ無事下るか、契約通り国元から江戸の問屋へ届くかが前提である。

それを前提にして、両替商は大坂と江戸の為替の遣《や》りとりを仲介して手間賃を稼ぐ。それが江戸為替、御屋敷為替とも取次為替ともいう。

ときとして、というより手形の落ちる期限内の間、そういう手形が為替市場で売り買いされるのは珍しいことではなかった。江戸為替は大名のふり出した手形のため、信用度が高かった。

が、信用度の高い大名であっても、まれに為替取引の前提である物産の搬入に天候の影響や事故など様々な事情で、支障をきたすことがあった。

すると、為替が期限内に落ちなくなるか、ひどい場合は反古《ほご》になる事態も起こった。

そういう場合、両替商や問屋は大名屋敷や蔵屋敷にかけ合ったり公儀に訴えたりするが、もっとも影響をこうむるのは、相場変動の差益を狙ってそれらの為替の売り買いに手を出した出資者たちであった。

左金寺は中山らの助言を受けて、その江戸為替に手を出した。

幾《いく》つかの江戸為替で、左金寺は手痛い損失をこうむった。

たとえ大名を訴えても、裁きが下るまでにときがかかるし、出資金の回収はいつのことになるかわからない。

出資者へ約束した利息の資金繰りがつかなくなった。

「年初、われらが募った元手は二千両でした。約束の利息は公儀定めの三月《みつき》で一割五分より多い一割七分から八分。定めの利息では、わざわざわれらに出資せずとも高利貸しに託しても同じですからな」

左金寺は中山をじっと睨《にら》んだ。

「この三月《さんがつ》までの配当は、回収できた一部の元手をきり崩してどうにかとりつくろうことはできました。しかしこの六月、さらに損が重なり、配当をとりつくろう資金さえ底をついたのです。元手二千両の一割七分の利息三百四十両の金がなかったのですよ、中山さん」

中山は、うんともすんとも言わなかった。

「約束の利息が配当できなければどうなるか、わかっておられますか。われらに元手を託した方々は、即座に出資金を引き上げにかかるでしょう。二千両もの出資金を一斉《いっせい》に引き上げられたら、天の木堂は瓦解《がかい》です。天の木堂は差しおさえられ、事と次第によっては、われらは縄目にもかかりかねなかった。わたしだけでなく、あなた方もですぞ」

左金寺は中山から細田、松平と順々に睨《ね》め廻した。

「だから、利息配当分だけでも応急に手を打ち元手を募らなければならなかった。三峰山の銅鉱山の出資金集めを、当座をしのぐためのわずかな額だ、その程度ならあとでも手あてがつくと、みなさん賛成なさいましたな」

細田と松平は、口をもごもごと動かしているばかりだった。

「九郎平から金が調達できるなら、ですと？　あの男も儲けるためにやっておるのですぞ。あの男の金を穴埋めに使って、ならばあの男の損は誰がかぶるのですか」

「し、しかし、左金寺どのと九郎平は、ひとつ穴の狐《きつね》というか、一心同体というか」

「狐だと」

左金寺の口調がささくれだった。

「ならおめえらも、これまで散々うまい汁を吸った蓄えを吐き出す気はあるのかい。家屋敷を抵当に差し出す覚悟はあるのかい」

三人は左金寺の豹変《ひょうへん》に表情を変えた。

突然、異物を前にしたかのような戸惑いを露わにした。

三人は目配せを投げ合った。

あはは、あははは……

左金寺が破顔し、高らかな笑い声を座敷に響かせた。

行灯の灯が、左金寺の笑い声にへつらってゆれた。

「冗談です。失礼を申しました。わが天の木堂は、鄙《ひな》びた押上村の骨董屋にすぎませんが、江戸の名士の方々に可愛がっていただいております。様々な催しを成功させ、ここまでの集《つど》いの場に育った天の木堂を、ささいな齟齬《そご》で損《そこ》ねてはなりません。われら四人こそ一心同体、ひとりが欠ければ四人が欠けるも同じ。心をひとつにして天の木堂を守っていきましょう。あはは……」

三人は言葉もなく、肩をすぼめていた。


四半刻後、中山半九郎、細田栄太郎、松平三右衛門の三人は、業平橋の河岸場に待たせていた茶船《ちゃぶね》に乗り、横川を南へくだっていた。

冷たい夜風が川面を吹き渡り、たてるさざ波を、舳に灯した明かりが映していた。

船頭の櫓の軋《きし》みが横川両岸の夜陰にまぎれ、堤の柳の影が風になびいていた。

「あの男、卑しき素性を現しおったな」

胴船梁にかけた中山がぼそと言った。

細田と松平は中山の前のさなに坐って、背を丸めていた。

夜風が三人のかぶる編笠を、不安げにゆらしている。

「あの男とは、誰だ」

「左金寺だよ。察しが悪いな」

松平が細田に、無遠慮に言った。

「ふんふん、あの男な。確かに妙にすさんでおる。育ちが悪いのだろう。ふんふん」

細田は編笠をせわしなくふった。

「人間、やはり品格だ。品格のない男と深くかかわりすぎた。老舗の本両替商相手の商いの指南だけにしておくべきだった」

「どういうことだ、中山」

「しばらく左金寺に会うのは控えよう。それから倅らがついだ勘定吟味役は、ご老中支配だ。ご老中方につけ届けをいたそう。今後とも倅ら、わが一門をよろしくお引きたて願い奉《たてまつ》ります、となし」

「それぞれが、全員にか」

「そうだ。ひとりひとりがだ」

「物入りだのう」

「しわいことを言うな。その年でも胴と首がつながったままで、まだいたいだろう」

「当たり前ではないか。い、いきなり物騒なことを言うな」

「ちょっといやな予感がする。大事にならねばいいが。ここは考えどころだぞ」

細田と松平が顔を見合わせた。

「それからな、安川と八重木以外の残りの十八人に、出資金額と同じ額を贈ろう」

「何だと？　出資金は左金寺が返金したと言うておったではないか」

「十八人合わせて、安川と八重木の六十三両を除いても三百両近くになるのだぞ」

「三人で分担すればひとり九十数両だ。少なくとも倍になると言って銅鉱山話に誘った。よかれと思ったがわれらのしくじり。われらのお詫びの徴《しるし》である。今後とも懲《こ》りずにおつき合いくだされ、と言ってな。左金寺は間違いないと言っておったが、怪しい。あの十八人からほころびが出る恐れがある。念には念を入れるべきだ。早速明日、一軒ずつ廻るぞ。いいな」

「あ、ああ。九十数両にご老中さま方につけ届けか。半分は孫らに残してやるつもりだったのに、蓄えが半分になってしまう」

「半分？　おぬし、そんなに蓄えておったのか」

「まあ、それぐらいはな」

「案外、しっかりしておるのう」

暗い横川をすべる茶船の胴船梁で、三人はひそひそと言葉を交わし合った。

中山ら三人を枳殻《からたち》の垣根の四脚門まで見送った左金寺兵部は、主屋の廊下を台所の土間続きになった板敷へいった。

竈のひとつに薪《まき》が音をたてて燃え、竈に架かった甑《こしき》と蒸籠《せいろ》が湯気に包まれていた。火の具合や蒸籠の様子を、徳山坂内が菜箸《さいばし》を持って見守っている。

板敷にはぼらの塩焼きの皿、蓮根《れんこん》と豆腐田楽のすでに食い散らされた大皿、一升《いっしょう》徳利《どっくり》を三つ並べて、九郎平、九郎平の女房・お蓮、お蓮の妹で左金寺兵部の女房・奈々緒、左金寺の客分・峰岸小膳《しょうぜん》、高木東吾《たかぎとうご》、七尺（約二百十センチ）近くある巨漢の校倉源蔵《あぜくらげんぞう》が囲んでいた。

客分と言ってもこの三人は、左金寺が九郎平の元手で浪人貸しを始めた折り、貸借のもめ事やとりたてに支障などが生じた際、左金寺に代わって談合し、事を収める役に雇った浪人者だった。

金貸し業にはこういう腕自慢だけがとり得の男たちが裏では役にたち、ときには必要でもあった。

廊下の舞良戸《まいらど》を開けると、板敷の皿の周りの六人と竈の側の坂内が、戸口に立った兵部へ一斉《いっせい》に見かえった。

「兵部、中山らは機嫌よく帰ったかい」

九郎平が最初に声をかけた。

「まったく気の小さい男らだ。都合よく甘い汁を吸うのにどれほどあやうさがひそんでおるか、推《お》し量《はか》ろうともせぬ。甘い汁は吸いたいが、あやういのはごめんこうむるときた。己らの身分はそれが当然だと思っておる」

左金寺はお蓮と奈々緒の間に坐り、奈々緒が「まずはおやりよ」と渡した盃に徳利酒を受けた。

「元役人の肩書と旗本の身分を看板にして金を稼ぐことに微塵《みじん》もためらわぬ。金が稼げるのは己らが有能だからだと、思いこんで疑いもせぬ。そのくせ、人の道、などと平気で口にする。なんとまあ、役人とは奇怪な生き物なのだ」

左金寺の苛つきにみなが笑った。

「九月が期限の十月の利息配当は、かろうじて乗りきった。あの者らの勧めた江戸為替に見きりをつけ、米相場でひとあてできたからしのげたのだ。それも西国《さいごく》と北陸の蝗《いなご》被害の噂《うわさ》が流れ、米の相場に大きな変動があると、わたしの読みが的中したからだし、六月期限の利息を、七月には顧客へきちんと配当したから、わたしを信用して新たな出資者が現れた。みなわたしの手柄だ」

「まったくだ。さすがは左金寺兵部。おれが男と見こんで義兄弟の契《ちぎ》りを結んだのは間違いなかったぜ。大《てえ》したもんだ。なあ、峰岸さんもそう思うだろう」

九郎平は酔いに赤らんだ顔を自慢げにゆるめ、峰岸らに言った。

そうだ、そうだ――と峰岸ら三人は気持ちよさそうに頷いた。

「この夏前、蝗の害の噂が西国から流れてきたとき、米相場は低くとまったままだった。奥州《おうしゅう》諸藩の去年の作柄が良かったことと、幕府の江戸廻米施策に変化がなかったからだ。夏場の初めは西国の蝗の害など、大した影響はあるまいと、みな高をくっていた。中山ら三人は、米の値はまだ底を打ってはいない、と言っていた。ところがどうだ」

左金寺は盃を乾《ほ》し、奈々緒がおかしそうな顔をしてまたついだ。

「夏の初めの相場が一石立《こくだ》て銀百五十匁《もんめ》から百六十匁前後だったのが秋の声を聞いた途端上がり始め、九月上旬で最高値の二百四十八匁までつけた。一点張りのまさに綱渡りの買いと売りだった。七月に新たに集めた元手がおよそ九百両。五割なにがしほど値を上げ、四百八十両の儲《もう》けを手にした。それでこの秋の終わり、わが天の木堂はやっとひと息ついたのだ」

「天の木堂は、兵部、おめえが支えている。みんな知ってるぜ」

九郎平が言った。左金寺は九郎平を一瞥《いちべつ》し、

「しかし、この一年、天の木堂は一銭の稼ぎどころか、十月の利息の配当ですらこれまでの顧客と新規の顧客分を合わせれば、数十両の持ち出しだった。がらくたの骨董を山のように売りさばいて冷汗をかいた」

と続けた。

「そんな綱渡りの真っただ中にあるのに、安川やら八重木やら、貧乏御家人の塵《ちり》どもにかえす金など、どこにある。塵どもはごみ溜《ため》で待たせておけばいいのだ。塵でも積もれば山となるのはあたり前だ。それに今ごろ気づいて右往左往する。あの役人どもには疲れさせられる」

「あはは、役人の性根《しょうね》とはそうしたもんだぜ。役目に就いている間は役得を食い漁《あさ》り、役目を退いてからは大店の相談役とかに納まってまた懐をあったかくする。そういう相談役がいれば、商いが少しばかり法度に触れても、何とぞお目こぼしを、と山吹《やまぶき》色の饅頭《まんじゅう》を持参して元の役場の朋輩《ほうばい》に頼めば、差し含んでおきましょうとなる。言ってみりゃあ、あれはあれで峰岸さんらと同じ、腕利きの用心棒みてえなもんだ」

九郎平が同調した。

「おれたちの腕を役だてるための用意は、いつでもできておる。小狡《こずる》い役人づれのこそこそしたやり方は、性《しょう》に合わん。われら、剣に生きる侍には侍のやり方がある」

峰岸はもうだいぶ酔っていた。

「そのときはわが義弟・兵部のために頼みますよ、峰岸さん」

九郎平は盃を上げ、峰岸から高木、巨漢の校倉へと目を移した。

「まかせろ。そのときのためにわれら、左金寺どのの禄を食《は》んでおる」

「ところでこの料理は誰が拵えた」

左金寺が田楽や焼き魚、香の物などの皿を見廻して言った。

台所働きや下働きの下男下女らは中之郷《なかのごう》からの通いで、もうみな帰っている。

「坂内さ。大した働きがないんだから、せめて料理ぐらいしてもらわないと」

と、奈々緒が左金寺の盃に酒をつぐ。

「坂内、おまえもこちらへきて呑め」

左金寺は、竈に架かった甑と蒸籠を見ている坂内に呼びかけた。

「今ふろふきの大根を蒸《む》しております。もうひとつ大皿がみなさんに出せますゆえ、これができましたら、わたくしも」

坂内が竈の前を離れずに言った。

「おお、あの林巻《りんま》きのふろふき大根か。あれはいいな。林巻きというのは、大根をかつらむきにして元に巻き戻し、蒸すのに熱を通りやすくするのだったな。胡麻《ごま》や生姜《しょうが》かわさびで食べると美味《うま》い」

「坂内の料理は美味《おい》しいのよ。ねえ、姉さん。どんな人間にも取り柄があるんだねえ。あの通り、愛想《あいそ》は悪いけどさ」

「ほんと。坂内の拵える料理が天の木堂へお邪魔する楽しみのひとつさ。一流料亭の料理人だって坂内にはかなわないよ。ほんと、愛想は悪いけどさ」

ははは……ほほ……と、お蓮と奈々緒の姉妹がせせら笑った。

「おまえたち、いい加減にしろ。坂内の腕は料理だけではないぞ。あの男を本気で怒らせると怖いぞ。人づき合いは苦手で寡黙《かもく》だが、ああ見えて、鹿島流の達人なのだ」

峰岸らがぞろりと土間の、小柄な痩せた坂内へ顔を向けた。

左金寺は坂内の背中を見つめた。

坂内が、鹿島宿の小さな道場の老道場主を倒したときの光景が甦《よみがえ》った。

あれは凄かった——と左金寺は盃をあおり、喉を鳴らした。

「剣術は坂内が上。料理の腕も坂内が上。しかし処世術はわたしが上。人の料理もわたしが上。はは。二人でここまで、ようやってこれた。なあ坂内」

坂内は蒸籠の湯気の中から、黙礼を寄こした。

「ところで兵部、安川家に雇われた唐木市兵衛という浪人のことだがな」

「唐木市兵衛か。あの男はいい。ああいう男を仲間に入れたい」

左金寺は、昨日初めて会っただけにもかかわらず、唐木市兵衛という男の風貌に魅《み》入《い》られている自分を意外に思った。

「そういうのはいいんだ。それよりあの男、今日もちょろちょろと、うちの周りをうろついていやがった。面白くねえ。昨日きやがったあと、念のためにちょいと調べさせたんだ。住まいは神田《かんだ》の雉子町。渡りの用人稼業をしていやがる」

「渡り用人？　そろばん侍か」

「ああ。けど、野郎の素性が今ひとつはっきりしねえ」

「素性など、どうでもよかろう」

「そうなんだがよ。ちょいと気になるんだ。あの男、ただの素浪人でも、血筋が公儀高官の縁者だそうだ。そんな野郎がなんで渡り稼業か事情はわからねえが」

「公儀の高官とは」

「どうやら、目付らしいぜ。あの男が出入りする三河町の請《う》け人宿《にんやど》の使用人が言ってたそうだ。市兵衛さんは生まれと育ちはお坊っちゃんですからね、ってな」

「目付ということは、あの男、旗本。それでか……」

　左金寺は中山半九郎がさっき、目付が直々に調べるとはよほどのことだ、と言った意味を反芻《はんすう》した。

「あの野郎、ただの雇われ人じゃねえかもしれねえ。それとな、そろばん侍だから腕の方は大したことはねえと思っていたら、腕の方も相当たつって評判だった。《風の剣》とかいう、妖術みたいな技を使うとかなんとか……」

「風の剣？　馬鹿ばかしい。そんな戯《ざ》れ言《ごと》につき合ってはおれん」

「おれも馬鹿ばかしいと思うが、あの野郎はほっとけねえぜ」

「わかった。考えておこう」

「考えておこう？　そんな悠長なことを言っていていいのかい。さっさと始末した方がいいんじゃねえのかい」

「やるか」

　峰岸が同調し、高木と校倉が「うおお」と応じた。

「簡単に言うな。ひとつの手を打つのにあとの始末まで考えねばならん。あとの始末を考えず、安川充広と八重木百助をこのたびの目論見《もくろみ》に引きこんだのが間違いだった」

「まったくだ。そのためにおれは三百両も出させられた。儲けるつもりだったのが大損だぜ。この三百両はかえしてもらわにゃあな。なあ、お蓮」

「本当だね、あんた」

お蓮が九郎平に酌をした。

「仕方があるまい。安川と八重木を引きこんだのはあんただ。初めから親分らしく太っ腹を見せて三百両を出していれば、元々、こんな事態にはならなかったのだ。あんたにも責任のなにがしかは負ってもらわねば」

左金寺に言われ、九郎平は上機嫌の酔顔を歪めた。

「六月の段階で貧乏御家人らからの金集めに手間どって、六十両ばかりまだ足りないと、おめえが言うから、安川のがきと八重木に声をかけたんだ。安川のがきは貧乏侍のくせに女郎の身請けの算段をしていやがったし、八重木は借金で首が廻らなくなっていたのに頼母子講の懸銭は命より大事と持っていやがった。だから、ちょうどいい具合いだったのさ」

「わたしは、六十両ばかり、あんな者らを引きこまずとも、あんたが融通してくれるものと思っていたのだ」

「簡単に言うねえ。鐘の下の女郎どもから四文《もん》の口銭を集めるのに、どれほど手間がかかると思ってんだい。そのためには相応の数の手下も抱えにゃあならねえ。金貸しの元手にも廻す必要がある。おれっちの一家を支えるのに何かと物入りで、六十両の金だってちょいと算段、というわけにはいかねえんだ」

「だとしてもだ。世間の裏表を知りつくしているあんたほどの男が、十六歳の小僧と貧乏御家人の頼母子講の懸銭を狙わずともよかったろう」

「だからよ、おれも稼ぎのひとつとして考えた。安川にはいい値がつくこと間違いなしのべっぴんの妹がいる。安川を借金まみれに追いこんで、遠からず妹を身売りさせりゃあ、三十両の持ち出しなんぞ安いもんだ。八重木には色っぺえ年増《としま》の女房を身売りに出させりゃあ、懸銭分の額に釣りをつけて支度金が渡せる」

九郎平はお蓮に酒をつげと催促しつつ続けた。

「そうすりゃあ、出資話は表沙汰にならず、武士の面目も組衆にたちやしょうと言ってやったのに、八重木の馬鹿が、いきなり腹をきるだのなんだの、ごね始めやがったのさ」

左金寺は「ふむむ……」と長い溜息をついた。

「あんたにそれを許した油断がわたしにもあった。八重木一家もあんなふうに始末せざるを得なくなったのは想定外だった。だが、八重木など所詮、塵だ。邪魔な塵を払った。それだけだ。ところが、安川の小僧のあと先を考えぬ無茶苦茶なふる舞いには目論見をすっかり狂わされた。もう下手な手は打てぬぞ」

「上手い手があるのかい」

「上手い手？　そんなものはない。苦しいときだからこそなんとかする。わたしとあんたとは、手を組んで浪人貸しを始めたときから、なんとかしてきり抜けてきたではないか。心配はいらぬ。わたしに任せておけ」

九郎平が色黒の顔を歪め、お蓮と妹の奈々緒が唇を尖らせた。

長いときをかけてここまで築き上げたものを、これしきの間違いで諦められるか。

唐木市兵衛、おぬしとならいい勝負ができそうだ。

左金寺は唐木市兵衛を脳裡に甦らせつつ、胸のうちに吐き捨てた。

夜風が勝手口の腰高障子を、がた、と鳴らした。

蒸籠のふろふき大根の匂いが流れた。

竈の前の徳山坂内が、左金寺をじっと見つめていた。

七

「ともかく、寛政《かんせい》のご改革以後、わが水戸においても世上もってのほかの不景気。世の中、たち直る分別がなんぞないものかと、水戸家で始まったのが寛政十年（一七九八）のご新政でござった」

と、柿沼金十郎《かきぬまきんじゅうろう》が言った。

広大な水戸家下屋敷のある向島から源兵衛《げんべえ》堀に架かる枕《まくら》橋を中之郷瓦《かわら》町へ渡った大川の河岸通り沿いにある、水除《みずよ》け土手《どて》町の掛茶屋だった。

大川端に枕橋から吾妻《あずま》橋の方まで、延々と水除け土手が築かれている。

長床几《ながしょうぎ》に柿沼金十郎、渋井鬼三次、助弥が並んでかけ、三人に向き合った長床几に市兵衛がかけていた。

昨夜の風は止《や》み、今朝も冬晴れのいい天気である。

葭簀《よしず》の間から大川の紺色の流れが見下ろせた。流れの先に青空の下の吾妻橋を渡る人影が絵のようだった。

「新政と言うても、用はご城下にどれほどに人が集まるかです。ご城下に人が集まるということは、街道筋の宿駅に旅人がふえるということですからな。そこでまず、春秋の両度に水戸家ご用馬の馬市をご城下に開いた。すると、馬市の近傍には馬喰宿、馬宿を始める者が現れるのは至極《しごく》当然の理屈でござる。しかしそれだけで盛んになるかというと、そう簡単なものではない」

「馬の売り買いだけじゃ、ねえんですかい」

渋井が調子よく訊いた。

「だけではない。上市の片《かた》町、下市《しもいち》の藤柄《ふじがら》や並木に水戸家公認の博奕場を開いた」

「え？　まさか水戸家が胴元になったんで？」

「胴元ではない。胴元ではござらんが、博奕をお許しになって博奕場が繁盛を極めたのでござる。馬喰宿に止宿《ししゅく》の者らの間で夜勘定と唱《とな》えてな。馬喰らばかりではない。暗くなってからは、ひょうそく、かんてらを往来に照らしつらね、武家の召使い、商家の手代に子供、われもわれもと博奕場に集まって、昼のごとき賑わいになった」

「なるほど、博奕で景気づけですかい」

「ふふん。商いの運上も賭場の上がりも、金に違いはござるまい」

「ごもっとも。それで？」

「郡村にてはご法度の博奕がご城下にて自由なりと広まり、五里や十里の田舎《いなか》より泊まりがけで博奕場へ出入りする者がおいおい多くなった。さすれば馬喰宿のみならず、旅人宿が繁盛し始める。馬喰宿、旅人宿と繁盛すれば次に何が必要でござろう」

「まさかまさかの、女郎屋で」

と、渋井は調子がよかった。

「その通り」

柿沼は気持ちよさそうに茶をすすり、注文した桜餅をぺろりと平らげた。

「姉さん、桜餅をもうひと皿」

助弥が茶屋の小女へ声をかける間もずれがない。

桜餅は櫻《さくら》の落ち葉を醬油樽に漬《つ》けこんで餅を包んだ、近ごろ向島では評判の餡《あん》菓子である。一個四文で、ひと皿に二個盛ってある。

「これは美味い……」

と、食いながら柿沼は続けた。

「下市の本一丁目に女郎屋開業の出願が業者より出され、直《ただ》ちに許された。続いて千波沼に夜船の遊山《ゆさん》の願いが出され、これも許されたのでござる。よって、一丁目には妓楼が軒を並べ、周辺の七軒町、紺屋町には料理屋が次々に建ち、遊技場ができ、辻芸人が銭を乞い、そりゃあまあ賑やかなことこの上ない」

「なかなかくだけたお家柄でございやすねえ、水戸さまは」

「品行方正だけでは、人々の暮らしは活気づきませんのでな」

「で、江戸の女が水戸へ水戸へと流れたんでやすね」

「人が集まれば金が動く。金が動けばさらに人が集まる。そういう理屈でござる。江戸より町芸者が水戸城下の金の臭いを嗅《か》ぎつけて、あまた下り申した。江戸の女らが集まる江戸町には歌舞伎の芝居小屋が建ち、歌舞伎ときたら当然、陰間《かげま》の茶屋も盛況でござる。水戸の景気のよさを表しておるのに、たとえば五百文懸けに百両どりの無尽講もある」

「五百文懸けに百両どりの無尽講は凄い」

市兵衛が言い、でござろう、というふうに柿沼が笑った。

「その江戸町あたりでは、江戸の武家の女が人気と聞いたんですが、本当ですか」

渋井が訊いた。

「本当です。江戸町に限り申さん。どの妓楼でも、江戸の武家の奥方、お内儀、娘となれば、間違いなく評判をとりました。今もってさようでござる。何しろ色里の客の多くは馬喰、博奕場に出入りする百姓などでござろう。そういう者に武家の、それも江戸の武家の奥方、お内儀、娘は物珍しさも手伝い、どうせ遊ぶなら江戸の奥方さまだっぺ、となるのも無理からぬこと」

ううん、馬喰が——と、助弥がうめいた。

「江戸町には、江戸の武家の女ばかりを集めたのを売りにしておる女郎屋もできておりますな。本当に全部の女郎が江戸の武家かどうか、実事《じつじ》のほどは知りませんが、ともかく一軒や二軒ではない人気ぶりは確かでござる」

柿沼は新しい桜餅を口に運び、茶碗をゆっくり傾けた。

「一番はなんと言うても旗本です。旗本、とつけば娘、奥方、少々の婆《ばあ》さんでも問違いなく売れる。次が御家人のお内儀、女房、妻、まあなんでもよろしいけれど、若い娘がいいとは限らん。江戸の武家、というのが鍵《かぎ》でござるでな。次が旗本であれ御家人であれ、家臣の女房。まあ、聞いたところによれば、本所の貧乏御家人、暮らしに窮した元家臣の女房がほとんどで、旗本の奥方はほんのひとにぎりとか」

「本所の……」

「さよう。それに本所には、江戸の武家の暮らしに窮した妻や娘を身売りに誘う、そういう武家の婦女だけをもっぱらにしている請け人がいると聞いたことがあります。それがもっともだと納得いたしたのは、江戸勤めになり、本所にはまことに微禄の御家人が多いのがわかってからです」

「江戸の武家の婦女だけをもっぱらにしている請け人が、本所にいるのですか」

市兵衛が訊いた。

「いかにもそう聞きました。間違いはござらん。本所にです」

「江戸以外の、武家の妻、娘、というのではだめなんですかい」

渋井が渋面を、いつもの癖でいっそう渋くした。

「だめ、というわけではない。ただやはり、人気は天下の江戸のお武家ですな。雄藩の名があっても、江戸の御家人の女房にすらおよびません。こう言ってはなんだが」

と、柿沼は声をひそめた。

「水戸家の相当の奥方でさえ、江戸のお武家にはかないません。本所の貧乏御家人の女房の方が高く売れるそうです。ただ唯一、江戸の武家の女で人気が今ひとつなのは、町奉行所の女房らしいです。ぐふ、ぐふ……」

渋井の渋面が、複雑な顔つきになった。

「渋井どの。今のは冗談。水戸城下の女郎屋に江戸町方のお内儀が働いている話は聞いたことがござらん。江戸のお武家の婦女は、水戸の色里ではそれほど人気が高いということでござるよ」

ははは……と柿沼は笑い、二皿目の桜餅も平らげた。

渋井は面白くもなさそうに追従笑《ついしょう》いをした。

柿沼はそれから、良家の婦女が芸妓の風俗を習い言葉つきなまめかしく、商家の主人は大通《だいつう》を気取って……など、水戸城下の繁盛ぶりをひとくさり話し終えると、

「それがし、勤めがありますのでそろそろ屋敷に戻らねばなりません」

と、長床几を立った。

「渋井さん、今度お暇のときに、一杯おつき合い願えますか」

「そいつあいいですね。ぜひ、お声をかけてください。今日はどうも、お忙しい中をありがとうございました」

渋井と市兵衛、助弥の三人は、河岸通りに出て柿沼の後ろ姿を見送った。

「どうだい、市兵衛。今の話を聞いて、何か思うところはあったかい」

「ありました。もしかしたら、八重木百助の妻の江という女は水戸に、つまり水戸の色里に拉致《らち》されているのではないでしょうか」

ふんふん、と渋井は頷いた。

「じつはおれもそう思う。確かな事情はわからねえ。昨日の梅之助の話で知れたことは、八重木一家は水戸へ向かっていたこと、亀戸村と逆井村の境の中川で一家に何かが起こったってえことだ。誰かが八重木百助に頼母子講の懸銭を懐にして水戸へ逃げ

ろとそそのかした。そそのかしたやつらが懸銭を狙って一家を中川で襲った。梅之助は川へ捨てられ、百助は消された。そして女房の江は水戸の女郎屋へ、だ」

「頼母子講の懸銭は、すでになかったと思います」

「え？」

「安川充広の三十両と同じく、ありもしない銅鉱山に出資され、すでに消えていた、と考えられます」

「市兵衛、天の木堂の左金寺か……」

渋井は市兵衛を睨み、ゆっくり繰りかえし頷いた。

「そうか、そういうことだな」

「渋井さん、もしも八重木江が水戸の女郎屋に生きていれば、八重木百助の一件をとく鍵になります。急いで調べてください」

「ああ、至急問い合わせる」

「けど旦那、そんな悪だくみを廻《めぐ》らしたやつらが、女房の江だけを生かしておきやすか。水戸で江戸の武家が評判だと言っても、女郎に売り飛ばしたら江の口から悪だくみがもれる恐れがありやす。そいつあ無用心すぎるじゃありやせんか」

助弥が疑念を差し挟んだ。

それもそうだ――と、渋井が応じた。

「無用心はもっともだ。ただ、安川充広の一件、八重木百助の一件ともに、人が利欲打算にかられた挙句の子細《しさい》にまみれている。なぜ五歳の子供を川に捨てる。なぜありもしない銅鉱山話で貧しい者をたぶらかす。なぜ身分の特権を持つ侍が役目を退いたのちもなお恋々《れんれん》と役得、利権にしがみつく」

と、市兵衛は言った。

「人は欲に目がくらんで自分を見失う。金になりさえすればいいと、一本道を歩んでいく。一本道の先は地獄かもしれぬ。だが一本道の先の地獄が見えなければ、地獄などないのだ。八重木江は水戸に生きている。それも利欲打算にかられた挙句の子細に違いあるまい。助弥、わたしには八重木江が生きている、と思えてならないのだ。渋井さん、無駄かもしれないが急いで確かめてください」

「ああ、わ、わかった。調べる。調べるとも」

珍しく思いつめた市兵衛の険相に、渋井と助弥はそろって頷いた。

「で、おめえはこれからどうするんだ」

「柿沼さんが言っていた、本所にいるらしい武家の婦女の身売りをもっぱらにしている請け人にあたります。鐘の下の駒吉の亭主か、もしかしたらお鈴が知っているかもしれません。お鈴も御家人の娘ですから」

「そうだったな。武家の婦女をもっぱらにした女衒《ぜげん》か。よかろう。新しいことがわかったら知らせてくれ」

「承知。渋井さんの子細もお願いします」

「いいとも。伝言は《喜楽亭》に残してくれ」

八

入江町鐘の下のふせぎ役・九郎平は動揺した。

すぐに天の木堂の左金寺兵部に会いにいかなければ、と気が焦った。

ついさっき、四ッ目の通り南割下水わきの御徒衆組屋敷より伝わった知らせに、九郎平はぎょっとさせられた。女房のお蓮とて同様だった。

「あ、あんた、まずいことになりゃしないかい。どうするんだい」

お蓮はおののいて九郎平の袖にしがみついた。

「うるせえ。は、羽織を出せ。左金寺に知らせにいく。左金寺はまだ、知っちゃあいねえに違いねえ」

九郎平の心の臓が音をたてていた。

昨日夕刻、御徒衆の八重木百助の倅・梅之助が、中川で浮いていたのを川漁師に助けられ、無事、組屋敷へ戻ってきた、という知らせだった。

なんでがきが生きている。ちゃんと始末したんじゃねえのかい。峰岸ら半端な浪人どもが半端な仕事をしやがって。百助の方は大丈夫だろうな。こんなことなら女房の江も始末しとくんだったぜ。

九郎平は欲をかいたことを後悔した。

左金寺には八重木江を始末せず、水戸の女郎屋に売った事情は隠していた。

峰岸らには「高く売れるんだから殺すのはもったいねえだろう。左金寺には言うんじゃねえぜ」と、分け前を渡した。峰岸らは簡単に金になびいた。

あの女郎屋なら大丈夫だ。女房は穴倉みたいな巣窟《そうくつ》で、ぼろぼろになるまで勤めさせられる。それでいい。わかりゃあしねえよ、と高をくくっていた。

だが、妙にまずいことが続く。

八重木江を生かしていることが、無性《むしょう》に不安をかきたてた。

六尺長屋の裏店を出て河岸通りへ折れかかったとき、半町（約五十五メートル）ほど離れた横川の河岸場の堤に、唐木市兵衛と駒吉の女郎・お鈴が立ち話をしているのを認めた。

昨日もここらへんをうろついていやがった、と九郎平の頭に血がのぼった。

「あの野郎、目障りだ。もう許さねえ」

急いでとってかえし、若頭《わかがしら》の多七郎を呼んだ。

河岸場堤の物干し場に干した浴衣が、軍陣の旗指物《はたさしもの》のように垂れさがっていた。

お鈴は干した浴衣の間をくぐって堤端まで出て佇んだ。

「噂は聞いたことはあります。でも詳しくは知らないんです。身売りのときにそんな話があったら、わたしも水戸へいっていたかもしれません。そしたらみっちゃんとも会わなかったから、みっちゃんは無事だったんですね」

お鈴は自分を責める方にばかり考えた。

「自分を責めることはない。お鈴さんの思いは充広さんに通じている。二人の思いだけが真実なのです。きっと上手くいきます」

お鈴は「はい」と応えたが、寂しげにうな垂れた。

「その噂を誰から聞いたか、覚えていますか」

「誰だったかしら。ずいぶん前で、そのときは気にとめませんでした」

眉間《みけん》に白い指先をあて、お鈴は思い出そうとした。

「うちの旦那さんだったかしら。それとも……」

「充広さんが言うには、九郎平が水戸の色里で江戸の武家の婦女の評判が高く、充広さんの妹の瑠璃さんの身売り話をほのめかしたのです。お熊の借金がかえせず困り果てていたとき、その支度金で借金はかえせるうえに、まだたっぷり金が残る、とです。お鈴さんの聞いた噂の請け人は、九郎平のことではありませんか」

「なんてひどいことを。充広さんが借りたお金をかえせなくて困っていたのなら、そんなことをほのめかされてさぞ悔しかったでしょうね。九郎平さんならやりかねないという気がします。でも、九郎平さんかどうかなんとも言えません。ごめんなさい」

「いいえ、気にしないでください。竪川にも岡場所があります。順々に廻って訊きこみをしてみます。きっと、誰か心あたりの者が見つかると思います」

「では、わたしは、ご町内の見世のご主人やお姐《ねえ》さん方にあたって訊いてみます。知っている人がいるかもしれません」

「それはあぶない。お鈴さんが請け人を捜していると九郎平に知られ、九郎平が当の請け人だったら、お鈴さんの身に危険がおよぶ恐れがある」

「大丈夫。わたしは御家人の娘です。九郎平さんが武家の婦女ばかりの身売りをとり持つ請け人なら、水戸へいけばもっといい支度金がいただけると聞いたので請け人を捜している、と言いわけしますから」

お鈴は顔に似合わず大胆なことを言った。

「明後日昼ごろまでにはわかると思います」

「明後日なら霜月朔日。充広さんの評定日は二日。間に合いますが……」

やはり心配である。しかしお鈴は自分のことより、

「あの、唐木さん、みっちゃんはどうなるのでしょう」

と、すがるように市兵衛を見つめた。

「それがわかれば、みっちゃんにお許しが出るのでしょうか。昨日唐木さんが帰ったあと、うちの旦那さんが、若くても侍は侍、よくて切腹はまぬがれないだろうね、って言ってました。心配で心配でなりません。十六歳のみっちゃんがそんなことになったら、あんまりにも可哀想《かわいそう》です。安川家のみなさんにも申しわけがない」

「望みはあります。お熊を斬ったふる舞いはとがめられても、そのふる舞いにいたった子細に、たとえ侍であっても斟酌《しんしゃく》できる事情があったとわかれば、裁断は変わると思います。繰りかえしますが、お鈴さんが自分を責める謂れはありません」

お鈴は横川へ呆然《ぼうぜん》と顔を投げ、目を潤《うる》ませた。

と、そのときだ。

河岸通りの入江町一丁目の方から、十名ほどの着流しにそろいの黒看板（黒法被《はっぴ》）の男らが、だらだらと雪駄を鳴らしつつ堤端の二人へ近づいてくるのを認めた。

堤の物干し場に干した浴衣の間から見える男らは、みな剣呑《けんのん》な顔つきで、明らかに市兵衛を睨んでいた。

頭《かしら》だった先頭の男以外は三、四尺（一メートル前後）はありそうな棒や、中には物騒な薪割を手にした者もいた。

河岸通りの通りがかりが、男らの一団の様子に怯えて道端へ小走りによけた。

お鈴は気づいておらず、横川へ顔を向けている。

「お鈴さん、邪魔が入りそうだ。もう駒吉へ戻ってください」

市兵衛は男らへ目配りを怠《おこた》りなく言った。

「え？」

お鈴が市兵衛を見て、それから男たちの方へふりかえった。

「まあ、あの人たち……」

「さ、お鈴さん、急いで」

「で、でも」

「わたしの心配は無用です。こういうことには慣れている。お鈴さんにもしものことがあったらいけない」

そう言って物干しに架かった、洗濯物の干されていない竿《さお》に手をのばした。

「おい、さんぴん、おめえ、市兵衛だな。ここで何をしてやがる」

先頭の男がなおも近づきながら、市兵衛に険《けわ》しい声を投げた。

それを合図に、残りの男らが市兵衛とお鈴を囲むように通りの前後へちらばった。

男らの雪駄が河岸通りにけたたましく鳴った。

市兵衛は、横川を背に前後を男らに囲まれた。

そろいの黒看板の背中に、ちらと、白く抜いた丸に九の字が見えた。

しかし物干し竿をわきへだらりと垂らし、男らの方へ一歩二歩と踏み出した。

「いかにも、唐木市兵衛と申す。このひとに用があった。用はすんだ。かえるところだ」

いきなさい——と、市兵衛はお鈴の背中をゆっくり、しかし強く押した。

背中を押されたお鈴は、囲んだ男らの間を小走りにすり抜け、河岸通りにつらなる局見世の板塀《いたべい》のきわから市兵衛へふりかえった。

男らは不安げに見守るお鈴を睨んだが、すぐに市兵衛へ身がまえた。

「さんぴん、逃がさねえぜ。ここは九郎平の親分の縄張《しま》だ。知らねえのかい。ちゃんと挨拶《あいさつ》はしたのかい」

「九郎平の縄張かどうかは知らぬが、一昨日《おととい》、用があったので挨拶はしたぞ」

「こけが。一昨日の話なんぞしてねえ。今日のことだよお。すかしたことをぬかしやがると、ただじゃおかねえぜ」

頭だった男の隣の男が薪割を片手でふり廻し、地面にたたきつけた。けたたましく鳴る雪駄の音や不穏なやりとりに、局見世の二階の出格子窓から女郎や客が、何事かと堤を見下ろした。

「挨拶はしたかと訊くから一昨日挨拶をしたと応えたのだ。今日のことを知りたかったのなら、今日は挨拶はなさいましたか、と訊くべきだったな」

「ほざきやがって……」

頭が踏み出し、周りがざわざわと囲みを縮《ちぢ》めた。

市兵衛は身がまえる。はずだが、相変わらず手にした竿をわきへだらりと下げたまま、逆に頭の前へのどかに近づいていった。

「市兵衛、おめえ、風の剣たらいう剣法を使うそうじゃねえか。風の剣たあ、その物干し竿で子供の風車《かざぐるま》でも廻そうってえ剣法かい」

頭が言い、男らがどっと笑った。

と、市兵衛の歩みを合図にしたかのように、どこかの見世で吉原の張見世を思わせるすががきがかき鳴らされた。

三味線の華《はな》やかな囃子《はやし》が、本所は場末の、冬の日盛りの河岸通りに鳴り響いた。

市兵衛は笑みさえ投げて、なおも近づいていく。

そのため、なんだこいつ、と男らの方が訝しんだ。

「やれえっ」

頭が二、三歩退いて、周りへ喚いた。

でやあああ……

最初の男が市兵衛の後ろより、棒をかざし叫び声を上げて襲いかかってきた。

後ろはふり向かなかった。

ただ、雪駄の足音目がけて下げた竿をひと突きしただけだった。

男の腹が鳴り、足が止まった。

勇ましい叫び声が「ぐわぅ」と、蛙《かえる》の鳴き声みたいな吐息になった。

棒を落とし腹を抱え、動かなくなった。

口をぱくぱくさせて、喘いだ。

二人目は薪割の男だった。

それは最初の男が市兵衛へ襲いかかったのに合わせ、前から踏みこんで薪割をふり上げたのだった。

が、市兵衛の後ろよりかえした前へのひと突きが、薪割の鼻柱をくだいた。

竿が束《つか》の間《ま》に前後しただけだった。

男は薪割を上段へふり上げた格好で仰《の》け反《ぞ》った。

市兵衛は顎の上がった薪割の喉へもうひと突き、突き入れた。

堪らず男は薪割の重みに引きずられて仰向けに倒れると、堤端より横川の河岸場へ悲鳴を上げながら転がり落ちていった。

そのとき、腹を抱えて跪《ひざまず》いた最初の男の両側から二人の男が、「おどれえっ」と突進してくる。

さらにもうひとりが横へ廻って打ちかかってきた。

市兵衛は後ろへ一瞬ふり向き、鋭いふた突きを裾端折《すそばしょ》りの膝頭《ひざがしら》へ、かんかん、と音も高らかに見舞ったから、ひとりは「ああっ」と前へつんのめって転び、ひとりは「あつつつ……」と、足を抱えて片足でくるくる舞った。

しかし市兵衛はすでに正面へかえしている。

横に廻った男は、即座に前へ突進する市兵衛の鋭い変化に応じきれなかった。

後ろから前へとかえす体勢で突き進みつつ、頭の顔面へけん制の突きを繰りかえし浴びせた。

竿が、びゅんびゅん……とうなった。

竿の先が襲いかかる蜂《はち》の動きのように変幻自在で、頭にも周りの男らにも捉《とら》えられなかった。ただ目先を、びゅん、とうなって交錯する鋭い威嚇《いかく》に、たじろいで後退《あとじさ》る格好になった。

「野郎、ぶ、ぶっ殺す」

だらだらと逃げながら、頭が懐のどすを抜き放った。

「てえいっ」

と、勇ましく叫び声を上げたが、退《ひ》き足《あし》の体勢はすきだらけだった。

「それっ」

市兵衛のひと突きが頭の叫んだところの口蓋《こうがい》を襲った。

「があぁっ」

頭が叫んだ拍子《ひょうし》に、折れた歯が吹き飛んだ。

顔をそむけ、よろけた。
よろけた頭の前へ二人、三人と、男らが踏み出した。
一瞬、間はつまったが、続けざまに竿を上段よりたたきこんだ。
上段から続けざまに浴びせられ、わわわ、と男らは防戦に追われた。
と、男らが怯んだ機を見計らい、市兵衛の後ろから横に廻ったひとりへ、上段から
たたきこんだ竿をそのまま横へ薙《な》ぎ払う。
そのひと薙ぎが追いすがろうとする男のこめかみを、ばちん、と痛打した。
男は喚いて河岸通りをくるくると横転する。
すかさず竿を上段へかえした刹那《せつな》、いまひとりが通り端の塀ぎわで見守っていたお
鈴へ襲いかかった。
「くそおっ、女を道づれだあ」
お鈴の悲鳴が上がった。
しかし、ふりかざした男の棒に躍動した市兵衛の竿がたちまちからみついた。
からみつかれた棒は竿の回転にまきこまれ、男の手を離れて風車のように廻った。
男は風車に目を奪われた。
その顔面へひと突き、浴びせた。

二突き、三突き、と続けた。

顔が板塀と竿の突きの間でひしゃげ、男は泣き声になり塀ぎわに尻餅をついた。

鼻血が噴きこぼれた。

さらにひと突き、とかまえたところを、

「唐木さん、もう許してあげて」

と、お鈴があまりの惨状に逆に市兵衛を止めた。

「わかりました。お鈴さんがそう言うなら」

だが、歯を折られて戦意を喪失した頭が口を覆い、乱闘の場からよろけつつひとり
離脱しようとしているのを、市兵衛は見逃さなかった。

「頭、おぬしひとりを逃がすわけにはいかぬ。仲間の面倒を見てやれ」

市兵衛は逃げる頭の背中目がけ、竿を槍のように投げた。

ひゅうん、と音をたてて飛んだ竿は、男らの目が追った先で裾端折りの両脚の間に
からまって、頭は「あ、はあ」と他愛《たわい》なく転んだ。

そうして転んだまま起き上がれず、口から血を垂らしてうずくまった。

市兵衛はお鈴を背にし、わずかに膝を折って刀の鯉口《こいぐち》をきった。

「まだやるか。次は真剣で相手をするぞ」

残った男らは互いに顔を見合わすばかりで、もう手出しはできなかった。

さんぴん侍の物干し竿一本に歯がたたず、しかも束の間にこれほど痛めつけられるとは思いもよらず、身がまえても攻めかかるのをためらっている。

そのとき、どこかの見世のすががきが、河岸通りの乱戦が収まるのに合わせたかのように止《や》んだ。男らが河岸通りのそこここに倒れ、うめき声だけが河岸通りに痛々しげに流れた。

「お侍さん、いい男だね。うちにお揚がりよ」

局見世の二階の出格子窓から見物していた年増女郎が、声をかけた。

年増女郎は真っ白な白粉を塗りたくって、口紅と鉄漿《かね》がてらてらと光っている。

市兵衛は年増女郎を見上げつつ、鯉口をかちりと納めた。

「今は仕事中なのだ。いずれな」

女郎に言い、お鈴へ笑いかけた。

「お鈴さん、いきましょう。駒吉の勝手口まで送ります」

河岸通りから局見世と局見世の間の路地へ入った。

「唐木さん、わたし思い出しました。さっきの請け人の話を誰に聞いたのか」

お鈴が市兵衛へふり向いた。

「誰にです？」

「お客さんです。橋町の置屋《おきや》に奉公している若い衆でした。わたしが御家人の娘だと聞きつけて遊びにきたと言っていました。そのお客さんが、武家の女をもっぱらに請け人をしている人が本所にいるって言っていたのを思い出しました。請け人は江戸の武家の女を水戸へ身売りさせずいぶん儲けているって。水戸はとても景気がよくて、殊に江戸の女は人気が高いって言っていたような……」

「橋町なら花町がありますね。置屋の名はわかりますか」

お鈴は小首を左右にふった。

「でも、若い衆は仙蔵《せんぞう》という人でした。橋町のなんとかって置屋さんですけど。みっちゃんが駒吉にくるだいぶ前のことで、わたし、そのときは関心がなかったものですから。それじゃあお役にたてませんか」

「調べる町が絞《しぼ》れるだけでもありがたい。十分役にたちます」

「唐木さん、みっちゃんを助けてください。お願いします」

お鈴はそう言い残し、路地に下駄をからころと鳴らしながら駒吉の勝手口の方へ走っていった。

九

神田堀に架かる竜閑橋を渡ったとき、冬の早い夕暮れが迫っていた。

安川充広の評定日は十一月二日。残るは明日三十日と十一月朔日のみである。

多くの事が見えてきた。一方で、多くの事をつなぐ肝心《かんじん》の要《かなめ》が見つからない。

押し開く門はすぐ目の前に見えていながら、進むべき道が藪《やぶ》の中に隠れている。

そんなもどかしさがこの三日の間に、市兵衛の胸底へ澱《おり》になって溜まった。

明日、明後日、この二日で何ができる。

市兵衛は竜閑橋の橋上を渡りつつ、今宵も吹き始めた冷たい夜風に総髪に結んだ一文字髷をなびかせた。

雉子町の八郎店の、路地に三棟がコの字に並んだ奥の一棟。路地をつきあたって左へ折れれば板塀ぎわに稲荷《いなり》の祠《ほこら》が見え、祠を背に右へ折れた奥の一棟の端から三軒目に、店賃《たなちん》銀十匁《もんめ》の市兵衛の裏店がある。

その路地を曲がったとき、表戸の腰高障子に明かりが映っていた。

おや……

路地にぷんと漂っている甘辛い煮炊《にた》きの匂いに、市兵衛の物思いが破られた。

「帰ったか、市兵衛。主人の帰りが遅いから、客が夕餉の支度にかかっておる」

三畳の板敷続きの六畳に箱火鉢がおいてあり、箱火鉢に架けた鉄鍋より上がる湯気の中から、破顔した弥陀ノ介が言った。

鶏肉の炊ける甘い匂いが空腹を思い出させた。

「鳥か。美味そうだ」

箱火鉢のわきに鶏肉と葱の皿、一升徳利と湯飲みが夕餉のときを待っていた。

「鶏肉と葱、酒を買《こ》うてきた」

「鍋や皿のおき場所がよくわかったな」

市兵衛は部屋へ上がり、二刀を刀架に架けた。

「おぬしの頭の中と同じ整理整頓《せいとん》がゆきとどいておるゆえ、鍋も碗も皿も箸も、醬油も味醂《みりん》も砂糖も塩も、おき場所はすぐにわかった」

弥陀ノ介が菜箸を使い、ぐづぐづ湯気をたてる鶏肉の炊け具合を確かめた。

「もう少しだ」

「菜《な》ひたしを拵えよう。大根と人参の漬物がある。茸《きのこ》と蒟蒻《こんにゃく》があるから、それも入れよう。冷や飯に鍋の残り汁と具をまぶして食うと、美味そうだ」

市兵衛は羽織を衣桁にかけ、袖をわきへたくしこみながら台所の土間へ下りた。

「甲斐《かい》がいしいのう。女房がいらぬわけだ」

「おぬしとて独り身ではないか」

市兵衛は茸と蒟蒻を手早く刻み、ひと皿に新しく盛って鍋の具に添えた。

「おれは別嬪《べっぴん》でないとだめだから簡単には見つからぬが、おぬしは人間中身だと言うておった。器量が悪くとも中身があればよいのであろう。器量が悪いのならそこらへんに山のようにいるだろう」

「女房をもらうというのは、物事の整理整頓とは違う。思う通りには進まぬ」

市兵衛は漬物を刻みながら言った。

「お頭は、婚姻《こんいん》は、えいやあ、と何も考えず斬りこむ剣の極意と同じだと、言っていたがな」

しかし弥陀ノ介のお頭、すなわち市兵衛の兄・片岡信正は表向きは独り身である。

信正は鎌倉河岸の京風小料理屋《薄墨》の女将・佐波と、互いに心惹《ひ》かれ結ばれたときから二十数年の歳月をへて、変わらぬ相愛の思いを育《はぐく》み続けてきている。

兄・信正と市兵衛は十五、年が離れている。

父親は公儀旗本千五百石の片岡賢斎である。ただ、この兄弟は母が違う。

市兵衛は、くす、と笑い、それから言った。

「弥陀ノ介、泊まっていってもいいぞ。さけの粕漬《かすづ》けを買ってきたから、明日の朝はさけを焼いて納豆《なっとう》と炊きたての飯、それに味噌汁と漬物にしよう」

「ふむ。久しぶりにそうするか」

市兵衛は菜ひたしの拵えにかかった。

竈に架けた鍋に湯を沸かし、菜を茹でる。茹でた菜を冷やし、水気をとって少量の砂糖で味を調えた酢醤油にひたし、鰹節を削ってまぶす簡単な手順である。まぶすのは胡麻でもいい。

「左金寺兵部の銅鉱山話に出資した武家が、やはり見つかったのか」

「ああ。全部ではないがな。それと左金寺の素性でわかったことがある。それをおぬしに伝えにきた」

「わざわざすまぬ。じつはわたしにも、今日は少々もめ事があった」

市兵衛は漬物と菜ひたしを盛った皿と碗を、弥陀ノ介の前に運んだ。

「もめ事か。どんな……」

弥陀ノ介が市兵衛の盃代わりの湯飲みに、冷《ひや》の徳利酒を満たした。

「横川の河岸通りで九郎平の手下らに喧嘩を売られた。目障りだと。まあ、食おう」

食いながら話し始めた。

弥陀ノ介は甘い湯気をたてる鶏肉をがつがつと咀嚼し、湯飲みの徳利酒を勢いよくあおった。新しい鶏肉を休みなく鍋に入れて、火が通った先から瓦のような歯並みで容赦なく食いちぎり、嚙みくだき、すり潰していく。

その食いっぷりは、見ていて惚《ほ》れ惚《ぼ》れするほどだった。やがて、

「九郎平の差し金か。存外、粗雑なことをする男だな。市兵衛の動向が目障りで手下に襲わせるとは、自らやましいと明かしておるようなものだ」

と、箸を止めた。

市兵衛は鶏肉と葱を頰張った。

葱のほのかな苦みと辛みが、肉の味を少々複雑にした。

「あの男はそういう粗雑なやり方で通してきたのだ。緻密《ちみつ》な生き方をする男とは思えぬ。これまではそれで渡世ができた」

「これまではな」

弥陀ノ介の箸がまた動き出した。

「それから当然、お鈴の言うた橘町へはいったのだろう」

「うん、いってきた」

「仙蔵は見つかったか」

「橘町の置屋は見つかったが、仙蔵はとうに置屋を辞《や》めて、今はどこで何をしているのか行方は知れない。しかし請け人はほぼわかった。置屋の亭主が知っていた」

「誰だ」

「九郎平だ」

「やはり、そうか」

「間違いない。武家の婦女をもっぱらに請け人を始めたのは十年ほど前だ。水戸で江戸の武家の婦女が高く売れると知って、金に窮した武家を探し出しては身売りを持ちかけた。殊に入江町周辺の本所は微禄の御家人が多い。暮らし負けをして夜逃げを計った武家の話は珍しくない。九郎平はそこに目をつけた」

「十年も前からやっているとは、そこそこに年季の入った女衒だな」

「置屋の亭主の話では、武家の身内の身売りとなると、特に御家人や旗本ならあとでむつかしいもめ事を抱える恐れがなきにしもあらずゆえ、表だたぬように装ってはいるものの、九郎平の口利きは置屋の間では結構知られている、と言っていた」

「確かに、あまり表だつと不届き千万と、とがめを受けることもあり得る」

「今ひとつ。三、四年前、水戸の江戸町で、江戸の武家の婦女ばかりを売りにした妓楼ができた。そこが繁盛して、以来、江戸の武家の婦女は引っ張り凧《だこ》と言われている。そのため、九郎平の口利きは相当忙しいらしい。ただし、武家でも一番評判のいい旗本の婦女が少ない。旗本の身内なら、支度金は百両とも言われているそうだ。噂だが、二百両の支度金を用意された旗本の奥方がいたらしい」

二百両？――と、弥陀ノ介が人参の漬物を、がりり、とかじった。

「この夏の五、六月ごろ、九郎平が置屋の亭主にある旗本の一家の様子をしきりに訊ねていた。薬研堀の埋めたて地より若松町へ抜ける小路に屋敷をかまえる安川家のことをだ。殊に娘の十四歳の瑠璃のことをずいぶん気にしていたそうだ。充広がお熊から借金をし、左金寺兵部が差配する銅鉱山へ出資したのは六月だった」

「橘町と安川家の屋敷は近い。安川家の瑠璃の器量は界隈では評判だ」

「思うに、充広の場合は左金寺が必要な金を集めるためというより、その詐欺話に九郎平が瑠璃の身売りを狙ってあえて充広を誘いこんだとも考えられる。家督をつぐ前の十六歳の若侍にこれほどの詐欺話を仕かけるのは、詐欺を働く方も普通ならためらうだろう。だが、請け人の九郎平にしてみれば、旗本・安川家の瑠璃の身売りを狙ういい機会だったとすれば、若い充広を出資話に誘いこんだのは頷ける」

「市兵衛、昨日、おぬしが言っていた、左金寺らのでたらめな出資話にまきこまれた貧乏御家人だがな……」

弥陀ノ介は、獅子鼻《ししばな》の大きな穴をふくらませ息を吸いこんだ。

「配下の者が本所の御家人をひとり見つけてきた。おぬしの推量通りだった」

「もっといると思うが」

「簡単に言うな。今のところはまだひとりしか見つかっておらん。ひとり見つけただけでも大したものだ。でだ、その御家人が、絶対に誰にも話してくれるな、誰にも話さぬ表沙汰にせぬ、と約束するなら話してもよいと言うたのだ。おれはこれからそれをおぬしに話して約束を破るわけだが、御家人はなぜ誰にも話すなと言うたと思う」

「左金寺らが騙《だま》しとった出資金をかえしたか」

「なんだ、話し甲斐のない男だのう」

弥陀ノ介は不満そうに、咀嚼した人参を飲みこんだ。それでも、

「左金寺が自らかえしに訪れ、この出資話はわれらの読み誤りゆえ、損失はわれらが負うと言うてな。充広がお熊を斬る一件が起こったあとだ」

と、続けた。

「それればかりではないぞ。まさに今朝、中山半九郎、細田栄太郎、松平三右衛門の三人が訪ねてきた。元手は左金寺がかえしたであろうが、倍以上には間違いなくなると

言うて誘った儲け分はわれらが負担する、決して偽りを言うて誘ったのではない、と金を渡し、弁明に努めた」

「同時に、誰にも話すな、表沙汰にしてくれるな、と約束させられたのだな」

「いかにもだ。先廻りするな。御家人は恐縮した。何しろ相手は元勘定吟味役だし、倅らは今、公儀高官に就いておる。身分が違う。そりゃあ畏れ入るだろう」

「その御家人は、どういう筋から見つけたのだ」

「以前、金貸しのお熊から金を借りたことがあった。そっちの筋から見つけた」

「そんな貧乏な御家人が出資金をどうやって捻出《ねんしゅつ》できた」

「微禄でも扶持米《ふちまい》はある。扶持米が担保になった。明日と明後日、お熊の筋から出資話に誘われたほかの貧乏武家を捜すつもりだ」

弥陀ノ介は肉の塊《かたまり》をひと口に頰張り、たらり、と肉の脂《あぶら》を垂らした。

「その手があったか」

市兵衛は湯飲みをかざしたまま、考えつつ言った。

「九郎平が、お熊に借金をしたことのある微禄の御家人らに儲かる出資話があると持ちかける。出資金は微禄でも、扶持米を担保にしてお熊が金を貸す。もし武家に身売りできる娘か女房がいれば、担保なしでも貸したかもしれぬ。中には小金を蓄えている者もいただろう」

「その中に、八重木百助や若い充広がいたのだな」

「微禄でも扶持米を担保に金を貸せば九郎平には儲けがあったし、左金寺らは、集める事情のあった金を出資金として集めることができたはずだ。むろん出資金はかえさない。出資には儲かることも損をすることもある、と言ってだ。まとまればそれなりの額でも、一人ひとりの暮らしが破綻《はたん》するほどの額ではない」

「御家人がお熊から借りた金額は七両だった。それにこつこつと蓄えた八両の金を合わせて十五両を出資した」

「出資話に誘われた御家人らは、表沙汰にして九郎平や左金寺、ましてや中山らを訴えたりはしない。武家には体裁がある。武家が欲を出してでたらめな儲け話で損をした挙句、己の不始末は棚に上げて訴えるなどみっともないとな」

「そうとも、武家の面目がたたぬ」

「だが九郎平は欲に目がくらみ、充広と八重木百助を巻きこんだ。勧誘する相手を間違えたのだ。充広には扶持米の担保はないし、八重木に出させたのは頼母子講の懸銭だ。不確実な二人を巻きこんだことによって左金寺らの企《くわだ》てに齟齬が生じた。充広がお熊を斬ったことが齟齬の始まりだ。また八重木一家を水戸へ欠け落ちするよう導き中川で消した。それもおそらく、消さざるを得ないなんらかの齟齬が生じたからだ」

弥陀ノ介は肉塊を大きな口へ運び、ほ、ほ、と口の中で転がした。

「よく食うな」

「まだ腹半分だ。おぬしももっと食え」

と、皿の鶏肉をぐづぐづと煮たった鉄鍋へ放りこんでいく。

「酒はあるぞ。もらい物だが、灘《なだ》の下り酒だ」

一升徳利が早や空《から》になって、市兵衛は三升入りの角樽を台所から提《さ》げてきた。

さあ、いこう――と、栓《せん》を抜いて弥陀ノ介の湯飲みへついだ。それから自分の湯飲みへもつぎながら、

「頭は左金寺兵部……」

と呟いた。

「粗雑な九郎平では無理だ。中山ら三人は元役人の役得にはたかるが、己らがたくらみを廻《めぐ》らす度胸はない。あの者らは一番、狡《ずる》い。左金寺はどういう素性なのだ。江戸の名士を集めたからと言って、あれほどの信用を得られるまでには、もっと何か事情があったのではないか」

「左金寺の素性については、天の木堂に出入りしている江戸の名士の方々に、本日、

おれが足を棒にして訊いて廻った」

「それはご苦労だった」

「左金寺兵部は常州の鹿島の生まれらしい。武家かどうかわからんし、左金寺という姓も少々怪しい。水戸学の左金寺家の一門につらなる者と称しておるものの、藤田幽谷の高弟に左金寺なにがしがいたかどうか定かではない。ともかく鹿島から水戸へ出たときか、江戸へ出たときから左金寺兵部と名乗っていた。骨董を始めたのは水戸の骨董商の下で働いていたからだ。若いのに骨董に目利きの才があった」

市兵衛は、あの茅葺の茶室で茶をたてていた風流人の風貌を思い浮かべた。

「江戸へ出たときはまだ二十歳前だった。浅草の小さな店で骨董商を始めた。左金寺の目利きの才は本物らしい。客がついて店は儲かった」

「小さな骨董商でも元手はいる。二十歳前の若い男にどうやって元手が作れたのだ」

「それはわからん。しかし二十代ですでに向こう両国の元町《もと》に新店をかまえ、そのころから江戸の名士とのつながりができ始めたと言われている。たぶん骨董を通じてな。骨董商を生業にしながら、詩文に俳句、川柳、書画、あるいは食通の会などを催し、江戸の名のある人物を招き、親交を結んだ。名士は新たな名士を呼び、大店の商人、資産のある者、大名屋敷の重役、公儀の高官らが集まるようになった」

「中山、細田、松平の三人とはそのころ知り合ったか」

「間違いない。じつはこの話は全部、中山ら三人の家の家人らから訊き出したのだ。われらご公儀の下っ端の小人目付、下っ端には下っ端のつながりがあるのだ。存外役にたつだろう。はは……」

「九郎平は骨董趣味で左金寺と知り合い、趣味の交友と言っていた。そんなことはとうてい真に受けられぬ。二人のかかわりは？」

「きっかけは骨董だろう。ただ左金寺は三十をすぎたころ、奈々緒という女房をもらった。奈々緒はな、九郎平の女房・お蓮の妹だ」

するとと九郎平と左金寺は義兄弟……

「それでかどうかはわからぬが、奈々緒を女房にもらったころより左金寺は浪人貸しを始めた。つまり金貸しだ。左金寺の催す様々な会に集まる名士方は、名は知られていても、そう金持ちというわけでない。名士らに貸しつけ、さらに名士らを通し、信用のおける方々をご紹介いただければ、と相応の顧客を広げていった」

弥陀ノ介は大根の漬物をかじった。

「左金寺が天の木堂を手に入れたのは骨董の商いで儲かったからではない。あの男は浪人貸しで財を成したのだ。浪人貸しの元手は、お熊にも金貸しをやらせていた義兄弟の九郎平というわけだ」

市兵衛は葱と茸、蒟蒻をとった。

「もっと肉を食え、肉を。それだからおぬしは痩せておるのだ」

「こっちのことはいい。話を続けてくれ」

「天の木堂を開いたのは七年前だった。北十間堀を挟んで、押上村と小梅村の風光明媚な景色が広がっておる。風流を求めて江戸の名士が集まる景勝の地だ。折りしもその前後、左金寺は中山ら三人と組んで、天の木堂に集まる金持ちらから元手を募り、金貸しばかりではなく、米相場、両替相場、為替の売り買いとか、様々に運用し、そちらで動かす金の方がはるかに大きくなった」

「わかる。浪人貸しとは桁が違っているだろうな」

「中山らが、元の役場の伝を頼ってご公儀の施策の内情をいち早くつかんで左金寺に運用の助言をする。儲けが出ればそれがまた評判を呼び、金の使い道のわからぬ新たな金持ちが天の木堂に集まる、という金が金を呼ぶ仕組みだ」

市兵衛の脳裡に「金持ちの蔵に眠っている金を世に旅だたせ、世の中に役だてる」と言っていた左金寺の言葉がよぎった。

「金持ちが蔵に眠る金を左金寺らに預け、左金寺らがそれを元手に運用して利息を手にする。あるいは手間賃を稼ぐ。それ自体とがめられる行為ではない。相場に手を出せば、それこそ儲かりもし損もする」

「ふむ。そこがまた微妙でもある。儲かるときもあれば損をこうむる場合もあると理はわかるが、儲かっていた間は金が金を呼んでいたのが、儲からぬとなると途端に金は逃げていく」

「退いた波は戻ってくる。だからこそ出資なのだ。天の木堂を七年前より営み、何ゆえ今になって埒もない銅鉱山話が出てくる。ありもしない出資話に小禄の御家人を巻きこみ、しかもそこには江戸の武家の婦女が水戸へ身売りする話までがかかわっている。七年も続いた天の木堂を自ら損《そこ》ねる事態になるのではないか」

「去年から江戸為替に手を出してつまずいたらしい。江戸為替、知っているか」

「大坂の蔵屋敷が江戸の屋敷へ送る金を為替でやりとりするのだ。両替商が間に入り、手数料を稼ぐ仕組みだ」

「ほお、そんなやり方があるのか」

市兵衛はゆっくり頷いた。

「ともかく左金寺はその江戸為替とやらで大損をこうむり、資金繰りが苦しくなった、と聞いた」

「そこで出資者への配当金と今後の運用の元手を新たに調達しなければならなくなった」

「おれにはよくわからんが、そういうことなのだろう」

「大口の元手に儲けの配当がないと知られれば、お金持ちはたちまち出資金を引いていく。当座の資金繰りが、この夏ぐらいまでにまず必要だった。それで三峰山の銅鉱山か。馬鹿な。見え透《す》いた手だ」

「左金寺は、七年の年月をかけて築き上げた天の木堂が一夜の夢のように消え果てる風流を、笑って受け入れるべきだった。千金を手にする大志を抱いて江戸へ上ったころの己に戻る、とな。しかし左金寺は、子供でも考えそうなほら話にとりつかれた」

「そのほら話に乗せられた者らはいる。そうして安川充広の一件が起こったし、八重木百助一家の欠け落ちと、中川の一件も起こったのだろう。これだけのことがわかれば、安川充広のお態斬りは斟酌される余地が十分あるのではないか。侍にあるまじきふる舞いだったとしても、まだ十六歳だ」

弥陀ノ介が湯気の向こうから勢いこんで言った。

「ただし、何ひとつ証拠がない。すべてが推量だ。推量では充広を救い出せない」

推量……と、弥陀ノ介が湯気の向こうでうなった。

「弥陀ノ介、表沙汰を拒《こば》んでいる御家人に事情を伝え、評定の場で事を明らかにしてくれるように説得できぬか。御家人の陳述があると少しは違うと思う」

「お、おお、やってみる。やってみるとも」

「それと、八重木百助の妻が水戸で生きていれば、左金寺や九郎平、中山らが結託して何を企み、何をやったか、妻から訊きだせるはずなのだが」

「そうだ、それもあったな」

「けれども評定日まで、明日と明後日の二日しかない。間に合うかどうか」

そのとき、路地を吹く夜風が表の腰高障子を、がた、と鳴らした。

二人は、行灯の明かりが届かない暗がりの中に薄っすらと白く浮かぶ障子戸へ目を移し、更けゆくときを思い出した。

「余談だが、左金寺は江戸へ出てきたとき、ひとりではなかった。左金寺家の水戸からの使用人とも、鹿島のころの幼馴染みとも言われている男を従えていた。男は今も左金寺に、家臣のように仕えておるそうだ。その者、小柄な痩せた男のようだが、じつは鹿島流の凄腕《すごうで》らしい」

弥陀ノ介が暗がりへ目を投げたまま、ぼそ、と言った。

ああ、あの若党か……

市兵衛は天の木堂で顔を合わせた若党風の男の、虚空《こくう》へさまよう暗く沈んだ眼差しを思い出した。

十

夜風が本所四ツ目の通り南割下水わきの、御徒衆組屋敷の小路に吹いていた。

籐笠をかぶり野羽織野袴の二本差しの士と、菅笠に黒琥珀《くろこはく》の長合羽《ながガっぱ》をまとい杖《つえ》を手にした女、そして両天秤《りょうてんびん》を担《かつ》いだ供の中間が組屋敷の一戸、御徒衆組頭・篠崎伊十郎宅の表戸に立った。

野羽織野袴の士が、黒い手甲《てっこう》の拳で表の板戸を数度叩いた。

「お願い申します。お願い申します。こなたさまはご公儀御徒衆組頭・篠崎伊十郎さまのお住まいとうかがい、お訪ねいたしました。お願い申します」

板戸をたたく士の声を、乾いた夜風が吹き消してしまいそうだった。

だがほどなく、戸内より家人の声がした。

「はい。こちらはご公儀御徒衆組頭・篠崎伊十郎の屋敷でございます。お名前とご用件をおうかがいいたします」

「このような夜分に、畏れ入ります。それがし、水戸城下にて町方与力を相勤めます菅沼善次郎と申します。篠崎伊十郎さまに急ぎご面会申し上げたき子細あって、水戸より先ほど江戸表に到着いたしました」

水戸城下町方与力・菅沼善次郎が、張りのある声を組屋敷の小路に響かせた。

「つきましてはそれがし、当組屋敷御徒衆・八重木百助どのご妻女・八重木江どのを水戸よりおつれ申しております。江どのをおつれ申した委細をお伝えすべく、当組屋敷におうかがいいたした次第。何とぞ篠崎さまにおとり次ぎをお願い申し上げます」

「ええっ、八重木江さまをでございますか。少々、今少々お待ちくださいませ」

家人があわてて土間を鳴らす音がした。

ほどなく表戸が開けられ、菅沼善次郎と八重木江、そして供の中間は入り口の土間に続く竈のある土間へ下男に通された。

「こちらの方が囲炉裏があって暖こうございます。旦那さまもお内儀さまもおられますゆえ、どうぞこちらへ」

と、下男は三人を導いた。

敷居をまたぐと、土間続きの囲炉裏部屋に篠崎と妻、十七、八歳の娘が啞然《あぜん》とした様子で立ちすくんでいた。竈の側には、前垂れをした下女が、訝しげな眼差しを三人へ投げて佇んでいた。

籐笠をとった菅沼は、主人の篠崎伊十郎へ改めて名乗り、後ろに控える江に、

「さあ、江どの」

と、促した。

はい――と、江は進み出て、菅笠をとり、笠の下につけた手拭《てぬぐい》もとって囲炉裏部屋の篠崎夫婦と娘に、黒琥珀の長合羽をまとった痩身を折った。

「ああっ」

と、篠崎の一家三人は驚きの声を上げた。

頭をもたげた江の相貌には、紫色の痣が目元から首筋に無惨に残り、薄っすらと口紅を刷《は》いた唇には疵ついたむごたらしい痕跡を留《とど》めているものの、同じ組屋敷の住人として見慣れた八重木百助の妻・江の面影を間違いなくとり戻していた。

長屋見世の番小屋の若い者のかききった首と匕首を両手に下げ、激しく長い暴行を浴びせられ目もふさがるほど腫れ上がり歪んだ顔を血まみれにし、水戸城下江戸町の表通りを騒がせたあの日から、五日がたっていた。

「篠崎さま、このたびは篠崎さまはじめ御徒衆のみなさまに大変なご迷惑をおかけいたし、申しわけなく思っております」

喉を傷《いた》めた低い声で、それでも懸命に言った。篠崎は江に応えるより先に、

「う、梅之助を、すぐに、すぐに呼んできなさい。母上が戻ったと」

と、隣の娘に大声で命じた。

は、はい——と、娘が奥へ急いで消えた。

「梅之助は、無事だったので、ございますか」

江が紫の痣の痛々しい目を見開いた。

「おお、無事だ。無事だとも。息災にしておるぞ」

篠崎は首を大きく江へふった。

そのとき奥から「母上えっ」と、甲高い声が叫び、廊下を駆ける子供の足音がした。

江は声の方へ目を瞠《みは》った。

とんとんとん……と、足音が近づいてくる。

「母上えっ」

囲炉裏部屋へ、五歳の梅之助の痩せた小さな身体が走りこんできた。

梅之助は土間の母親の風貌に、一瞬、きょとんとした。しかし、

「梅之助……」

江のせつなげな声がもれた途端、ためらいもなく小さな身体をはじかせた。土間へ飛び下り、がくりと跪いた江の胸に飛びこんだ。

「母上っ」

「梅之助っ」

母と子はひっしと抱き合い、それから「わっ」と慟哭《どうこく》した。

江にしがみついた梅之助は、泣きながら怒りをぶちまけた。

「どこへいってたんだよ、母上の馬鹿あっ」

「ごめんね、ごめんね……」

江はそう繰りかえすばかりで、それ以上の言葉にならなかった。

母と子の有様に、周りのみなが思わずもらい泣きをした。

菅沼は母と子の様子を、目を潤ませつつも安堵《あんど》の表情になって見守っていた。

篠崎は唇を噛みしめ、こみ上げる思いをぐっと堪えているが、その痩せた頬をひと筋二筋と涙が伝った。

「はあ、なんとまあ」

溜息《ためいき》と一緒に気を自ら静めるように言い、土間の菅沼と目を合わせた。

「あ、これは失礼いたしした。お客さまを立たせたままで。菅沼どの、どうぞ、どうぞこちらへお上がりくだされ。これ、茶の用意をせぬか」

篠崎はすぐさま手をついた格好で妻を促し、母と子の様子に気を奪われていた妻と娘があわてて篠崎の隣に手をついた。

「遠いところを、ご苦労さまでございました。座敷は寒うございます。騒がしゅうございますが、どうぞこちらの囲炉裏におあたりくださいませ」

妻が言ったとき、表戸を勢いよく開ける音がし、

「ごめん、篠崎どの。八重木夫婦が戻ったと聞いたが、まことかあ」

と、大声が家中に響いた。


その夜も、北十間堀に吹く夜風は冷たかった。

枳殻の垣根に囲われた裏庭に風が巻いて、縁側にたてた明かり障子を気まぐれに叩いていた。

行灯の薄い明かりが、客座敷に今宵も鳩首《きゅうしゅ》をそろえた男たちの影を夜風に震える明かり障子に映していた。

影の中の中心のひとつ、左金寺兵部が低い声を絞り出した。

「やむを得ぬ」

左金寺兵部の左右、右に峰岸小膳、高木東吾、そして巨漢の校倉源蔵。左には九郎平が怒らせた肩の間に首を縮めてむっつりとし、九郎平の隣に小柄な徳山坂内が頭を垂れて畏まっていた。

座敷は火の気がなく、冷えびえとしている。

「やりますか」

左金寺のひと言に、峰岸が応えた。

高木が「やるか」と峰岸へかえし、校倉は突き出た額《ひたい》の下に目が窪み、頬から顎の先までの長い自身の顔を、巨大な掌で闘志をかきたてるかのように「うおお」とうめきつつ激しく叩いた。

腕組みをした九郎平は校倉の仕種を睨みすえ、やがて笑みを浮かべた。

「妙にすばしっこい野郎だった。けど、峰岸さんらに敵《かな》うわけがねえ。きっちり、始末をつけてくだせえよ」

「任せろ」

峰岸は九郎平に言い、左金寺へ目を移した。

左金寺は腕組みをして、目を伏せた相貌が険しく曇っていた。

みなが見守る中、次の言葉が出ず、明かり障子が風に吹かれてゆれた。

「やむを得ぬ」

沈黙ののち、左金寺が繰りかえした。

「ささいに見える油断が礎《いしずえ》をも損なう。これはその始まりなのかもしれぬ」

九郎平が「ええ？」と、左金寺へ顔をひねった。

「九郎平、つまらぬ欲をかいたな」

左金寺は峰岸らへ目を向けた。

「八重木一家は誰にも見つからぬよう綺麗に始末すべきだった。子供も女房もともにだ。わたしはそのように指図した。考えの足りぬ者は物事の高をくくる。高をくったつけは、どうせいつかは払わねばならぬのにな」

坂内をのぞいた四人が左金寺の言葉を待った。

「子供が戻ってきた。女房は水戸へ売られ、生きておるときた。おまけに、唐木市兵衛を襲うなら、なぜ一気に息の根を止めぬ。目障りだから痛めつけてやれとは、半端なことを。まさに沙汰の限りだな、九郎平。だが、本《もと》を正せば、誤ったのはわたしかもしれぬ。安川の小僧や八重木百助らをわれらの目論見に引きこむのを許した。わたしの油断だ」

九郎平が顔をしかめた。

「さらに本を正せば、中山や細田や松平の三人だ。あの者らは旬《しゅん》のすぎたすえた茄子《なす》だ。臭くて食えぬ。さっさと見きりをつけるべきと思っていたのが、遅れた」

左金寺は自らを嘲《あざけ》るように、かすかに笑った。

「事情が変わった。唐木市兵衛はやはり消そう。安川の小僧の評定を乗りきれば一段落だが、あの男、妙にまっすぐだからやっかいだ。それにあの男の素性も気になる」

「だからそれは、昨日おれが……」

言いかけた九郎平を左金寺は睨んだ。

「事情が変わったと言っているだろう。昨日は八重木百助の女房と倅が生きていることは知らなかった。三人がどこぞに欠け落ちし行き方知れずである限り、懸念はなかった。女房と倅が生きていたことにより遠からず、目論見は明らかになると見た方がいい。唐木市兵衛を消すのは安川充広の評定を乗りきり、ときを稼ぐためだ」

「ときを稼ぐ？　なんのために」

「天の木堂は捨てる。江戸を去る。それもなるべく早くだ」

「ええっ、ここまでにした天の木堂を、捨てるのかい」

九郎平のみならず、峰岸ら三人も怪訝《けげん》な顔つきで左金寺を見かえした。

坂内だけが、身動きひとつしない。

「九郎平、わたしだけではないぞ。あんたもだ」

「な、なぜおれが江戸を捨てなきゃならねえ。おれは鐘の下の顔役だ。あんたがどこへずらかろうと、おれはこれまで通りさ」

「八重木一家の始末が露見するかもしれんのだぞ。打首獄門だぞ」

「小倅が、見つかっただけじゃねえか。五歳の子供に何がわかるってんだ。女房の方だって、役人でさえ踏みこむのを恐れる地獄の局見世だ。見つかりゃあしねえよ」

「そういう考えが高をくくると言うのだ。おれとあんたは縁あって義兄弟になった」

「そうよ。あんたはわたしの融通した元手があったから、しがねえ骨董屋だったのがこんな結構な天の木堂の主人に納まったんだ」

「元手はあんたが出したが知恵はわたしが出した。儲けさせてやったろう。よく考えろ九郎平。ふせぎ役などと偉そうな顔をして女郎にたかり、人に金貸しをやらせ、美味い物を食い、上等の着物を着て肩に風をきって歩く。そんな暮らしがいつまで続くと思っている。妬《ねた》みそねみを買い、いずれ誰かに讒訴《ざんそ》され、縄目を受けるのが落ちだ」

　九郎平は左金寺から顔をそむけた。

「のみならず、貧乏御家人や旗本の女房や娘の身売りを持ちかけ、請け人と称して水戸の女郎屋に売り払う。法度に違背はなくとも、無礼千万不届き至極と、とがめを遠からず受けることになるぞ。安川の小僧の評定で、あんたが請け人をしていることをとり沙汰されるのがまずいとは、思わぬのか」

左金寺の言葉に九郎平は唇を尖らせ、怒った肩の間に首を沈めた。

「九郎平、わたしとあんたは似ている。どこが似ているかわかるか」

九郎平は顔を左右にふった。

「金の臭いを嗅《か》ぐと、人が変わるところが似ているのだ。金になると思うとなんでもする。殺しでもな。だが、九郎平、なんのために金を儲ける。ええ？　なんのためにだ？　ふん、そんなことはどうでもいいか。ただ金が欲しいか。それだけか。けっこうだ、九郎平。わたしとあんたは、ともに金の数寄者《すきしゃ》なのだ。数寄心がわたしとあんたを結びつけた。そうだろう。骨董など、あんたにはどうでもよかったではないか」

それから左金寺は一同を見廻した。

「江戸に見きりをつけるときだ。着の身着のままでたつわけにはいかぬ。急いで支度にかかり、支度ができ次第、江戸を離れろ。水戸で落ち合い、先のことはそこで思案しよう。ともかく、十分な元手が要る。少しでもときが必要だ。峰岸さん、唐木市兵衛の始末をお願いしますよ」

「任せろ。われらも左金寺どのとともに江戸を出る」

峰岸が赤鞘《あかざや》の大刀をつかみ、とん、と鐺《こじり》を鳴らした。

「坂内、いってくれるな」

左金寺が坂内に言い、坂内は黙って頭を下げた。

「ふん？　高が痩せ浪人ひとり、われらだけで大丈夫だ」

「坂内は唐木市兵衛の顔を知っている。それにあの男、どれほどの腕前かわからぬ。九郎平の手下らは、手もなくあしらわれたのだろう」

「左金寺どの、女郎屋の破落戸《ごろつき》とわれらを一緒にしてくれるな」

「女郎屋の破落戸たあ、なんでえ」

「やめろ。ささいなことでいちいち目角《めかど》をたてるな。峰岸さん、坂内の指図に従っていただく。いいですね」

「うう……わ、わかった」

「坂内、速《すみ》やかにすましてきてくれ。念のためだ。顔は見られるなよ。戻りは、夜が明けてからさり気なく戻ってくるがいい」

坂内はまた黙って頭を垂れた。

「唐木市兵衛、惜しい男だが。負けはせぬ」

左金寺兵部は、夜風に震える明かり障子へ物憂げな目を投げ、自らに呟きかけるかのようにそう言った。

第三章　逆井河原《さかさいがわら》

一

夜風が路地裏を、ひゅうひゅうと舐《な》め廻《まわ》っていた。

佐柄木《さえき》町の丹前風呂《たんぜんぶろ》の軒下《のきした》に架《か》けた弓と矢の看板が、風にゆれている。

犬の遠吠《とおぼ》えはとうに途絶え、多《た》町の女郎も眠る丑三《うしみ》つどき、雉子町八郎店の暗がりに黒い人影が忍び寄った。

雲の晴れた天空に月はなくとも、満天の星がきらめいている。

影は四つ。八郎店の木戸をくぐり、どぶ板を鳴らさず、深々と踏む草鞋《わらじ》の音だけが静けさを破っていた。

四つの影は、先頭に立っていくそれが幾《いく》ぶん小柄で、続く中背の二つ、後尾のひとつは裏店《うらだな》の軒をこえる巨漢だった。

みな菅笠《すげがさ》をかぶり、笠の下は目ばかりを出した黒頭巾《くろずきん》。手には手甲《てっこう》をつけ、袴《はかま》を脚絆《きゃはん》で絞《しぼ》り、腰に帯びた二刀も重々しく、用意は周到である。

奥の棟《むね》に突きあたって、路地を左右に折れる辻があった。

そこで先頭と中背の二人、巨漢のひとりが二手に分かれた。

巨漢の黒い山が、稲荷《いなり》の祠《ほこら》のある路地の奥へ動いていく。

その影が祠のあたりの闇にまぎれるのを確かめ、小柄な影は奥の棟の右端より三軒目の前へ二人を率《ひき》いた。

三人は、市兵衛の店の板戸の前に足を止めた。

「どうする」

後ろのひとりが小柄な影を見下ろし、忍び声で言った。

小柄な影、徳山坂内は峰岸へふりかえり、繊細《せんさい》な声を夜風に戯《たわむ》れさせた。

「わたしが先に入ります。あなた方はここにいてください。中で片がつけば終わりましたと伝えます。さすれば手筈《てはず》通り、静かに戻りましょう」

戻りは昌平《しょうへい》橋から外神田の河岸通りへ出て、本所の勤番侍を装って色里より朝帰りの客待ちをする猪牙《ちょき》を拾い、北辻橋まで戻る手筈だった。

「逃げればあなた方がここで待ちかまえ、中と外で挟み撃ちにして倒します」

「いや。まずおれと高木が入ろう。おぬしがここで逃げてきたところを討て。道場の腕は知らぬが、実戦はおれたちに任せろ」

峰岸の黒頭巾がとぐろを巻いた蛇のように夜風になびき、高木が頷《うなず》いた。

「お好きなように。では、どうぞ」

坂内は路地のわきへさがり、峰岸と高木が、ふっ、と吐息をもらし進み出た。

高木が粗末な庇《ひさし》下の板戸をゆっくりとはずした。

代わって峰岸が、腰高障子《こしだかしょうじ》をなめらかに開ける。

峰岸が先に敷居をまたいで土間の暗闇へ身をかがめると、高木が背後に続いた。

土間の暗闇にかすかに甘い酒の匂《にお》いがたちこめていた。

板敷の向こうの、閉じた明かり障子の中に人の気配はある。

いる、と思ったとき、峰岸は土間に並べた二つの草履《ぞうり》に気づいた。

草履の腹に触れた。足の形が違っていた。

「二人いるのか」

高木が訊《き》いた。

「かまわぬ。いくぞ」

二人は刀を静かに抜き、切っ先を垂《た》らした。

三畳の板敷へ上がった。板敷がかすかに軋《きし》む。

すすっと草鞋をすり、二枚の明かり障子の方へ手を添えた。

敷居をすべる明かり障子が暗がりの中で、ことっ、とささやいたかだった。

安らかな人の呼吸が聞こえる。

長屋の裏手は、八郎店を囲う板塀《いたべい》との間に半間《げん》（約九十センチ）もない狭い通路がのびていて、そこは長屋の住人が物干し場や物置代わりに使っていた。

濡《ぬ》れ縁《えん》があって、二枚の板戸と腰障子がたっている。

最初に表から襲い、裏へ逃げたらそこに巨漢の校倉が待ちかまえている。

校倉がひねりつぶす手筈である。刀より拳《こぶし》の方が確実だという七尺近い化物だ。

それ、と峰岸が暗闇の部屋へ飛びこんだ。高木がすぐに続いた。

どど……床が鳴り、震えた。

峰岸が暗い部屋に二つの影を認めたのはそのときだった。

二人の士《さむらい》が下げ緒の襷《たすき》に袖《そで》をきりりと絞り、袴の股立《ももだ》ちをとって片膝《かたひざ》立ち、扇《おうぎ》に開いて待ちかまえていた。

二人とも刀の柄《つか》に手をかけ、すでに鯉口《こいぐち》をきっている。

しまった、と思う間はなかった。

峰岸は暗がりの中の二人の気配に誘われ、闇雲に打ちかかった。

「しゃあぁっ」

しかし一撃は、抜刀のうなりとともにはじき上げられた。

鋼《はがね》から鋼へと伝わる衝撃に、峰岸の身体《からだ》は浮き上がった。

そのまま後ろへ吹き飛び、板敷へついた一歩では堪《こら》えきれず、ひと声叫んで土間へ転落した。さらに勢い余って表戸の腰高障子を突き破り、路地まで転がり出る。

なんだ、今のは……

顔をもたげた刹那《せつな》、裏店の暗がりから一刀を下段にかまえ、風がうなる路地へ走り出てくる痩軀《そうく》の侍が見えた。それは風に乗った風神のようだった。

峰岸は恐怖にかられ、悲鳴を上げた。

最初の賊のあとに飛びこんだもうひとりの袈裟懸《けさがけ》は、天井の板を斬り破りながらも遮二無二《しゃにむに》弥陀ノ介へ打ち落とされた。

粗雑だが、実戦剣の、相打ちを恐れぬ激しさのこもった一撃だった。

弥陀ノ介は相手の懐《ふところ》へまっすぐ短軀を入れ、抜刀しつつ胴をなで斬り、右斜めへかいくぐっていく。

賊の袈裟懸は、わきをすり抜ける弥陀ノ介の背後の虚空《こくう》を打った。

泳いだ身体が数歩前へたたらを踏んで腰障子と板戸へ衝突し、吹き飛ばした。

そのまま裏の通路へ転がり落ちて八郎店の板塀に衝突し、板塀下で最期《さいご》の苦悶《くもん》にうめいた。

だがそのとき、弥陀ノ介は裏の通路に巨大な影が蠢《うごめ》いていることに気づいた。

うん？　と首を傾《かし》げた。

影は塀ぎわの虫の息の仲間へ、喉《のど》にこもった声をかけた。

それから身体をにゅうっと起こすと、顔の半分以上が軒に隠れた。

おお、でかいのう——と、弥陀ノ介は思わず感嘆した。

と、巨漢は背中を折り曲げて、のし、と部屋へ入る体勢になった。

夜風が巨漢のかぶる菅笠の影をゆらした。

弥陀ノ介の決断は早かった。

雄叫《おたけ》びを上げ、巨漢へ突進した。

「喰らえ」

必殺のひと薙《な》ぎを浴びせかけた。

仰《の》け反《ぞ》る巨漢に岩塊の体当たりを喰らわせる。巨漢をぶっ飛ばす。

はずだったが、巨漢・校倉源蔵の緩慢に見える動きが弥陀ノ介の一撃を、意外にも素早く後ろへ退《ひ》いてよけた。

弥陀ノ介は追い、二の太刀《たち》を見舞う。

その瞬間、暗闇の中から長い丸太の腕が突き出され、弥陀ノ介の顔と同じくらい大きな拳が叩《たた》きこまれた。

弥陀ノ介の頭の中で、鐘楼《しょうろう》の大鐘がひとつ鳴った。

暗闇にもかかわらず、目の前が真っ白になった。

気がついたとき、弥陀ノ介の短軀は宙を泳いで、目の前に板壁が迫っていた。

「うわあっ」

と、声を上げたのと、板壁を突き破り、隣《となり》の路地へ首から先が突っこんだのとが同時だった。

弥陀ノ介の短軀は板壁にぶら下がり、頭がぼうっとした。

どうなっているのか、さっぱりわからない。

刀はどこかへいってしまった。

そこへ、首筋をひねりつぶしそうな怪力がつかみ、弥陀ノ介の頭を板壁から引き抜き、夜空へ突き上げた。それが後ろへ一旦傾《かし》いでから、勢いよく前へふり戻された。

「そりゃあ」

校倉の喉にこもる歓喜の声が上がった。

ばり、ぐしゃ、と弥陀ノ介の短軀が再び板壁にめりこんだ。

痛いとか苦しいとかを感じる間はなく、なるほど、この板壁が破れた先に冥土があるのだなと、やっとわかった。

校倉はまたも弥陀ノ介の短軀を軽々と片手一本で持ち上げる。

「もうひとつ」

と、同じく板壁に叩きつけられ、板壁が衝撃を支えきれず震えて、くだけた板が飛び散った。

幸か不幸か、弥陀ノ介はまだ隣の冥土へはゆかず、裏の通路にぐにゃりと崩れ落ちた。崩れ落ちても、

「まだまだ……」

と、か細い声で虚勢を張った。

校倉が弥陀ノ介の前に屈《かが》み、出張った額《ひたい》と窪《くぼ》んだ目、長い頰《ほお》の下方にしゃくれた顎《あご》の奇怪な顔を近づけ、「うほほ……」と笑った。

「よく生きてるな。だが、もうちょっとだ」

弥陀ノ介は校倉へすがりつくように片手をのばし、襟《えり》に手をかけた。

そうして頭をかろうじてふった。

弥陀ノ介の額が、校倉のしゃくれた顎へ、こつん、と触れた。

「おお？　うほほ……まだ足りぬか。よし、受けてやる」

校倉は菅笠を捨て、屈んだ格好で弥陀ノ介の肩口を鷲《わし》づかみ、ぐったりした上体を起こした。

それから出張った額を一度大きく仰け反らせ、弥陀ノ介の目も空《うつ》ろな顔面へ激しくふり落とした。

岩と岩がぶつかり、くだける音をたてた。

弥陀ノ介の頭が衝撃を受け、空ろにゆれている。

校倉はそれがおかしそうに、再び額を仰け反らせ、ふり落とす。

二度目で、弥陀ノ介の窪んだ眼窩《がんか》の底の目が驚いたかのように見開かれた。

校倉の笑い顔が、またしても仰け反った。

しかし同時に弥陀ノ介の、顎骨が張って獅子鼻がひしゃげ、窪んだ眼窩の上に広い額のある顔も後ろへ反った。

そうれえっ。二人は同時に額をぶちあてた。

うほほ……と校倉が笑い、弥陀ノ介の目はさらに見開かれた。

四度目、岩塊が鳴り、どこかで、ぴしっと亀裂が走った。

さらに五度目、校倉が「ううっ」とうなり、窪んだ細い目に怒りが燃えた。

弥陀ノ介の目は、まばたきひとつしなかった。まだ生きているということは、両者が頭突きを打ち合うたびに、弥陀ノ介の総髪にちょこんと髷《まげ》の載った頭が前後に、ぶうん、とふれるのでわかるだけだった。

校倉が「邪魔だ」と黒頭巾を剝《は》ぎとった。

弥陀ノ介にはもう、音《ね》を上げる力が残っていないかのようだった。

六度目の火花が散った。

そのあと、校倉が弥陀ノ介の肩口の手を下ろし、どすん、と尻餅《しりもち》を突いた。

肩で息をし始めた。鼻息を白く吹き出していた。

「これで、もう、終わりか」

弥陀ノ介がゆれる上体を保ちつつ、ぶつぶつと言った。

ただ、窪んだ眼窩の底の目は光ったままだった。

「もう一回だ」

弥陀ノ介が言い、うう、と校倉は意地で「こい」とうなった。

弥陀ノ介は校倉の襟に両手ですがり、頭を大きく後ろへ反らせて七度目の頭突きを容赦《ようしゃ》なく浴びせた。

校倉は、がくん、と後ろへ折った首を戻すと、長い顔の中ほどにある唇を引きつらせた。胡坐《あぐら》を組んで両手を膝へ力なく載せ、丸めた肩を波打たせている。

そうして、それでもまだ下にいる弥陀ノ介を睨《にら》んでいた。

「どうした。頭突きはもうやめるか。なら、これはどうだ」

弥陀ノ介の拳が校倉のしゃくれた顎をえぐった。反対側からもうひとつ。校倉のしゃくれた長い顎がだるま人形みたいにゆれた。

校倉は胡坐のまま弥陀ノ介を睨んでいる。

「もう、ひとつ」

弥陀ノ介の拳が校倉の顎をくだく音をたてた。

校倉は顎を左右にぶらぶらさせてから、ゆっくり仰向《あおむ》けに倒れていった。

弥陀ノ介も上体を支えきれず、校倉の腹へ倒れこんだ。

校倉は、うう……と弥陀ノ介を払いのけ、腹這《はらば》いになり、長屋の裏の通路を這って逃げ始めた。

巨体が這い、物置代わりの通路においた古びた鍋や釜《かま》の山をがらがらと崩した。

住人が板戸の隙間《すきま》から、蛇のように通路を這う巨体を見て震え上がった。

「逃がさんぞ。はあ、はあ……」

弥陀ノ介が追いすがり、校倉の後ろから覆《おお》いかぶさった。

巨大な蛇に小さな鼠《ねずみ》が追いすがり、跨《またが》ったかのように見えた。

「や、やめろ。引き分けだ」

校倉が喉にこもった声を震わせた。

「まだだ。最期《さいご》まで……」

弥陀ノ介は校倉の背中へ馬乗りになり、月代《さかやき》ののびた頭としゃくれた長い顎に掌《てのひら》をかけた。全指に力をこめ、短い足を踏ん張った。そして、

「がんばれえっ」

と喚《わめ》いて、校倉の首をひねった。

ごき、と首の骨が折れた。

恐怖に駆られ、悲鳴を上げて逃げる峰岸の背後より袈裟に落とした。

「……ば、坂内ぃ」

峰岸はよろけ、路地を数歩ゆき、両手を差し出した。

刀がこぼれたのと併《あわ》せて峰岸が崩れ落ちた先に、人影がぽつんと見えた。

菅笠をかぶり、幾ぶん小柄で、物静かな佇《たたず》まいだった。

市兵衛は刀をわきに下げ、暗い路地の先に佇む人影の全身を目に隈《くま》なく捉《とら》えた。

夜風が二人の間をしきりに戯れている。

「息ひとつ乱れていませんね。見事だ」

菅笠の下の黒頭巾が言った。

「あなたは坂内と言うのか。先日、《天の木堂》でお見かけした」

市兵衛は刀を下げたまま、ゆっくりと進んだ。

「お命をいただくのですから、名前ぐらいお教えいたします。常州鹿島村・徳山坂内です。鹿島流を少々。あなたは唐木市兵衛さん。渡り用人を生業《なりわい》にしておられるそうですね。その見事な腕前、何流を学ばれた」

「我流です。奈良の興福寺で修行をしました」

市兵衛は坂内に一歩一歩近づいていった。

路地に倒れた峰岸が虫の息をもらしている。

とどめを刺して楽にしてやりたいが、市兵衛にはできなかった。

峰岸の傍《かたわ》らをすぎるころ、坂内が身を低くし、腰の刀の鯉口をきった。そして、

「南都興福寺ですか。ああ、清々《すがすが》しい。あなたに似合っている。あなたらしい」

と、少年のように言った。

二人の間は急速に縮《ちぢ》まっていた。

「なぜわたしを狙う。わけを聞かせてほしい」

「わけはありません。唐木さんは唐木さんの務めを果たすために天の木堂へ見えられた。わたしはわたしの務めゆえに唐木さんの命をいただく。それだけです」

坂内が市兵衛へ二歩踏み出し、いっそう身を低くした。

「己《おのれ》の勤めの意味を、考えないのか」

市兵衛は間をつめながら八相《はっそう》にかまえた。

坂内は応《こた》えず、ただ風が裏店の屋根屋根を吹き渡った。

両者の間は一間（約一・八メートル）をきり、市兵衛は黒頭巾の中の見覚えのある坂内の目を捉えた。

物静かだが燃える怒りや憎しみを秘めている、そんな目だった。

半間に迫ろうとした刹那、市兵衛の袈裟懸と坂内の抜刀が同時にうなりを上げた。

うなりは夜風の中で共鳴し、鋼と鋼が高らかに鳴った。

二本の刃は両者の体軀を紙一重の差を残して走り、一旦退いてゆく。

刹那、斬り上げた坂内が打ち落とし、袈裟懸に落とした市兵衛が打ち上げる。市兵衛の肩を刃がかすめ、坂内の菅笠を刃が斬り破った。

途端、両足を折った坂内が、奇声とともに下段から切っ先を市兵衛の胴へ全身をはじけさせ、突き入れる。

その切っ先に身を添わせたが、市兵衛の着物の上から胴をすべった。

だが、市兵衛が上段より旋回させた一撃は、突き入れた坂内の腕をわずかに舐めた。

先に退いたのは坂内だった。

しかし、坂内の目は笑っていた。

すばやく青眼《せいがん》に身がまえ、市兵衛の次の攻撃に備えた。

たんたん、と市兵衛は退いていく坂内を追い、さらに間をつめ、今一歩の踏み出しと同時に右八相のかまえから左下へ浴びせかけた。

かろうじて躱《かわ》した坂内の菅笠がまた裂け、刀をかえして続けて打ちかかる市兵衛の二打、三打に、坂内はさらに後退を続けた。

けれども退きながら、市兵衛の突進を阻《はば》むけん制の突きが隙を狙って飛んできた。

坂内の退き足が速くなり、途中で破れた菅笠を脱ぎ捨てた。

ひゅん、ひゅん、とうなる突きが市兵衛のほつれた髪に触れた。

市兵衛は恐れない。間はさらに縮まった。

退く坂内の先に小さな鳥居と祠があった。

そこがいき止まりである。

鳥居の手前で坂内は地を踏ん張り、反撃の体勢へ身を翻《ひるがえ》した。

が、間髪《かんはつ》入れず打ちこむ市兵衛の一撃を刀を咬《か》ませて受け止め、衝突を踏ん張った足を軸に最後の一線で、どしんと支えたかだった。

黒頭巾の下の目が市兵衛を睨み、闘志に燃え、笑っていた。そして、ずず、と押されつつも、

「唐木さん、まだまだ負けませんよ」

と、楽しそうに言った。

次の瞬間、市兵衛の背後に殺気が迫った。

「くええっ」

絶叫がうず巻き、風を斬る一撃が浴びせられた。

何も考えなかった。咄嗟《とっさ》に身体が風に乗って反応した。

風の吹くままに任せた。

市兵衛ではなく、それは風が反転したのだった。

風は、峰岸の背後よりの刃《やいば》がこめかみをかすかにかすめる真下をかいくぐり、峰岸の傍らの地面に回転した。

まだ生きている。それだけが確かだった。

市兵衛は路地を回転し、片膝立った。

そのとき峰岸は、市兵衛に抜かれた胴からも新たな血を噴きながら稲荷へ突っこみ、小さな鳥居をくだき、祠の屋根を斬り破った。

祠はすさまじい音をたてて炸裂《さくれつ》し、木屑《きくず》と板が散乱するのにまじって峰岸の身体が横転した。だが市兵衛は、

「あっ」

と思った。

坂内の姿が消えていた。

坂内を見失った一瞬、天空を高々ときらめく閃光《せんこう》が頭上から襲いかかった。

風が、ひゅるる、と鳴った。

市兵衛は閃光をはじき上げた。

そのまま風に乗った。

市兵衛の飛翔《ひしょう》はなめらかだった。

刃が夜空に舞い、星の光を集めて光ったかのようだった。

一撃をはじき上げられ、坂内の身体は均衡《きんこう》を失っていた。

市兵衛の最後のひと太刀をさけられなかった。

黒頭巾が斬り裂かれて翻り、坂内の身体は長屋の粗末な板壁へ叩きつけられた。

それから……

風が吹き、二人は流れていくときの中にいた。

坂内は板壁に凭《もた》れ、力なく手足を投げ出していた。

市兵衛は、すでにかまえをといていた。

頭巾がとれ、相貌《そうぼう》を露《あら》わにした坂内の首筋より、夥《おびただ》しい血が流れ出ていた。

未明の暗がりの中に、坂内の顔に満足の笑みが甦《よみがえ》っていた。

「すごい、唐木さん」

か細い息の下で坂内が言った。

「わたしは、鹿島の鬼神と呼ばれた師を、倒したのです。本名は坂助です。百姓の倅《せがれ》です。けど、百姓なんて、大嫌いだった。名主にぺこぺこし、侍に年貢《ねんぐ》をとられ……あなたに斬られて、武士のまま死ねる。これでいい」

市兵衛に言葉はなかった。

路地に吹く夜風が、じっと佇む市兵衛の痩軀にからみついた。

八郎店の住人が、数人ずつ固まって、路地の市兵衛をのぞきにきた。

「市兵衛さんとこだよ」

「まあ恐ろしい」

「市兵衛さん、無事なのかい」

「ほらあそこ。刀を抜いて立ってるよ」

「わ、本当だ。誰か斬ったのかい」

「そりゃそうだろう。でなきゃ斬られてるよ」

八郎店の住人らがそんなことを言い交わしていたときだった。

がんばれえっ……と喚く弥陀ノ介の声が、市兵衛の店の方から聞こえてきた。

「弥陀ノ介っ」

市兵衛は夜空へひと声叫んで、路地を駆け戻った。

二

夜風が止《や》んで、今朝も冬晴れを告げる朝日がのぼった。

本石町《ほんこく》の時の鐘が明け六ッ（午前六時）を報《しら》せてほどなく、助弥が八郎店に駆けこんできた。

朝日が降りそそぐ中、店の住人が奥の長屋のある路地に集まっているのを見て、助弥は意外に思った。

何かあったのかい。あっちは市兵衛さんの店のある長屋だな。

助弥はいやな気分を払いつつ、住人が集まってひそひそと言い交わしている路地の奥へ小走りに近づいた。

「ごめんよ、ちょいとごめんよ」

人をかき分け路地の辻まできて、市兵衛の店を見た。

ちょうど町役人が市兵衛の店から出てきたところだった。

表のわきにぼろぼろの腰高障子が立てかけてあった。

稲荷の方へ顔を翻して、助弥はぞっとした。

見慣れた稲荷の祠が壊れ果て、亡骸《なきがら》を覆っていると思われる二つの筵《むしろ》が路地に並んでいたからだ。

「おいおい、冗談じゃねえぜ」

助弥は人をかき分け市兵衛の店へ走った。

「市兵衛さん、市兵衛さん……」

路地から呼んだ。

町役人らがきょとんとした顔つきを、助弥へふり向けた。

「唐木さん、お客ですよ」

町役人のひとりが店の中へ声をかけた。

市兵衛がいつものののどかな顔を路地に見せたので、助弥は途端に拍子《ひょうし》抜けがした。

「なんだ、市兵衛さん、無事じゃないすか」

「おお、助弥。朝から早いな。どうした」

「あっしゃあ、市兵衛さんになんかあったんじゃねえかと、肝《きも》を冷やしやしたぜ」

助弥が市兵衛の店の前で荒い息をついた。

「稲荷がぼろぼろだし、死体らしいのが筵にくるまって寝かされてやすし」

町役人らがその死体を見にいっていた。

「なるほど。心配してくれたか。そうなのだ。昨夜《ゆうべ》な、少々もめ事があった。暗いうちから町役人に事情を説明していた。間もなく町方がくる」

「へえ、もめ事ってえのは……」

表戸の土間に二人の町役人が屈んで背中を見せ、板敷の上がり端に黒羽織の侍が刀を肩にかけ、町役人と何か話していた。

侍の怖い顔が、戸口の路地に市兵衛と並んだ助弥をじろりと睨んだ。

思わず、「へえ、どうも」と腰を折ったが、店の奥の濡れ縁がある裏の通路までが見通せ、そこにも数人の男らがいた。

「裏でも何かやってやすが」

「ふむ。裏にも二つ、亡骸が横たわっている。あの侍が倒したのだ。わが友だ。見覚えがあるだろう」

九月、上州《じょうしゅう》沼田《ぬまた》へ大泥棒の菊《きく》の助《すけ》、お万《まん》一味の捕縛へ向かったとき、市兵衛とともに一行に加わった恐ろしく腕のたつ公儀の役人らしき侍だった。

ひえ、と助弥は弥陀ノ介を思い出し、首をすくめた。

「裏に二つとあっちに二つ、全部で四つも、市兵衛さんとあのおっかなそうなお侍さんとで、でやすか」

「みな使い手だった。たまたまあの男が泊まっていて、助けられた。ところで、用はなんだ。渋井さんから知らせがあるのだろう」

「あ、そうそう」

助弥は大声になった。

「渋井の旦那より市兵衛さんへ、至急、本所四ツ目通り南割下水わきの御徒衆組屋敷へきてほしいとの伝言でやす」

黒羽織の侍が上がり端から顔を上げ、屈んで背中を見せていた町役人らがふり向いた。

「御徒衆の組屋敷へか。何があった」

「へえ。どうやら、八重木百助という御徒衆のお内儀が見つかったそうで」

「八重木百助の妻が、やはり生きていたか」

市兵衛は身を乗り出した。

「へえ、水戸にいたようで。昨夜、水戸から江戸へ戻ってきたと」

「市兵衛、いってこい。ここはおれに任せろ。すぐいけ」

弥陀ノ介が声を張り上げた。

「すまん。たのむ。助弥、いこう」

市兵衛と助弥は、路地の人だかりの中を駆け抜けていった。

御徒衆・八重木百助一家の暮らしは楽ではなかった。

内職に明け暮れる日々だった。

八重木の内職は、組屋敷の数人の者と組んで順番に勤める入江町の警備役という体《てい》裁《さい》の、早い話が入江町の岡場所《鐘の下》の《ふせぎ役》九郎平に雇われた用心棒稼業だった。

九郎平は鐘の下のふせぎ役で女郎から口銭《こうせん》をとり大きな稼《かせ》ぎを手にし、それを元手に裏で金貸しや請け人《にん》のような仕事にも手を染めていた。

やくざな手下は抱えていたが、入江町の顔利《かおき》き・ふせぎ役の看板上、浪人ではなく下級士卒ではあっても御家人の用心棒は体裁がよかった。

八重木を北十間堀堤に瀟洒《しょうしゃ》な茶屋風の建物をかまえている天の木堂の左金寺兵部に引き合わせたのは、九郎平である。

左金寺兵部は数寄者《すきしゃ》の趣味人で、詩文に絵画、書画などに造詣《ぞうけい》が深く、天の木堂では毎日のように様々な数寄者の会が催され、江戸の名士が大勢集《つど》っている、と八重木は九郎平から聞かされていた。

八重木には詩文への教養と関心が少々あった。

初めは、自分もそういう趣味人の方々と交際できればという願望だった。左金寺に引き合わされ、「是非……」と句会にたびたび招かれ、名前しか知らなかった歌人や文人、大店《おおだな》の商人、公儀の高官らと交わりを持つうちに、八重木はだんだん舞い上がっていった。

名士の方々との交際には金が要《い》った。

八重木は少しずつ、九郎平の仲介で入江町次郎兵衛店のお熊から借金を始め、一度だけのつもりが借金は増えていった。

妻の江ともそれが元で、しばしば口論になった。

八重木の住む組屋敷では、組の者すべてが講衆となって頼母子講《たのもしこう》を催していた。

頼母子講の融通《ゆうずう》を受ける抽選権を残していたときは、家の改修にと思っていたが、いざとなればその中から手あてができる、と八重木は考えていた。

講衆から懸銭《かけぜに》を集める親は、順番でひとつの講が満了するまでは同じ親が務める。

その講は八重木が親を務めていた。

去年の秋、父親が病に倒れ、暮れに亡くなった。

父親の養生《ようじょう》の薬代、それから暮れのあわただしい葬儀など、何やかやと物入りが続いて今年の初めに頼母子講の融通を受け、八重木はすでに抽選権を失っていた。

それでも天の木堂での交際は止めず、借金は減るどころか次第にふくらみ、しかもふえ方が大きくなっていた。

八重木は借金の返済に頭を悩まし、夜も眠れなくなっていた。

春がすぎ夏の終わりも近い半年ほどがたったころ、九郎平が苦慮する八重木に、

「ひとつ、手がねえわけじゃあねえんですがね」

と、持ちかけたのが事の始まりだった。

名士の方々が集まる天の木堂主人の信用で、左金寺がお金持ちから元手を募って江戸の米相場や金融、為替《かわせ》売買などに出資し、莫大《ばくだい》な利息を手にしている。九郎平が口を利けば左金寺が差配する出資話に乗ることができる、というものだった。

「左金寺さんは堅実な方だし、ご公儀の幕閣にも伝《つて》が沢山《たくさん》おありになるので間違いねえ。だからお金持ちも安心して左金寺さんにはお金を預けておられやす。確実は確実なんだが、ただし、ある程度まとまった額でねえとむつかしい。頼母子講の懸銭を一ヵ月、どんなに長くても二ヵ月、八重木さんの裁量で左金寺さんに任せることができりゃあ、懸銭は倍以上になるのは間違いねえんでやすがねえ」

九郎平は、無理でしょうね、という素ぶりだった。

八重木は左金寺の出資話にそそられた。

九郎平の口車に乗せられ、つい、九郎平に口利きを頼んだ。

「講衆より預かっている懸銭なのです。二ヵ月以上は絶対困ります」

八重木が左金寺に言うと、

「それなら、二ヵ月以内にほぼ倍以上になる出資先がちょうど出たところですよ」

と、左金寺が秩父三峰山の銅鉱山の採掘仲間株の出資話を持ち出した。

「ちょうどよかった。さっきまで元勘定吟味役の相談役と検討し、この出資はほぼ間違いないと話していたところです。元勘定吟味役ですが気さくな方々です。お会いになって話を直《じか》に聞かれてはいかがですか」

左金寺に勧められ、中山半九郎、細田栄太郎、松平三右衛門の年配の三人に引き合わされた。

「この銅鉱山の話ほど確実な出資話は、われらが天の木堂の相談役となって初めてでござるな。まあ、一ヵ月半ですかな。おそらく、話が決まり次第、採掘の仲間株は少なくとも元の倍の価値を持つでござろう」

中山が中心になって言い、あとの二人が「さよう、さよう」と同意した。

「おそらくですか。絶対ではないのですか」

元勘定吟味役の旗本に気後《きおく》れしていた八重木が、唯一訊いたのがそれだった。

「間違いなくともわれらは、おそらく、という言い方をするのです。よろしいか。この世に絶対などというものはござらん。たとえば、町駕籠《まちかご》に乗って、ついうつらうつらとして駕籠から落ち、折り悪《あ》しく川のそばだったため川へ転落して落命する、ということが絶対ないとは言えますまい。そこもとは町駕籠が絶対安全と言いきれますか。言えますまい。われらもそれと同じ意味で、おそらく、と申しておる」

そうだ、それはそうだな、と八重木は自らに言い聞かせ、納得した。

「よろしく、お願いいたします」

八重木は講衆から集めていた三十三両の懸銭をひそかに投じた。

それが夏、六月の終わりだった。

一ヵ月半がたち、二ヵ月がすぎた九月になって、銅鉱山の話は消えていた。

銅鉱山の話は消えたのに、出資金はかえってこなかった。

左金寺はいつも天の木堂を留守にしていて、会えなかった。

「ふうむ。むつかしいことになった」

九月半《なか》ばのある日、ようやく会えた左金寺は額に手をあてがい、目を閉じてうめくようにそう言った。

「もうひと月、いやもう半月、待ってください。今しきりに問い合わせているところです。向こうも必死なのです」

そして十月、左金寺の対応ががらりと変わった。

「大人が自ら判断をした出資なのですから、子供のように金をかえせかえせと駄々をこねられては困ります。今われわれにできる手だては、今一度、新たな出資をしてなんとしても銅鉱山を見つけるか、物乞《ものご》い同然に山野を逃げ廻る山師を見つけ出し、二足三文《そくさんもん》にしかならない衣服を剝ぐことぐらいですかね」

左金寺の言葉に、八重木は気が遠くなった。えらいことになった、と言えるそんなものではすまない事態に追いこまれ、自分が破滅したことだけがわかった。

大人が自ら判断した出資、と言われればその通りだった。

腹を、腹をきらねばならぬ、と思った。

いや、妻と倅を斬り、一家心中をはかる、とも思った。

どちらにしても、自分は終わり、曾祖父の代から続いた八重木家も消滅するのだと、めまいを覚える中で思った。

どのようにして死ぬか、悶々《もんもん》と考えて数日がすぎたそんなある日だった。

天の木堂の左金寺から「お会いしたい」と使いがきた。

「ずいぶんとおやつれになられましたな」

と、左金寺は八重木に言った。

九郎平と九郎平の妻・お蓮、左金寺の妻・奈々緒、そして天の木堂の用心棒の浪人たちがいた。

「繰りかえしますが、出資とはこのような危険がともなうものです。責任はそれを自ら決めたあなたにある。とは申せ、わたしや九郎平さんがお話ししたのは事実。われらに寸分の落ち度がないとは思ってはおりません。八重木さんは懸銭を失った落ち度を腹をきって詫《わ》びる、そんなお覚悟なのだと噂《うわさ》が聞こえております。自ら腹かっさばいて罪を償《つぐな》う。侍らしい立派なふる舞いです」

八重木はうな垂れた。

「そこでどうでしょう。その自らの命を捨てる覚悟を持って、今一度、生きてみられては。身を捨ててこそ浮かぶ瀬もある、と申します。八重木さん一家で欠け落ちをするのです。金を持ち逃げした罪を受け、裏ぎりの誹《そし》りを受けるのは元より覚悟の上。あなたはもはや死んだ身。今さら罪や誹りなど何ほどの恥辱《ちじょく》でしょう。身を捨てて生き、金を蓄え、いつか江戸へ戻り、古き友へ金をかえし、詫びるのです」

死を選ぶより生きることはつらい。その生きるつらさを乗りこえてこそ、侍なので

はないか、と左金寺はしきりに言い募り、九郎平や女房たちが、

「そうだそうだ。それこそが人として正しい道だ」

と、声をそろえて八重木の死の覚悟をゆさぶったのだった。

八重木はもはや、冷静に判断する力を失っていた。

またしても、つい、生きる望みではなく、生きる誘惑にそそのかされた。

三

「わたくしがわが夫より、その一部始終を聞かされましたのは、欠け落ちをする前日でございました。あまりの事態に驚き、胸はふさがりましたが、そうでなければ親子三人心中するしか道はないと言われ、倅・梅之助の不憫《ふびん》、わが心の弱さゆえに、泣く泣く夫の考えに従うことにしたのでございます」

御徒衆組頭・篠崎伊十郎の組屋敷だった。

八畳間の客座敷に八重木江と向き合い渋井鬼三次と市兵衛が並び、助弥は二人の後ろに控えた。

渋井と八重木江が向き合う左右に、水戸町方与力の菅沼善次郎、御徒衆組頭の篠崎

伊十郎はじめ、御徒衆の面々が事情を聞くため糾合《きゅうごう》していた。

「欠け落ち先は水戸と聞かされておりました。なんでも、左金寺兵部という人の知人が水戸学の私塾を開いており、詩文の教養を身につけている夫を師範のひとりとして迎える用意はすでに整えている。名は変えなければならぬが捲土重来《けんどちょうらい》を期し、新たな生き方を始められよと言われ、夫はその話を真に受けておりました」

左右の御徒衆が、ざわざわとささやき声を交わし合った。

「頼母子講の懸銭を失い欠け落ちした者が名を偽り、水戸学の私塾の師範のひとりに迎えられるなど、そんな都合のいい話があるはずはないと疑っておりました。ですが愚《おろ》かにもわたくしは、わが疑いに目をつむり、どうぞご加護を、と神仏に祈りつつ、あの夜更《よふ》け、倅・梅之助の手を引き、住み慣れたわが住まいを捨てたのでございます」

江は青黒い殴打《おうだ》の痕《あと》が痛々しい目の周りへあふれる涙を、手拭をあててぬぐった。

「北十間堀の堤道から中川の河原《かわら》へ出たのは、真夜中をすぎたころでございました。亀戸村の河原に侍風体《ふうてい》や町民風体の男らが渡し船を用意し、川縁《かわべり》でわたくしどもを待っておりました……」

男らとともに渡し船に乗りこみ、暗い中川に乗り出して間もなく、最初に倅・梅之助が浪人風体の大男に真っ暗な川へ投げ捨てられた。

それから江は船中で三人の男らに激しい折檻《せっかん》と、代わる代わるの凌《りょう》辱《じょく》を受けた。夫・百助が大男の浪人らに暴行を受け死んだようにぐったりとなって、重しの石をくくりつけられ川へ投げ捨てられるのを、江は男らの凌辱を受けながら叫ぶこともできず、呆然《ぼうぜん》と見ていたのだった。

「縄がゆるんで重しがとれていなければ、夫は北十間堀から中川を半町（約五十五メートル）ほどさかのぼった川底に、今も沈んでいると思います」

江は涙をぬぐいつつ、途ぎれ途ぎれながらに語った。

水戸へつれてゆかれた江を襲った長く無残な出来事、繰りかえし死のうと試みて死ねなかったこと、そこから水戸の町方与力・菅沼善次郎の助力により抜け出した経緯のそのあまりの出来事に、誰も口を挟めなかった。

篠崎は煙管《キセル》をしきりに吹かし、御徒衆の溜息《ためいき》がそこここより聞こえた。

江のわきに坐した菅沼善次郎は、腕を胸で組み、険《けわ》しい目を落としていた。

「船中でわたくしを折檻した男が言っておりました。おまえの馬鹿な亭主に、仲間に死んで詫びるなどと切腹をされると、このたびの事が明るみに出てしまう。そんなことをされては迷惑だ。どうせ腹をきるのだから、われらがその手間を省《はぶ》いてやったのだと。そのときわたくしは、何もかも謀《はか》られた事だったと知ったのでございます。夫と子の恨《うら》みを晴らし、二人のあとを追おうと思ったのでございます」

昨夜未明、自分と弥陀ノ介に襲撃をかけたあの四人の男らがいたに違いない、と市兵衛は思っていた。

「にもかかわらず、夫や子の恨みも晴らさず、あとも追わず、おこがましくもみなさまの前に戻ってまいりましたのは、はからずもこちらの菅沼さまにお救いいただいた折り、恨みを晴らすにせよ、まずはご迷惑をおかけしたみなさまに事ここに到った事情をお知らせし、そのうえで思いを遂《と》げるのが筋ではあるまいかと諌《いさ》められ、なるほどもっともなと気づき、こうしてわが恥をさらしている次第でございます」

江はそこで畳に手をつき、苦衷《くちゅう》をぐっと飲みこんだ。

「かくなるうえは、いかなる処罰をも受ける覚悟、みなさまのどのようなご裁断にも従う所存でございます」

「八重木江どのはまだ疵《きず》の養生が必要でしたが、ご自身が一刻でも早くと望まれたゆえ、お奉行さまとも相談し、それがしがともをして江戸へ上った次第です」

かたわらの菅沼が腕組みをとき、言い添えた。

組頭の篠崎が、煙管を吹かしつつ数度頷いた。

「事情はわかった。江どのは夫や子のあとを追わなくて、よかったのだ。梅之助が生きておった。それこそ神仏のご加護があったのだろう。八重木家はすでに十分罰を受けた。事が起こる前に相談してくれれば違う方法が見つかったかもしれぬが、これはこれで八重木百助の定めだったのだと思う。わたしはもうよい。頼母子講の懸銭ぐらいどうということはない。また新たに始めればよかろう」

篠崎の言葉に、そうだそうだ、と周りの御徒衆らが頷き合った。

「わが組の仲間として、八重木の家が存続するのであればそれはめでたいことです」

それから、御徒衆らの「よく頑張られた」「本当によかった」などと、慰《なぐさ》めの言葉が江へかけられ、畳に手をついた江は顔を上げられず、声を絞って咽《むせ》び泣いた。

「渋井さん、このたびはまことにお騒がせいたしました。して、このこのち、どのような処置になりましょうか。お教えいただければありがたい」

「天の木堂の左金寺と入江町の九郎平が結託して、八重木百助さんをたぶらかし、亡き者にしたのは間違いありません。これは町方の役目だ。両名と一味を断固捕縛します。だがその前に、中川に沈んでいると思われる八重木百助さんの亡骸を見つけ出して、左金寺と九郎平の悪事の裏づけをとらなけりゃあなりません。助弥」

へえ——控えていた助弥が身を乗り出した。

「おめえはすぐに手下を全員集め、二手に分けて、入江町の九郎平の住まいと押上村の天の木堂を見張れ。町方がそろうまで手は出しちゃならねえが、もしも逃げ出す者がいたら、男だろうと女だろうと残らず、町方のご用があると理由をつけて番所へしょっ引け。おれと市兵衛は中川へいき、亀戸村の者の手を借りて八重木百助さんの亡骸を見つける。いいな、市兵衛」

「承知しました」

「われら御徒組、勤めが休みの者もおります。見張りや捕縛の人手が足りぬときは、われらも働きます。どうぞ、お申しつけください」

篠崎が灰吹きに雁首《がんくび》を、かん、とあてて言い、菅沼が渋井と市兵衛に頷きかけた。

「畏れ入ります。踏みこむのはわれら町方と手の者がやりますが、見張りが長引いたときは、交代をお願いすることになるかもしれません。そうなれば改めてお頼みさせていただきます」

「わかりました。方々《かたがた》もよろしいな」

左右の御徒衆が一斉に声を上げ、中には「踏みこむのもわれら、言っていただければやりますぞ」と言う者もいた。

「渋井さん……」

江の傍らについている水戸の町方与力・菅沼善次郎が渋井へ言った。

「中山半九郎ら三人の元勘定吟味役はどうなりましょうか。かの者らとて同罪でござる。おとがめがくだされてしかるべき、と思えますが」

「もちろん、やつらを見逃しては片落ちです。ただし、元勘定吟味役はお目付の監察ですから、お目付の指図が必要になります。大丈夫、中山らがおとがめなしなんて不公平はありません」

「そうですな。それなら八重木百助どのの魂《たましい》は浮かばれる。江どの、そういうことでよろしいのではありませんか。ご亭主の恨みを晴らすのは、お上のご裁断にお任せしてよろしいのでは……」

菅沼の落ち着いた物言いに、畳へ手をついたままの江は、わずかに持ち上げた頭をまた深々と垂れ、涙を畳へ落とした。

八重木百助の捜索は、亀戸村に中川対岸の逆井村や平井村から助勢が加わり十艘《そり》の川船が出て、北十間堀が中川へ合流するあたりより上流半町ほどの間を中心に行われた。

渋井と市兵衛はそのうちの一艘に乗り、川漁師や百姓らが船に分乗し、投網《とあみ》や棹《さお》で川底を探っていく捜索を見守った。

縄がとけて重しの石がとれ、八重木百助が流されていれば、亡骸は見つかりにくい。

八重木百助の亡骸が見つからなければ、左金寺兵部ら一味の詮議《せんぎ》はむつかしいことになるのは明らかだった。

中山ら公儀高官に伝のある者らが、とがめをまぬがれようと様々な画策を廻《めぐ》らすのに違いない、というのが渋井と市兵衛の一致した推察だった。

せめて八重木百助の遺品なりとも見つかれば、と二人は気が気ではなかった。

しかし捜索を始めて一刻半（約三時間）がたった昼八ツ（午後二時）の半ば近くになって、一艘の船に当たりがあった。

若い百姓が下帯ひとつになって、穏《おだ》やかな日和《ひより》とはいえ肌を刺す冬の冷たい中川へ威勢よく飛びこんだ。

飛びこんだ百姓はなかなか浮かび上がってこなかった。

だが、やがて水面へぶはっと顔を出した百姓が、渋井と市兵衛の乗った船へ、

「なんか沈んでいるだあ。たぶん、人でやす」

と、叫んだ。

周りの船が漕《こ》ぎ寄せるうちに、百姓は再び川底へともぐり、次に上がってきたときは黒鞘の二刀をつかんでいた。

「亡骸はだいぶ傷《いた》んでおりやすが、お侍に違《ちげ》えごぜえやせん。亡骸の周りに二本ともありやした」

百姓は漕ぎ寄せた船の渋井へ二刀を差し上げた。

「おお、やった。ご苦労だったな。市兵衛、間違いなく八重木百助の差料《さしりよう》だろう。女房も亭主の亡骸が見つかって、せめてもだな」

渋井は刀を市兵衛にかざした。市兵衛は頷き、そして言った。

「渋井さん、八重木一家を襲ったのは、昨夜、わが店に襲撃をかけてきた侍らと同じ者らです。大男、と江さんの言っていた巨漢の浪人が中におりました。やつらは、八重木一家を消し去るために、江さんの目の前で幼い倅を中川へ投げ捨て、夫には重しをつけて、二度と浮き上がらぬよう沈めたのですね」

「ふむ。ひどい話だ。けど見ろ。確かな証拠は上がった。そうは問屋が卸《おろ》さねえぜ」

渋井は刀を抜こうとし、刀身は苦しげな音をたてて容易に抜けなかった。

八重木の亡骸は川底より引き上げられた。

けれども腐乱と傷《いた》みが激しく、中川にほど近い亀戸村の六阿弥陀《ろくあみだ》のある常光寺《じようこう》の墓地へ、百姓らによって葬られることが決まった。

渋井はそのまま川船で中川をくだり、竪川から大川へ出て、呉服橋の北町奉行所へ戻っていく段取りになった。

「市兵衛、あとは町方に任せろ。遅くとも今夜中には左金寺と九郎平を捕らえて、洗いざらい白状させてやるぜ。安川充広の評定にもきっと有利に働くはずだ。楽しみに待ってろ」

「よろしく、お頼み申します」

市兵衛は中川の河原へ立ち、渋井を乗せた船を見送った。

そのあと、百姓とともに八重木百助の亡骸を葬り、その足で八重木江と御徒組屋敷へ中川捜索の結果を知らせにいくことにした。

亡骸を乗せ筵をかぶせた戸板を運ぶ百姓らの後尾に従い、市兵衛は中川河原の蘆荻《ろてき》をかき分けた。

七ツ（午後四時）に近い西日が川面《かわも》に降り、きらめく光が川波にちりばめられていた。

川向こうの逆井河原を冬枯れた蘆荻が覆い、疎林が青空を背にして堤に順々と立ち並び、鳥影が木々の間を飛び交っているのが見えた。姿は見えないが鶺鴒《せきれい》らしき鳴き声が、ちちん、ちちん、と河原のどこかから聞こえてきた。

無惨な亡骸が沈んでいたのが信じられぬ、美しくのどかな川辺の光景だった。

市兵衛は戸板を運ぶ百姓らに遅れるのもかまわず、足を止めた。

あたりを眺め廻すと、河原の少し川下の方に粗末な茅葺の苫《とま》の屋根が見えた。

その苫のある河原へ、百姓が捜索に使った川船を引き上げていた。

それをじっと見つめる市兵衛の脳裡《のうり》に、夜の中川河原の光景が、闇の帳《とばり》を透《す》かし、次第に浮かんできた。

四

それより前、神田雉子町の八郎店では、知らせを受けて出役《しゅつやく》した番方の町方役人が小人目付・返弥陀ノ介の事情の訊きとりを終え帰したあと、残った四つの亡骸を小《こ》塚《づか》原《つぱら》の死体捨て場に運ぶ段取りを手配していた。

すると、町役人のひとりがあわてて町方の許《もと》へ駆けつけ、注進した。

「大変でございます。亡骸がひとつ、に、逃げましてございます」

「なんだと、亡骸が逃げた？　馬鹿なことを言うんじゃねえ。亡骸が自分で歩いて死体捨て場に向かったってえ言うのかい。くだらねえ」

とこぼしつつ、町役人の案内で無惨に壊された稲荷の祠のそばに筵をかぶせて亡骸を並べていた路地奥へいくと、二つあるはずのひとつの亡骸が筵ごと消えていた。

「ああ？　あらら……」

町方役人は素《す》っ頓狂《とんきょう》な声を上げた。

「死体を見張っていたのは誰でい。どこのどいつの悪戯《いたずら》でい」

周囲へ喚《わめ》いたが、町役人も町方の手先も、また町方役人自身も骸《むくろ》がかってに消えるなどとは思いもよらず、そばについて誰も見張っていなかった。

骸を運ぶ支度に気をとられているうちに、仲間がほかにもひそんでいてこっそり運び去ったか、あるいは、賊は手傷を負ってはいたけれど死んではおらず、骸のふりをして様子をうかがい、人目がなくなった隙《すき》を見て逃げ出したのか、と思われた。

「野郎、たばかりやがった。死んじゃあいなかったんだ。畜生《ちくしょう》、追え追え……」

と、あわてたものの、すでに影も形もない。

そうして十月晦日《みそか》のその日もたちまちすぎて、黄昏が迫ってきたころだった。

日が落ち、ここ数日と同じく、その夜も冷たく乾いた冬の風が吹いた。

徳山坂内は、物乞いを装って筵を頭からすっぽりとかぶり、押上橋の北堤、小梅村の木陰より暮れなずむ天の木堂の建物の様子をうかがっていた。

周辺に、天の木堂を見張っているふうな人影を幾つも認めたからだ。

坂内は、雉子町の八郎店を抜け出し、柳原堤から和泉《いずみ》橋、新堀《しんぼり》川沿いに浅草まで出て、吾妻橋を渡った。

江戸の町に物乞いの姿は珍しくはない。

途中、子供らに石を投げられたり棒で追われたりした。だが、疵ついた身体を筵莫《ご》蓙《ざ》が守ってくれたし、まれに坂内と目を合わせたりすると、血に汚れた相貌に子供らは恐れをなして逃げ去った。

首筋に受けた疵は袖を裂き包帯代わりにして巻いていたが、血は止まらなかった。

人目を忍び身を隠しながらもつれる足を運んで、夕暮れ間近になってようやく押上橋の袂《たもと》までたどりついたのだった。

やがて、日がとっぷりと暮れた。

北風が雲を吹き払った新月の夜空に、無数の星がまたたいた。

暗くなるのを待って、ようやく押上橋をよろけつつ渡った。

身を筵莫蓙にくるんだ物乞いを見つけた天の木堂の見張りのひとりが、夜陰の中からのそっと現れ、

「早く消えろ」

と、坂内を追い払った。

天の木堂を囲う枳殻《からたち》の垣根に、人ひとりが這ってくぐり抜けられる隙間がある場所を知っていた。坂内は夜陰にまぎれ、その隙間を通り抜けた。

勝手口より三つの竈《かまど》がある台所の土間へ転がりこんだ。

土間続きの広い板敷でひとり徳利酒《とつくりざけ》を呑んでいた左金寺の女房の奈々緒が、血まみれの坂内が突然、目の前の土間に現れたため悲鳴を上げた。

坂内の顔面は蒼白で、すでに死相を露わにしていた。

「あ、あ、あんた、あんたぁぁ……」

奈々緒は徳利と盃を投げ捨て、恐怖に震えながら板敷を這った。

廊下を震わす足音に続き、左金寺が台所の板敷へ現れた。

「坂内っ」

左金寺は板敷から土間へ飛び下りた。

そうして、筵莫蓙の中の坂内を抱き起こした。

包帯代わりに首筋へ巻いた袖ぎれは、血にぐっしょりと濡れて黒ずんでいた。

ただそれでも坂内は、黒鞘に納めた刀をしっかりと胸に抱えていた。

「しっかりしろ、坂内」

「みな、倒された。唐木という男、強すぎた。だめだ。歯がたたねえ」

左金寺は武者震いを覚えた。

「に、逃げろ、兵太。ここは、も、もう、囲まれているぞ」

坂内は、村の幼馴染みだったころの左金寺兵部の名を呼んだ。

「わかった、坂助。ずらかるべえ」

坂内を村の幼馴染みのころの名で呼びかえした。

「ともに、いぐっぺな」

「おらはだめだ。助からねえ。おめえひとりだ。ひとりで、ず、ずらかれ」

「なにょお言う。おれとおめえは、どこまでも一緒だ」

そこへ、奈々緒が左金寺の袖にしがみついてうろたえた。

「あんた、どうするんだい。早く逃げなきゃ。すぐ逃げなきゃあ」

と、その刹那、左金寺の腕の中に横たわっていた坂内がいきなり身を起こした。

そしてよろけながら抜刀し、左金寺にしがみつく奈々緒へ、ざっくりと浴びせた。

「あっ。何を、しやがる……」

奈々緒は蓮《はす》っ葉《ぱ》に言い、仰け反った。

「ずらかるのは、おめえひとりだ。足手まといは捨てていけ」

坂内は喘ぎつつ言った。

奈々緒は左金寺の袖を離し、坂内から逃れた。

「坂助、やめろっ」

左金寺が叫んだが、手を泳がせ土間を逃れる奈々緒を坂内は追った。

「ば、坂内。やめて、やめて、おくれ……」

逃げる奈々緒の背中へ、さらにひと太刀を浴びせた。

奈々緒は「きゃっ」と叫び、膝から崩れた。

それでも、勝手口の方へ土間を這った。

奈々緒は四肢《しし》で懸命に這う。

坂内の動きは緩慢だったが、追いすがった。

乱れた島田をつかみ、繰りかえした。

「足手まといは……」

背中にとどめのひと突きを突き入れた。

奈々緒は獣のような最期の声を上げた。

しばらく痙攣《けいれん》し、やがて力なくうつ伏せた。

左金寺は呆然とその様を見つめ、声を失っていた。

「兵太、あとは、おれに任せろ。さっさと、ずらかれ」

坂内は奈々緒から引き抜いた刀を杖にして歩みを支え、土間から板敷の上がり端に倒れこんだ。

ほのかな明かりで周りを包む行灯の傍らまで板敷を這うと、そこで胡坐を組んだ。

力なく喘ぎ、唇から血をしたたらせた。

膝のわきへ捨てた刀が、がらがらと板敷に転がった。

それから、傍らの行灯を板敷へ押し倒した。

「坂助、おめえ」

左金寺は、やっとそれだけを言った。

「いけや。おめえひとりで、一からやり直せ。おめえなら、できるさ」

坂内は左金寺を見つめ、ふっと笑みを投げた。

消えかかった火が、行灯の囲いに燃え移るのがわかった。

急に炎が大きくなった。

炎のゆれる油が板敷にふわりと広がった。

油は敷居まで流れ、板敷と廊下を仕きる舞良戸を炎が伝わった。

炎は天井までゆっくり這いのぼり、天井を焦《こ》がした。

やがて、ぱち、ぱち、と木の爆《は》ぜる音があたりにたち始めた。

番方の与力に率いられた同心、中間小者ら町奉行所の捕り方が押上村に到着したちょうどそのとき、樹林の向こうの天の木堂の二階家に上がった赤い炎と煙が見えた。

天の木堂を囲んで見張っていた助弥が捕り方の前へ駆けつけ、

「北御番所・渋井鬼三次の旦那の手の者を務めやす助弥と申しやす。渋井の旦那のお指図で、天の木堂を昼すぎから見張っておりやした」

と、腰を折った。

「ふむ。ご苦労。渋井は入江町の九郎平捕縛の一隊についておる。助弥はわたしの指図に従え」

「へえ、承知しやした。で、やつら、こっちに気づいたらしく、建物に火を放ちやした。次のお指図をお願《ねげ》えしやす」

助弥は与力へあわてて注進した。

「中に何名ほどおる」

「人数ははっきりしやせん。ですが、あっしらが囲んでから目ぼしい人の出入りはありやせん。さっきまでずっとひっそりしておりやした。亭主の左金寺兵部が中にいるのは、間違《まちげ》えありやせん」

「よし、わかった」

与力は即座に捕り方を二手に分け、一手を天の木堂の裏門へ廻し、一手には表門前に踏みこむ態勢をとらせた。

「助弥、おまえたちは今のまま見張りを続け、人が逃げ出してきたら呼子《よびこ》を吹いて知らせろ」

「承知しやした」

助弥が走って戻っていくと、与力は十手《じって》をふって突入を命じた。

表の四脚門はすぐに破られ、御用提灯《ぢょうちん》をかざした捕り方が踏みこんだ。

だが、夕刻より吹き始めた乾いた北風にあおられ、軒下を舐めていた小さな炎は見る見る勢いをまして二階へ燃え移り、炎と煙をあちこちから吹き上げた。

踏みこんだものの捕り方は、急に激しくなった火勢に突入を阻まれた。中の人を見つけ捕縛するどころか、風があおる炎に追いたてられる有様だった。

捕り方らは煙に巻かれ、視界をさえぎられた。

「火勢が強く、もはや中には入れません」

捕り方からの注進が届いた。

与力はやむを得ず、踏みこませた捕り方を引き上げさせるしかなかった。

こうなっては、炎が建物をすべて包み、いっそう燃え盛っていくのを、周りをとり囲んで見守っているしかなかった。

火は枳殻の垣根にも燃え移っていき、枳殻の燃える特有の臭気がたちこめた。

「くそっ」

与力は炎を見つめ、手を出せない苛《いら》だちを募らせた。

ほどなく、夜空を焦がす勢いの炎が上がり、火の粉が吹きすさぶ風になびいた。

押上村の半鐘が、けたたましく鳴らされ始めたのが聞こえた。

ふと与力は、火の勢いがこれだけ広がっているにもかかわらず、建物から逃げ出す人影がまったく見あたらないことを訝しく思った。

左金寺兵部という男は、本当に建物の中にいるのか。もしかして、捕り方に囲まれもはやこれまでと観念し、炎の中で自刃《じじん》をはかったのではあるまいか。

そんな疑念が与力の脳裡をよぎった。

しかし同じとき、押上村の暗い野道を筵莫蓙にくるまった物乞いが、今は炎に包まれた天の木堂を遠巻きにした数人の見張りに呼び止められた。

「なんだ、物乞いか」

見張りは提灯をかざして物乞いの顔を確かめた。

灰をかぶったざんばらの長い髪に、顔は煤《すす》だらけの汚い物乞いだった。

見張りは、もたついて要領を得ない物乞いを怪しまなかった。

みな、田畑の向こうの天の木堂が風の中で燃え盛り、火の粉を夜空へ帯のようにまき散らす様に気をとられていた。

「もったいねえなあ」

「ああ、もったいねえ。みんな灰になっちまう」

炎に顔を染めた見張りらが、言い合った。

その間に、物乞いがもたついた足どりで野道の暗がりへまぎれていくのを、誰もとがめなかった。

五

ようやく中川にたどり着いた。

河原の蘆荻を騒がせ、冷たい夜風が吹きすぎていった。

左金寺兵部は、枯れた蘆荻の間をかき分けた。

筵莫蓙をわきに抱え、頬かむりをして、灰まみれの髪や煤に汚れた顔を隠した。

もう追手の姿はなく、安堵のゆるやかな吐息を繰りかえしていた。

二十年近い歳月をかけて江戸で築き上げたものを、とるにも足らぬ小さな手違いが元で何もかも失ってしまった。

左金寺が犯した手違いではなかった。能なしどもが寄ってたかって、左金寺が用心深く苦労して築き上げた財や信用を台なしにしたのだ。

すべてが元の木阿弥《もくあみ》だった。無念でならなかった。

だが、この身ひとつ、生き長らえてさえいればどうにかなる。このまま終わりはせぬ。必ず巻きかえしてみせる。算段はできている。おれだからこそできる。

左金寺は思いながら、河原をなおも進んでいた。

さわさわと風になびく蘆荻の向こうに、川船の舳《へさき》に灯《とも》す龕灯《がんどう》らしき明かりがぽつりと見えた。

上手い具合に船頭《せんどう》がいたか、とそれにも安堵を覚えた。

ただ、左金寺の心残りは徳山坂内のことだった。

坂内の機転によって危地を脱した。坂内は己を捨てておれを守ってくれた。

坂助、兵太、と呼び合った鹿島村での幼い日々が脳裡をかすめた。

坂内、おまえの命は無駄にはせぬ。おれは負けぬぞ――と思った。

風が蘆荻を騒がせ、暗い対岸の夜空にかすかに浮かぶ樹影が寒々とゆれていた。

川船の明かりが次第に近づくにつれ、黒い野良着に頬かむりの船頭らしき男が、船を河原へ引き上げようとしていた。

「船頭、船を頼めるか」

「へえ。この夜更けにどちらまで」

「新宿の渡し場まで頼みたい。心づけははずむ」

「この夜更けに、新宿までは少々遠ございやす。向こう岸の逆井村のどっかなら、通常の八文でお渡しいたしやすが」

「逆井村か。しょうがない。よかろう。逆井村のどこかの河原で下ろしてくれ」

「へえ。ならばどうぞ、お乗りくだせえ」

船頭は腰を屈め、言った。

左金寺は茶船《ちゃぶね》へ乗りこんで胴船梁《どうふなばり》にかけ、頬かむりの手拭をとった。

「風がありやす。ちょいとゆれやすんで」

艫《とも》に乗った船頭が言った。

棹を使い、ゆっくり川の流れの中へ船を押し出した。

がり、と船底が川縁をすった。

頬かむりをとると、いっそう風が冷たかった。風のうなる音も聞こえる。

ざんばら髪の灰を払い、船端より手拭を川に浸《ひた》し、しっかり絞って竈の煤でわざと汚した顔をぬぐった。それから手拭をわきへ置き、指先に息を吹きかけて温めた。

風のせいでさざ波がたって船縁《ふなべり》を叩き、船は少しゆれた。

艫へふり向くと、船頭は長い棹を右や左へと持ち替え、突いていた。

痩身だがいい身体をしている百姓だと、ふと思った。艫へふり向いたなり、じろじろと見つめる左金寺へ、船頭は照れ臭そうに言った。

「お侍さま、新宿なら水戸へご用でございやすか」

「なぜだ」

舳へ向きなおり、両肩に垂れる総髪を指でかき上げた。

「へえ、旅支度でございやすから、新宿から水戸かなと……」

左金寺は野羽織野袴、黒の手甲脚絆、黒足袋に草鞋履きに拵《こしら》え、背に荷物をくくりつけていた。

船はゆっくり川を北へさかのぼり、北風が行く手を阻むかのように吹きつけた。

舳の龕灯が川面にたつさざ波を照らした。

「おまえはこんな夜更けになぜ、船を出していた」

「へえ。人に会う用がごぜいやして、船を出しておりやした」

「人に会う用はすんだのか」

「いえぃ、まだで。何しろ、たった今、会ったばっかりでごぜいやすもんで」

胴船梁にかけた左金寺は、そこで肩を波打たせた。

くつくつ、と口にこもった笑い声を風の中にもらした。

「そうか。そうであったか。今わかったぞ」

左金寺の背中が言った。

表船梁と胴船梁の間のさな板へ、やおら立ち上がった。だる気にふりかえり、船がゆれた。

「ふ……唐木市兵衛、そんな恰好《かっこう》をして、こっそり何か訊き出すつもりだったか。存外姑息《こそく》な男だな。何も隠しはせんよ。おぬしの訊きたいことは全部話してやる」

「左金寺さんも、頭に灰をかぶり顔に煤をつけ、その筵莫蓙にくるまって物乞いのふりをし、捕り方より逃れてこられたのですね」

「よいわ。おぬし、わたしと決着をつけるために、こんな夜更けまで待っていたか」

「請けた仕事の仕上げのために、左金寺さんに会う必要があっただけです。請けた仕事を仕上げないと、渡りは給金になりませんので」

「ここで会えると読んでいたか。いい読みだ。だが、得物《えもの》はどうした」

「得物はすでに、手にしております」

市兵衛はまだゆっくりと棹を突き、船を北へさかのぼらせていた。

「手にしているのは棹ではないか」

「そうです。これが、仕上げの得物です」

左金寺は野羽織を肩から落とし、刀の下げ緒をといて、しゅっしゅっ、と襷にかけ始めた。

「唐木、負け犬になるやつはいつもそうだ。物事の高をくくる。見くびる。竹竿《たけざお》でわたしを倒せると、見くびったか」

「見くびりも、高をくくりもしません。左金寺さんのお相手をするためにちょうどいい竹竿を、わざわざ亀戸村からきり出してきたのです。見てください。先を落として、念のため竹槍《たけやり》に拵えました」

市兵衛は涼しく言った。頬かむりをとり、長い竹竿を川から上げて腰に溜《た》め、竹槍の先端を左金寺へ突きつけた。

「竹槍が事と次第によっては、あなたに疵を負わせ、命を奪うかもしれませんよ」

左金寺は鼻先で笑った。野袴の股立ちをとりながら、

「よかろう。相手をしてやる」

と、言って刀の柄に手をかけた。

「これでも鹿島流を修行した。おぬし、《風の剣》とかいう技を使うそうだな。見せてもらおうか」

身体を沈め、かち、と鯉口をきった。

川面を舐める夜風がうなりを上げて吹きすぎ、左金寺の総髪をなびかせた。

「昨夜、徳山坂内を斬ったな」

市兵衛は、ゆったりと竹槍をかまえている。

船は船頭を失い、中川のゆるい流れに任せて川下へ回転し始めた。

「坂内は死んではいなかった。夕刻、天の木堂へ血まみれになってもどってきた。あの男はな、坂助、兵太と呼び合った鹿島村の幼馴染みだ。二人で鹿島宿の剣道場に通った。道場主は近在では鬼神と言われた老いた鹿島流の剣術使いだった。その鬼神と呼ばれた道場主を、坂助が倒したのだ。まさか勝つとは思わなかった」

船はゆっくり、ゆっくりと回転しながら、下っている。

「道場主は、ただ強くなりたいだけの百姓の坂助を、不束者《ふつつかもの》、剣術をなんと心得る、鍛《きた》え直してやる、と厳しい稽古《けいこ》をつけた。道場主は、百姓の小僧が、と高をくっていた。坂助は一瞬の隙をついて道場主のこめかみをくだいた。道場主はこめかみから血を噴いて昏倒《こんとう》した。他愛《たわい》もない。鬼神、天狗《てんぐ》、天賦《てんぷ》の才、人はいろいろ言うが、大抵はまやかしだ。風の剣は、どうだ」

市兵衛は応えなかった。

「わたしは坂助を誘った。二人で旅に出ようと。坂助はわたしについてきてくれた。水戸へいった。およそ二十年前、江戸へ出て、徳山坂内、左金寺兵部と名乗った」

「その幼友達に、人斬りを命じたのですね」

と、ようやく言った。

「わたしは光を浴び、坂内はわたしの後ろにできた影だった。唐木、人は様々だ。そういう生き方もあるのだ」

「坂内さんは、あなたの影である必要はなかった。影はどうしたのですか」

「わたしを逃がすために死んだ。可哀想《かわいそう》なことをした。もしかしたら、おぬしが中川で待っているから、わたしに友の敵《かたき》を討たせるためにあの男がここへこさせたのかもしれぬな」

左金寺はいっそう身体を沈め、腰を溜めた。全身に力と殺気を漲《みなぎ》らせた。

それに合わせて、市兵衛も両膝を折った。

「あなたほどの人が、なぜ十六歳の安川充広をたぶらかし、八重木一家の騙《だま》し討ちをはかった。愚かしく粗雑な企みだった」

「はかりごとは、素朴であればあるほどすぐれている。安川充広や八重木百助など、とるに足らぬ者らだ。死のうが生きようが、どうでもよい者らだ。あんな愚かな者らを、そもそも相手にするべきではなかった。わが油断が、蟻《あり》の一穴《いっけつ》になった」

「九郎平や中山らが、仲間に相応《ふさわ》しいのですか」

「所詮《しょせん》は渡り稼業のおぬしにはわからぬ。九郎平は破落戸《ごろつき》だが、口先と度胸で財をなした。中山らは身分と役得を利用し、恥ずかしげもなく富者にたかる。だがな、安川や八重木などは、破落戸やたかりよりも値打ちのない輩《やから》だ。破落戸になる度胸も、富にたかる傲慢《ごうまん》さもない。わたしではなくとも、いずれ誰かにたぶらかされて、消え去っていく役たたずなのだ」

ははは……と、左金寺は暗い中川へ笑い声を響かせた。

「おぬしの竹槍と一緒だ。役にたたなければ川へ捨てる。おぬしもそうするだろう」

言った瞬間、左金寺は抜き打ちに、市兵衛の突き出した竹槍の先端二尺（約六十センチ）ばかりをきり飛ばした。きり飛ばされた竹が、くるくると宙を舞い、闇に包まれた川面のどこかに、ぽちゃ、と音をたてた。

左金寺は上段へかまえ、胴船梁へ足をかけた。市兵衛は艫にゆったりと立ち、先をきり落とされた得物をかまえている。左金寺の殺気が、そんな市兵衛を襲った。

だが、左金寺は胴船梁を乗りこえなかった。市兵衛との間は、一丈《じょう》（約三メートル）もない。

きり落としたはずの竹竿が、やはり竹槍となって間を空《あ》けずに突きつけられていた。

うん？　左金寺は、束《つか》の間《ま》訝しんだ。

「ふむっ」

上段より今度はしたたかに打ち落とした。

かつん……

と、きり落とした竹がくるくると宙を舞い、暗い川面へ消えていく。

八相にかまえ、胴船梁を踏みこえようとした途端、左金寺はまたしても動けなかった。眼前に突きつけられた竹槍に動きを阻まれたのだ。

左金寺は荒々しく白い息を吐いた。

船はいつしか舳を前にして、逆井河原と亀戸河原の間の流れを漂《ただよ》い始めていた。

北風が左金寺の顔面に吹きつけた。

胴船梁を踏みこえる一瞬、邪魔な八相のかまえから三度竹槍をきり落とし、きり落とされた竹がさな板にはずんだ。

すかさず、左金寺は上段にとった。

艫へ大きく踏み出し、市兵衛へ打ちかかった。

しかし、市兵衛のかまえた竹槍が左金寺の上段よりの白刃《はくじん》に、
ぱちん……

と、からんだ。

白刃をからめたまま上段より下段へ、竹槍は弧を描いた。

下段へ弧を描いた瞬間、竹槍が左金寺の鳩尾《みぞおち》へ突き入れられた。

竹槍は左金寺の鳩尾を突き抜けたかだった。

ぐう、とうめいて左金寺は身体を折り曲げた。

左金寺は鳩尾をおさえ、片手で刀をかざそうとした。

だが、あまりの苦痛に刀が上がらなかった。

続いて竹槍は夜空へ、一旦ふれた。

次の瞬間、左金寺の肩へしたたかに打ち落とされた。

「あ、はあ……」

左金寺は叫んだ。

肩から手の指先までを震わせ、刀を落とした。

刀が空しくさな板を転がった。

左金寺は落とした刀を拾おうと焦った。

その胸元を、ずん、と竹槍がひと突きした。

身体を支えきれず、表船梁と胴船梁の間のさな板に転倒した。

そこで、苦痛に身をよじって苦悶した。

うめき、悶《もだ》え、吐きそうな息を繰りかえした。

市兵衛は変わらず艫に立って、竹槍をかまえている。

すると長い竹槍が、する、する、と背後より繰り出され、左金寺の眼前へ突きつけられた。

「竹槍は、きられても、きられても、竹槍です」

艫の市兵衛が言った。

竹槍の切っ先が、左金寺の喉を突き上げた。

その間、市兵衛は艫から少しも動いていない。

「あなたには役たたずの竹竿でも、わたしには十分な得物です。竹槍に武士の魂は不要です。五分《ぶ》の魂があれば、それでいい」

左金寺の顔面から血の気が失《う》せ、冷や汗が噴き出た。

「突け。こ、殺せ」

左金寺は白くか細い息を、夜空へ吐いた。

「こうですか」

竹槍が喉首に食いこんだ。

左金寺は首を仰け反らせ、うめいた。

「それもいいかもしれない。この川には八重木百助さんの魂が眠っています」

市兵衛は風の中でそう言った。

「ですが、ここであなたを殺しはしません。あなたにはすべてを、裁きの場で話していただかねばなりません。あなたはすでに死んでいる。あなたの死の値打ちは、あなたのあとに生き残る者が決めるでしょう」

夜空がうなり、龕灯の照らす川面にさざ波がたった。

船はなおも、川をくだり続けていた。

左金寺のもらすかすかな悲鳴が、長い嗚咽《おえつ》になった。

終章　黄昏《たそがれ》

一

十一月二日。

町奉行、勘定奉行、寺社奉行三手掛による安川充広の評定《ひょうじょう》が開かれたその日の午後、元勘定吟味役で今は隠居の身の中山半九郎、細田栄太郎、松平三右衛門へ、支配役である老中より喚問の知らせが届いた。

喚問状には、三名の犯した罪状が記されてあった。

三名の驚愕《きょうがく》は言うまでもなかった。だが、もっと驚いたのは、一門の家督を譲り受けていた主《あるじ》である倅《せがれ》たちであった。

事情を隠居の身の父親から聞いた三名の主たちは、夕刻、ひそかに談合を持った。

そして三家ともに、主の判断で喚問には応じなかった。

その夜のうちに三名の隠居は病死し、その知らせは翌日、老中へ上申された。三名がすでに病死しているという上申なのであれば、三名の罪状の処罰と三家へのおとがめは、それで沙汰《さた》止《や》みとなった。

それから十日すぎた。

木枯《こが》らしが二、三日吹きすさんだあとの、寒さの緩《ゆる》んだのどかな日和《ひより》だった。

八郎店の稲荷の新築と、裏の通路の板壁の修繕に大工が朝から入った。

午後、返弥陀ノ介が用もないのに顔を見せた。

「なんだ。用がないときてはいかんのか」

「かまわんが、なんぞ用があるのかな、と思ったのだ」

「どうせ仕事もないだろうから、おぬしが退屈していると思ってきたのだ」

「退屈はしておらん。だが、仕事がないのは事実だ」

「ほら、みろ」

市兵衛と弥陀ノ介は裏の濡《ぬ》れ縁《えん》にかけ、大工仕事を眺めながら、そんなことを暢気《のんき》に言い合っていた。

と、大工の頭《かしら》が市兵衛と弥陀ノ介に話しかけてきた。

「お侍さん、この板壁は、岩でもぶつけなすったんで？」

市兵衛と弥陀ノ介は顔を見合わせた。そして、

「ははは……」

「あはは……」

と、笑い声をそろえた。

「まあ、確かに、ぶつけたのは岩みたいなもんだな」

市兵衛が言った。

「これだけの板壁をこんなふうにくだくんじゃあ、さぞかしでけえ岩だったんでしょうね」

「いや、どちらかと言えば、小さめの岩だった」

「ふうん、小さめの岩をね」

大工の頭は、市兵衛と弥陀ノ介へ会釈《えしゃく》を投げて仕事に戻った。

「岩か。岩のように硬い頭で逆転勝ちした。頑丈《がんじょう》に産んでくれた親のお陰だな」

弥陀ノ介が言い、市兵衛は頷《うなず》いた。

「おぬしがいてくれて、助かった」

弥陀ノ介の怖い顔を見慣れると、笑みには存外愛嬌《あいきょう》がある。

「今日は珍しくお頭が休みをとられてな。寄合小普請《よりあいこぶしん》の橘《たちばな》龍之介《りゅうのすけ》さまの屋敷を訪ねられておる。で、おれはともを許されなかったから、本日は休みをもらったのだ」

と、その愛嬌のある笑みを浮かべて言った。

「お頭のご用はなんだと思う」

「なんだ」

「たぶん、たぶんな……」

と、弥陀ノ介は勿体《もったい》をつけた。

「お頭は、佐波さまを、いよいよ奥方に迎えられるお考えなのだと思う」

佐波を旗本の橘家の養女にして、片岡の家に嫁《とつ》がせるのである。

「そうか。そうだな。兄上は、けじめをつけられるつもりなのか」

兄・片岡信正と佐波の忍ぶ仲は、二十数年に及ぶ。しかし、

「なぜ佐波さまを今、奥方にとお考えなのだと思う」

と、弥陀ノ介の話は終わらず、市兵衛へ向いた。

とんとん、とんとん……と、大工らの槌音《つちおと》が心地《ここち》よく聞こえている。

「だから、二十数年もときがたったし……」

「いいか、市兵衛。わからんぞ。わからんから、おれのただの勘だ。滅多なことは言

うなよ。あのな、おれの勘では、佐波さまがご懐妊、なさったのではないかと思うのだ。ただそうではないかと思うだけだ。わからんが、おれの勘ではだ」

市兵衛はささやかな驚きを覚える吐息をついた。

なんと、そういうことがあるのか、と思った。

「繰りかえすが、おれの勘ではだ」

弥陀ノ介が言い、市兵衛は頷いた。

それからほのぼのとした思いが、澄んだ泉のように湧いた。と、そこへ、

「ごめん」

表に人が訪ねてきた。

市兵衛が立っていき、表戸の、直したばかりの腰高障子《こしだかしょうじ》を開けた。

路地に安川剛之進と妻の石、そして娘の瑠璃が畏《かしこ》まった様子で立っていた。

「おや、安川さん。お三人でわざわざ……」

「唐木市兵衛さん、突然おうかがいいたした無礼をお許しください。このたびは、唐木さんには倅・充広のためにご尽力いただき、改めてお礼を申し上げねばと考えておりました。本日は日和のよろしいのにつられて、ふと思いたち、思いたちますと屋敷にじっとしておられず、妻と娘を引きつれ、かようにお邪魔いたした次第です」

市兵衛は高らかに笑った。

「改めて礼など、無用のことです。わたしは自らの仕事を果たしただけです。仕事の謝礼もいただきました。どうか、気になされますな」

「いやいや。このたびの一件はそんなものではすまされません。妻、娘、隠居の身のわが父母ともども、わが家はみな同じ思いです。感謝のこの気持ちを言葉にできぬのがもどかしい……」

市兵衛はふりかえり、裏の濡れ縁の弥陀ノ介を呼んだ。

弥陀ノ介は六畳と板敷を震わせながら岩塊の短軀《たんく》を運び、

「これはこれは、安川どの。奥方さまもお嬢さまもご一緒でござるか」

と、声を張り上げた。

「おお、返さんがきておられましたか。じつは、こちらにうかがったあと、返さんのお屋敷にもおうかがいするつもりでした」

「そうですか。それは好都合でしたな。あははは……」

弥陀ノ介は磊落《らいらく》に笑った。

「充広どののご様子は、いかがですか」

「蟄居《ちっきょ》謹慎の身、裁きがくだされて以来、わたしは一度も倅と顔を合わせておりませんが、変わらずにおると思います。寛大なるご処置をいただきました。同じ屋敷内におるのです。倅と顔を合わさぬこれしきの事を耐えるのに、何ほどの苦労がございましょう。なあ」

安川が石と瑠璃に言いかけ、二人は「はい」と微笑《ほほえ》んで、市兵衛と弥陀ノ介へ深々と頭を垂《た》れた。ほのかな白粉《おしろい》の匂《にお》いが、甘く心地よかった。

二人は、市兵衛と弥陀ノ介への、礼の進物らしき包みを手に抱えている。

まあよいか――と、市兵衛は思った。

なぜか、気持ちが浮きたった。

「まずはお入りください。茶の支度《したく》をします。この通り、貧乏住まいに贅沢《ぜいたく》なのですが、茶だけは好きなもので……」

市兵衛は白磁《はくじ》のような肌を輝かせている初々《ういうい》しい瑠璃に、そう言って笑いかけた。

夕刻、市兵衛は深川は油堀の一膳飯屋《喜楽亭》の縄暖簾《なわのれん》をくぐった。

喜楽亭の無愛想《ぶあいそう》な亭主と芝からきた痩《や》せ犬、《鬼しぶ》の渋井、背のひょろりと高い手先の助弥、おらんだ医者の宗秀、それに市兵衛を入れて、いつもの五人と一匹がそろってちろりの燗酒《かんざけ》を酌《く》み交《か》わし、言いたい放題とあけすけな笑い声が飛び交った。

亭主が鬼しぶ好みの浅草海苔《のり》をあぶり、干しきすとかまぼこの焼物を出した。

無愛想な亭主に代わって、喜楽亭の客へ愛嬌をふりまく役目が板についてきた痩せ犬は、板場と店土間をせわしげにいったりきたりしている。

渋井は安酒の猪口《ちょこ》をひとすすりし、傍《かたわ》らにきて尻尾《しっぽ》をふる痩せ犬の頭をなでた。

「うめえ」

ひと言うなって、

「でな……」

と、渋井は入江町の九郎平の住居に踏みこんだ顚末《てんまつ》を語ったあと、助弥の酌を受けながら話を続けた。

「左金寺兵部は侍にあらずということで、大牢《たいろう》の九郎平とわけて二間牢《にけんろう》に入れられたってわけさ。ま、しょうがねえわな。いろいろ罪はあるが、なんと言っても御家人殺しだ。死罪はまぬがれねえところだ。獄門もあるだろう」

「女房のお蓮は、どうなりやすかね」

助弥が続けて宗秀、市兵衛、と酌をしながら訊いた。

「当然、同罪さ。女だからって甘くはねえ。武家に不敬を働いたとんでもねえ輩《やから》と、九郎平の手下ともども、今度は相当の数の首が飛ぶぜ」

　すると、宗秀が言った。

「つい先だって、入江町の《鐘の下》へ往診にいったよ」

「え？　鐘の下にでやすか。ずいぶん遠いっすね。先生、そんなとこまで往診に、いくんでやすか」

　渋井と助弥が下卑《げび》た笑い声をそろえた。

「たまたまな。義理のある人に頼まれたのだ」

「義理のある人ってえのは、女郎じゃねえのかい。昼夜二朱の往診だったりしてな」

「女郎ならうちの近所に沢山《たくさん》いる。わざわざ鐘の下へいくものか」

　宗秀が苦笑し、無精髭《ぶしょうひげ》をなでた。

「その折りに、九郎平の噂《うわさ》を聞いたよ」

「どんな噂を聞いた」

　渋井が宗秀の猪口へさらに酌をした。「すまん」と猪口を上げ、

「大方が、清々《せいせい》したって話だったな。九郎平には女郎の扱いにいろいろ難癖をつけられて、じつはそのたびに金がかかって苦労させられた、とかな」

　と、宗秀はゆっくりあおった。

「そういうもんだ。表向きは頼りになる顔利《かおき》きだが、ひと皮剝《む》けば、不平不満に嘘《うそ》と傲慢《ごうまん》が渦を巻いてるってことだな」

「それからもうひとつ。市兵衛、《駒吉》のお鈴という女郎が身請《みう》けされるそうだ」

猪口を上げた市兵衛の手が止まった。

「相手は、小名木川沿いの大工町の船大工だそうだ。お鈴は気立ても器量もまずまずだから、遠からずこうなるとは思っていましたと、知人が言っていた。御家人の娘が船大工の女房になって、これもご時世ですかね、とな」

市兵衛は少しせつなくなった。

「まあ、いけよ、市兵衛」

渋井は市兵衛の猪口へちろりを傾けた。

「市兵衛、噂と言やあな、八重木江と梅之助の親子は、やっぱり組屋敷を出るそうだ」

「え？　組屋敷を出て、どうされるんですか」

「江の実家の大久保へ引っ越すんだそうだ。組屋敷の住人はみな表向きは頼母子講の懸銭《かけぜに》のことなど気にしなくていいという素ぶりだが、こっちもひと皮剝きゃあそれなりにわだかまりが燻《くすぶ》っているってわけさ」

「八重木の御家人の身分は、どうなるのですか」

「ふむ。組頭《くみがしら》が世話を頼まれたと言っていたよ。御家人株を売って、懸銭をかえす気らしいってな」

「御家人株を……」

御家人株の売り買い、それすらできず武家の夜逃げが珍しくない。

言葉が途ぎれ、四人は黙々と酒を呑んだ。

喜楽亭の腰高障子に映《うつ》っていた夕空の茜色《あかね》が、黄昏《たそがれ》の中に消えつつあった。そのとき、新しいちろりを運んできた亭主が、

「ああ、今日も暮れるな」

と、腰高障子を染めていた茜色へ目を向けた。

五人と一匹は一斉《いっせい》に、一日の終わりの茜色に見惚《みと》れた。


その黄昏どき、大久保は俗に百人町《ひゃくにん》と呼ばれる組屋敷のひと部屋に、八重木江と倅の梅之助がいた。

二人はまだ旅支度をといていなかった。

この屋敷は江の生家だが、八重木家に嫁いで歳月が流れた今は、懐《なつ》かしさよりもよ

そよそしさが母と倅を迎えていた。すでにこの屋敷は、兄夫婦の住まいである。

ほどなく、年配の父母が部屋へ入ってきた。

父親はとうに隠居の身で、袖《そで》なし羽織をまとった気むずかしい老侍に見えた。

江と梅之助は、畳に手をつき挨拶《あいさつ》の言葉を述べた。

「江、そんな堅苦しい挨拶にはおよばぬ。息災であったか」

気むずかしそうに見える父親が、穏やかな声で言った。

「梅之助、大きくなったな。学問に励んでおるか」

「はい」

梅之助は母親に言われていた通り、はきはきと懸命な返事をした。

「今日からここが、おまえの家だ。おまえはこの家で学問をし、それからじいちゃんと躑躅《つつじ》作りをする。よいな」

「はい。学問をし、おじいさまと躑躅作りをいたします」

「ふむ。侍だけが人の道ではない。立派な躑躅作りの職人になる道もある。これからそれを考えるのだ」

「はい。わたくしはこれからそれを考えます」

「そうか。いい子だ」

梅之助の懸命な返事に、祖母が「ほほ……」と笑った。

大久保の組屋敷は冬の静かな黄昏に包まれ、烏《からす》が鳴きながら巣に帰っていった。

畳に手をついた江は、白い手の甲に眼差《まなざ》しを落としたまま畏まっていた。

その江に、水戸の町方与力・菅沼善次郎より後添えに迎えたいという申し入れがあったのは、年の明けた春のことである。だがそれは今、この話にはかかわりがない。

一〇〇字書評

切り取り線

購買動機（新聞、雑誌名を記入するか、あるいは○をつけてください）	
□（　　　　　　　　）の広告を見て	
□（　　　　　　　　）の書評を見て	
□ 知人のすすめで	□ タイトルに惹かれて
□ カバーが良かったから	□ 内容が面白そうだから
□ 好きな作家だから	□ 好きな分野の本だから

・最近、最も感銘を受けた作品名をお書き下さい

・あなたのお好きな作家名をお書き下さい

・その他、ご要望がありましたらお書き下さい

住所	〒				
氏名		職業		年齢	
Eメール	※携帯には配信できません		新刊情報等のメール配信を 希望する・しない		

この本の感想を、編集部までお寄せいただけたらありがたく存じます。今後の企画の参考にさせていただきます。Eメールでも結構です。

いただいた「一〇〇字書評」は、新聞・雑誌等に紹介させていただくことがあります。その場合はお礼として特製図書カードを差し上げます。

前ページの原稿用紙に書評をお書きの上、切り取り、左記までお送り下さい。宛先の住所は不要です。

なお、ご記入いただいたお名前、ご住所等は、書評紹介の事前了解、謝礼のお届けのためだけに利用し、そのほかの目的のために利用することはありません。

〒一〇一－八七〇一
祥伝社文庫編集長　坂口芳和
電話　〇三（三二六五）二〇八〇

祥伝社ホームページの「ブックレビュー」からも、書き込めます。
www.shodensha.co.jp/bookreview

祥伝社文庫

五分《ごぶ》の魂《たましい》 風《かぜ》の市兵衛《いちべえ》

平成24年10月20日　初版第1刷発行
令和 元 年12月 5 日　　　第13刷発行

著　者　辻堂《つじどう》 魁《かい》
発行者　辻　浩明
発行所　祥伝社《しょうでんしゃ》
東京都千代田区神田神保町3-3
〒101-8701
電話　03（3265）2081（販売部）
電話　03（3265）2080（編集部）
電話　03（3265）3622（業務部）
www.shodensha.co.jp

印刷所　堀内印刷
製本所　ナショナル製本
カバーフォーマットデザイン　中原達治

Printed in Japan ©2012, Kai Tsujidou ISBN978-4-396-33798-8 C0193

祥伝社文庫の好評既刊

辻堂 魁 **風の市兵衛**

さすらいの渡り用人、唐木市兵衛《からきいちべえ》。心中事件に隠されていた奸計《かんけい》とは？〝風の剣〟を振るう市兵衛に瞠目！

辻堂 魁 **雷神** 風の市兵衛②

豪商と名門大名の陰謀で、窮地に陥った内藤新宿の老舗。そこに現れたのは〝算盤侍〟の唐木市兵衛だった。

辻堂 魁 **帰り船** 風の市兵衛③

「深い読み心地をあたえてくれる絆のドラマ」と、小椰治宣《おなぎはるのぶ》氏絶賛の〝算盤侍〟の活躍譚！

辻堂 魁 **月夜行《つきよこう》** 風の市兵衛④

狙われた姫君を護れ！ 潜伏先の等々力・満願寺に殺到する刺客たち。市兵衛は、風の剣を振るい敵を蹴散らす！

辻堂 魁 **天空の鷹《たか》** 風の市兵衛⑤

「まさに時代が求めたヒーロー」と、末國善己《すえくによしみ》氏も絶賛！ 息子を奪われた老侍とともに市兵衛が戦いを挑むのは!?

辻堂 魁 **風立ちぬ（上）** 風の市兵衛⑥

〝家庭教師〟になった市兵衛に迫る二つの影とは？ 〈風の剣〉を目指した過去も明かされる興奮の上下巻！